JN087567

『枕草子』の世界

『枕草子』の世界（'24）

装丁デザイン：牧野剛士
本文デザイン：畑中　猛

s-53

まえがき

本書は「『枕草子』の世界」と題して、『枕草子』の内容と文体、後世への影響などを、総合的に把握し、理解することを目指している。現代人にとって『枕草子』は著名な古典文学である。既に「春は曙」という『枕草子』の冒頭部はもとより、著者である清少納言のイメージも、広く知られていることであろう。それだけに、今、改めて『枕草子』という作品を俯瞰し、清少納言の心と向き合うことは、『枕草子』の文学世界をいっそう深く理解することになり、現代を生きる私たちの指針を見出すことにもなるだろう。

このことは、「『枕草子』をどう読むか」という問題意識と、深く繋がってくる。『枕草子』はどのように読めば、その全体像と記述内容の展開性の双方を、把握できるのか。そのための方法論の選択が重要性を帯びてくる。本書では、二つの方針を立ててみた。一つは、『枕草子春曙抄』の本文で読むこと、もう一つは、『枕草子』を可能な限り「連続読み」することである。

江戸時代以降、昭和二十年代まで、『枕草子』を読むとは、本文と注釈が付いた『春曙抄』を読むことと、ほとんど同義であった。芭蕉や蕪村、樋口一葉や与謝野晶子たちと同じ『春曙抄』で『枕草子』を読むならば、『枕草子』の読書体験の蓄積の場に、私たちも参加できるようになる。

「連続読み」は、『枕草子』の文章の流れに沿って、読解を進めてゆく読書方法である。『枕草子』の文章自体が持つ、生き生きとした律動に触れることで、『枕草子』の作品としての展開性が実感できる。『枕草子』に書かれた多彩な内容は、前後の章段との関係性や連続性という、執筆の流れに注目すれば、おのずからなる展開性に気づかされる。それが『枕草子』を読み解く楽しさであると同時に、清少納言の批評精神が深まる現場にも立ち会える。

このように、『春曙抄』に基づく本文によって、『枕草子』を冒頭部から「連続読み」してゆくと、『枕草子』の書き方の特徴が明らかになる。すなわち、清少納言は、「季節章段」「宮廷章段」「列挙章段」などという書き方のスタイルを用いて、散文表現の領域を拡大させたのである。

「宮廷章段」では、中宮定子を中心とする、自由で闊達（かったつ）な、機知に富んだ宮廷生活が描かれる。清少納言と中宮定子の心の結びつきは『枕草子』の随所に描かれ、輝きを放つ。『枕草子』の文学世界を形作っているものは、清少納言の幅広い教養と、緻密な観察力であるが、宮廷人とのやりとりにおける才知に満ちた素早い反応は、中宮定子のもとで、大きく花開いたことが、『枕草子』に点在する宮廷章段から読み取れる。「列挙章段」では、外界に視野を広げた自然観察や、清少納言自身の率直な物の見方や美意識が書かれ、散文表現の自在さが興味深い。

また、本書では、書かれている内容に関連する当時の時代背景や、他の文学作品との響き合いも重視した。とりわけ、『源氏物語』を始めとする王朝時代の日記や歴史物語、さらに『古今和歌集』とそれ以後の勅撰和歌集に注目した。中世の『徒然草』と『枕草子』とを繋ぐ水脈への注目、さらには近代における『枕草子』評価などにも、適宜言及した。

これまで読み継がれてきた『枕草子』を、文学史の中に位置づけ、大きな文化圏の中で把握する読み方を、本書では提起する。『枕草子』の世界の広がりを、実感していただければ幸いである。

令和五年六月

島内　裕子

目次

まえがき　島内裕子　3

1 『枕草子』をどう読むか　11

1. 『枕草子』の時代背景と諸本　11
2. 『春曙抄』が繋いだ『枕草子』の魅力　14
3. 『春曙抄』で読む『枕草子』　18
4. 『枕草子』の冒頭部を読む　22

2 『枕草子』の宮廷章段　28

1. 清少納言の宮仕え　28
2. 中宮の穏やかな落ち着き　30
3. 一条天皇の厳しさと優しさ　37
4. 春の日の輝き　39

5. 清少納言の宮廷女房論　43

3
『枕草子』の列挙章段　47

1. 連続して散見される列挙章段　47
2. 状況・状態の列挙章段　50
3. 「木の花は」と「木は」　58
4. 「鳥は」と「虫は」　62

4
男性貴族たちとの交遊録　67

1. 藤原行成との交遊　67
2. 藤原斉信との交遊　72
3. 橘則光との別れ　77
4. 和辻哲郎と『枕草子』　82

5
中宮定子の輝き　85

1. 中宮定子の人生　85
2. 「定子章段」の晴れやかさ　89

3. 紐がほどけたハプニング 94
4. 定子と清少納言との絆 96
5. 諭す定子、諭される清少納言 98

6 中の関白家と、一条天皇の宮廷文化 105

1. 中の関白家の栄華と、家族の肖像 105
2. 清少納言の秀句 107
3. 中の関白家の団欒 110
4. 清少納言の自讃章段 114
5. 列挙章段の深化 117

7 人間認識の深まり 123

1. 長谷寺詣でを読む 123
2. 『春曙抄』巻七冒頭部の多様性 130
3. 藤原斉信の振る舞いと教養 132
4. 藤原行成と清少納言 136

8 子どもの情景と、「かわいい」の発見 141

1. 子どもの情景 141
2. 「かわいい」の発見 147
3. 物語文学に見る子どもの情景 154
4. もう一つの「子どもの情景」 156

9 多様化する文体 158

1. 女房たちの散策 158
2. 住まいの美学 164
3. 雪の日の情景 170
4. 清少納言の初出仕 172

10 批評の論理と、季節の美学 177

1. 「地位」に連動する人間心理 177
2. 風の美学 181
3. 初夏の情景と生きる喜び 188

11 論評する清少納言 194

1. 祭見物の振る舞い 194
2. 定子との心の絆 197
3. 宮廷人の聴覚 199
4. 文房具と手紙 201
5. 列挙章段の書き方の変化 204

12 『枕草子』の長編章段 212

1. 長編章段とは 212
2. 定子からの寵遇 213
3. 積善寺供養と、中の関白家の人々の親密さ 219

13 清少納言の自画像 230

1. 言葉をめぐって 230
2. 香炉峰の雪 233
3. 定子からの和歌 239
4. 師走の月夜 242

14 変容する『枕草子』 248

1. 新しい書き方 248
2. 宮廷章段の掉尾 255
3. 物語作者への可能性 259

15 『枕草子』の達成域と、「枕草子文化圏」の展開 267

1. 『枕草子』の跋文 267
2. 『枕草子』の達成域 271
3. 『枕草子』の近代 273
4. 「枕草子文化圏」の広がり 279

索引 294

1 『枕草子』をどう読むか

《目標・ポイント》本書は、『枕草子』をどう読むかという問題意識を念頭に置き、この作品の魅力と達成を明らかにすることを目指している。本章では、まず、清少納言とその時代の概観、および、『枕草子』の諸本や研究史に触れる。そのうえで、冒頭部の原文を読み、解説する。

《キーワード》清少納言、『枕草子』、『春曙抄』、季節章段、宮廷章段、列挙章段

1．『枕草子』の時代背景と諸本

＊清少納言とその時代

『枕草子』は、一条天皇（九八〇～一〇一一、在位九八六～一〇一一）の中宮（後に皇后）、藤原定子に仕える女房だった清少納言（生没年未詳）が著した作品である。定子（九七六～一〇〇〇）は、正暦元年（九九〇）に入内した。定子の父は、藤原道隆（九五三～九九五）である。道隆は、『蜻蛉日記』に登場する藤原兼家の長男である。定子サロンの華やかで闊達な雰囲気の背景には、「中の関白」と呼ばれた道隆の栄華があった。

ちなみに、『蜻蛉日記』の作者である藤原倫寧の女は、藤原兼家の妻（側室）であり、藤原道綱の母である。藤原道綱（九五五～一〇二〇）から見ると、藤原道長（九六六～一〇二七）は異母弟に

当たる。

以上の人物を、文学と関わる女性たちとの繋がりを中心に、略系図で示せば次のようになる。

藤原兼家─┬─道隆──定子（その女房が、『枕草子』の作者・清少納言）
　　　　　├─道綱（その母が、『蜻蛉日記』の作者）
　　　　　└─道長──彰子（その女房が、『源氏物語』の作者・紫式部）

清少納言が中宮定子のもとに出仕したのは、正暦四年（九九三）の冬頃とされる。その後、一年半と経たない長徳(ちょうとく)元年（九九五）四月に、定子の父道隆が急逝し、その直後には道隆の弟の道兼が関白となったものの、程なく死去した。その後、道長が権力を掌握するに及んで、定子の兄弟たちは宮廷の中枢から排除された。

長保(ちょうほう)元年（九九九）に、道長の長女である彰子(しょうし)（九八八～一〇七四）が入内し、長保二年（一〇〇〇）、定子は皇后となり、彰子が中宮となった。この年の十二月、皇后定子は、媄子(びし)内親王を出産直後に崩御した。この彰子に仕えた女房が、紫式部、和泉式部、赤染衛門たちである。清少納言はその一年ほど後に、宮廷出仕から退いたのではないかと推測される。

清少納言は、このような「中の関白」家と定子を巡る状況の激変を目の当たりにした。けれども、『枕草子』には、定子の苦悩や、中の関白家の没落のことは描かず、定子を中心とする、輝かしい美しさを、終始、讃美する。ここに『枕草子』の最大の特質がある。

＊『枕草子』と『源氏物語』

定子に仕えた清少納言が『枕草子』を書き、彰子に仕えた紫式部が『源氏物語』を書いた。成立は、『枕草子』が先行している。この二つの作品は、王朝文学の双璧として、現代では高く評価されている。けれども、『源氏物語』は、鎌倉時代初期に、藤原定家たちが本文校訂を試みただけでなく、注釈研究も盛んに行われたのに対して、『枕草子』には信頼すべき本文がなく、本格的な注釈研究も江戸時代までなされなかった。北村季吟の『枕草子春曙抄』（一六七四年成立）が出版されるに及んで、ようやく一般読者が、『枕草子』を注釈付きで読めるようになったのである。

『枕草子』を読む困難さは、注釈研究の遅れに大きな要因がある。その一方で、『枕草子春曙抄』（以下、『春曙抄』）に焦点を当てて『枕草子』を読むならば、江戸時代から近現代にいたるまで、人々が『枕草子』から何を読み取り、どこに魅力を感じてきたかが明らかになる。さらに、今を生きる現代人が、新しい観点から『枕草子』を読むことも可能となるのではないだろうか。

＊『枕草子』の諸本

『枕草子』の諸本は、大きく二つの形態に分かれる。内容が入り交じっている「雑纂形態」と、内容別に分類されている「類纂形態」である。「雑纂形態」は、さらに二つの系統に分かれている。「三巻本」系統と「能因本」系統である。一方、「類纂形態」も「堺本」と「前田家本」の二つの系統に分かれている。

現在、市販されている『枕草子』は、ほとんど例外なく「三巻本」系統の本文を採用している。ただし、同じ「三巻本」系統であっても、注釈者の解釈の違いによって、「第何段」という章段区分が異なる。これは、『枕草子』の場合、内容の一まとまりを明確に区切ることが難しいからである。『徒然草』の章段区分が、江戸時代の初期から現代に至るまで、同一の区切り方で変更されずに踏襲されてきたことと、対照的である。

「三巻本」を『枕草子』の本文の中で最有力とする認識が広がったのは、昭和も戦後になってからだった。それ以前は、先ほど挙げた北村季吟の『春曙抄』によって『枕草子』の原文が読まれてきた。『春曙抄』に掲載されている本文と、「三巻本」の本文は、同一系統とは言えないほど、表現も章段の配列も異なる。『春曙抄』は、「能因本（のういんぼん）」と呼ばれる系統の本文に近い。なお、『枕草子』の本文を「耄及愚翁（もうぎゅうぐおう）」という人物が校訂したとする奥書（おくがき）のある写本があり、これが藤原定家の偽名ではないかという説もある。

2.『春曙抄』が繋いだ『枕草子』の魅力

＊『春曙抄』を読んだ人々

このように、本文が錯綜し、章段区分も統一されていない『枕草子』を、どう読めばよいのだろうか。昭和二十年代頃から「三巻本」の系統が重視され始め、現代に至っているのが実情であるにしても、江戸時代初期に版本（はんぽん）（板本（はんぽん）とも。木版印刷の書物）で刊行されて、多くの人々に読まれ続けてきたのが『春曙抄』だった。たとえば、松尾芭蕉・各務支考（かがみしこう）・与謝蕪村（よさぶそん）・樋口一葉・与謝野晶子たちは、『春曙抄』によって『枕草子』を読み、みずからの文学創造の糧としてきた。本書が『春曙抄』よって『枕草子』を読み進め、『枕草子』の全体像に触れたいと考えるゆえんである。

＊与謝野晶子の『枕草子』

まずは、『春曙抄』という書名に触れている文学者の実例から始めよう。与謝野晶子（一八七八

～一九四二）の歌集『恋衣（こいごろも）』（明治三十八年刊）に、次の歌が収められている。

春曙抄に伊勢をかさねてかさ足らぬ枕はやがてくづれけるかな

この歌では「春曙抄」に、「しゅんじよせう」というルビが振ってあるが、一般的には「しゅんしょしょう」（歴史的仮名づかいでは「しゅんしよせう」）と読まれる。『春曙抄』の版本の上に、『伊勢物語』の版本を重ねて枕にしてみたが、枕の嵩（かさ）が足りなくて、すぐに崩れてしまった、という歌である。「やがて」は、ここでは、「程なく、いつのまにか」という意味である。晶子の歌の情景を想像してみよう。

『春曙抄』や『伊勢物語』を手に取って、あちこち読みかけているうちに、いつの間にか、それらを重ねて枕にして、うたたねをしていたようだ。和本の『春曙抄』は、十二巻十二冊本が本来の形態だが、十二冊を二冊ずつ束ねた六冊本の形態もある。『伊勢物語』の和本なら、挿絵入りの二冊本であろうか。いずれにしても、和紙を綴じた和本を重ねて枕の代わりにしたのであろう。『枕草子』や『伊勢物語』に描かれている華やかな王朝時代に思いを馳せながらのうたたねの枕が崩れて、現実に連れ戻された……。

晶子の歌に籠められた雰囲気が美しい。季節を特定する言葉はないものの、麗らかな春の昼下がり、晶子自身を彷彿（ほうふつ）とさせるような女性の姿が、目に浮かぶ。この歌と類似する表現が、江戸時代の発句（ほっく）にもある。

＊支考と蕪村の句から見えてくるもの

各務支考（一六六五〜一七三一）は、江戸時代中期の俳人である。『つれづれの讃』（一七一一年）という、『徒然草』の注釈書もある。『続猿蓑』（一六九八年）に入集した支考の句がある。先ほど引用した与謝野晶子の歌と響き合う、「枕崩るる」という表現が見られる。

　　何某主馬が武江の旅店を訪ねける時
春雨や枕崩るる謡本

江戸に出てきた知人の旅籠を訪ねて詠んだ、という詞書が付いている。「何某主馬」は、近江膳所の能太夫、本間主馬のこと。春雨が降る日に訪ねてみると、謡曲の詞章が書かれている「謡本」の冊子を枕にしてうたた寝をしていたのであろう、その冊子が崩れていた、という句である。

「枕崩るる」という描写が、晶子の短歌と共通する。支考の句には「春雨」という季語が出ているせいか、『春曙抄』という書名も、おのずと連想される。与謝野晶子は、支考の句を知っていたのだろうか。支考の句には、晶子の歌と一脈通じるところがある。

与謝蕪村（一七一六〜八三）にも、春の季節と『春曙抄』の書名が取り合わされた句がある。

春風の褄返したり春曙抄

春風が吹いて、着物の裾の角の所（褄）が、ひらりとめくり上がった、と言い掛けて、実は、『春曙抄』のある丁(頁)の端を春風が飜した、という情景である。春風に呼応する、女性の軽やかな着物姿と、『春曙抄』によって読み解かれる『枕草子』の生き生きとした世界。春風と『春曙抄』の取り合わせが、ぴたりと合致した句である。

文考の句の「枕崩るる」と、蕪村の句の「春曙抄」が、文学史の流れの中で合流して、与謝野晶子の歌に流れ込んだような、一筋の脈絡が感じられる。『枕草子』の華やかさ、長閑さ、軽やかさが縒り合わされて、その流れから、きらきらした燦めきが映じてくる。

＊樋口一葉と『枕草子』

『春曙抄』の書名を明記した蕪村と与謝野晶子は、『枕草子』の内容を、華やかさや軽やかさに乗せて読んでいた。けれども、『枕草子』から、翳りを読み取った文学者もいる。

樋口一葉(一八七二〜九六)は、「棹の雫」という雑記帖の中で、孤独な環境に苦しんだ清少納言を、紫式部よりも高く評価している。一葉と、その周辺にいた文学者たちが、どのような「枕草子文化圏」を近代で築き上げたかは、第十五章で見届けることにしたい。

＊『無名草子』と『枕草子』

時代は一気に遡るが、鎌倉時代の『無名草子』に書かれている『枕草子』評にも触れておきたい。『無名草子』は「物語文学批評」の書である。著者は、俊成卿女(実際は藤原俊成の娘ではなく、俊成の孫)かとも言われる。『無名草子』で論じられているのは物語文学、とりわけ『源氏物語』であるが、『枕草子』についても、重要な指摘が見られる。

「関白殿、失せさせ給ひ、内大臣、流され給ひなどせしほどの衰へをば、かけても言ひ出でぬほどの、いみじき心ばせなりけむ人」であったという、清少納言への人物評が書かれている。『無名草子』は、清少納言が定子の父藤原道隆の死去や、兄の藤原伊周の大宰府左遷など、中の関白家の没落について触れなかった態度を、誉めている。

『無名草子』の論評は、『枕草子』には、清少納言が敢えて書かなかった影の部分があることに注目しており、重要な視点と言えよう。

3.『春曙抄』で読む『枕草子』

＊『春曙抄』と「三巻本」の相違

『春曙抄』と「三巻本」との相違を、具体的に見てみよう。たとえば、三重県津市にある「榊原温泉」は、『枕草子』の中で「七久里の湯」と記されている温泉とされる。けれども、現在、市販されて図書館などにも置かれている『枕草子』は、「三巻本」に拠るものがほとんどであり、そこには、「七久里の湯」は出てこない。その一方で、『春曙抄』を見てみると、第百十七段に、「湯は、七久里の湯。有馬の湯。玉造の湯」と書かれている。

もう一つ、別の例を挙げてみよう。与謝蕪村に次のような句がある。

春雨に下駄買ふ泊瀬の法師かな

この句に出てくるのは、「泊瀬」、つまり初瀬の長谷寺の法師である。尾形仂校注の『蕪村俳句集』の脚注に、『笈の小文』所収の坪井杜国（万菊）の句、「初瀬　足駄はく僧も見えたり花の雨」があり、『春曙抄』の長谷寺の段の面影を指摘する。

『笈の小文』は芭蕉の紀行文である。芭蕉は、愛弟子の杜国と伊勢で落ち合い、二人で吉野の桜を見る旅をした。その途中の初瀬（長谷寺）で、芭蕉は「春の夜や籠り人ゆかし堂の隅」の句を詠み、杜国が詠んだのが、上記の「足駄はく僧も見えたり春の雨」である。

芭蕉と杜国のそれぞれ句は、独立している。けれども、芭蕉の句の雰囲気が、長谷寺に参籠する物語や、『枕草子』を彷彿させるところから、杜国も平安時代に思いを馳せ、清少納言が正月に長谷寺に参籠した体験を書いた『枕草子』を思い浮かべたのであろう。

その段には、寺の僧侶が足駄を履いて、参詣の人々をお堂に案内する、てきぱきした態度が印象深く書かれている。杜国は、まさにその部分に絞ってこの句を詠み、芭蕉も必ずやそのことに気づくと考えていたであろう。杜国が、初瀬で「足駄はく僧」を詠んだ背景には、芭蕉と杜国に共通する『春曙抄』第百二十四段の存在があった。

それに対して、「三巻本」の「正月に寺に籠もりたるは」で始まる段は、『春曙抄』と同じく、「若き法師ばらの足駄と言ふ物を履きて」とあるが、寺の名前が異なっている。長谷寺参籠ではなく「清水などに詣でて」となっているのだ。寺籠もりでも、平安京に近い清水寺と、奈良の長谷寺では、かなり印象が異なる。

正月の長谷寺参籠という記述が、後世の俳人たちの心に留まり、そのことが新たな作品を生み出す契機となった。『春曙抄』は、単なる注釈書ではない。『春曙抄』は、『枕草子』を文学創造の端緒にする文学書でもある、と言えよう。

＊『春曙抄』の画期性

『春曙抄』（一六七四年成立）を著した北村季吟は、『源氏物語』注釈書の決定版である『湖月抄』

（一六七三年成立）の著者でもある。『湖月抄』は、藤原定家以来の膨大な『源氏物語』の注釈研究を網羅し、整理した「頭注」と「傍注」によって、本文の意味内容を理解しやすくした。これが、近世以降の『源氏物語』の読者人口を飛躍的に拡大させた。

『湖月抄』の達成が、そのまま『枕草子』に応用されたのが『春曙抄』だった。この結果、江戸時代の人々は、『源氏物語』を読む時と同じスタイルで、『枕草子』の本文と注釈を読めるようになった。『源氏物語』と『枕草子』が王朝文学の双璧として並び立ったのは、この時からである。

「三巻本」が有力となった現代において、本書が『春曙抄』によって『枕草子』を読むことの意義も、ここにある。『枕草子』は、江戸時代以降、明治・大正・昭和の戦前に到るまで、日本文化を作る原動力の一翼を担ってきた。それが、『枕草子』が生きた古典であることの証しだった。

『春曙抄』が、『枕草子』の校注本であったことが何よりも重要である。「校注本」とは、表現・表記を整えた本文に、注釈も付いている本のことである。『春曙抄』で『枕草子』を読むことは、『枕草子』という一作品を読むことに止まらない。北村季吟の、源氏学・歌学、さらには『徒然草』注釈までも含み込んでいるのが『春曙抄』だからである。古典学者としての幅広く深い教養を持つ北村季吟による注釈は、三巻本を底本とする現代の『枕草子』研究においても、依然として研究の拠り所であり、基盤となっている。

＊本書での引用原文

江戸時代に刊行された版本の『枕草子』は何種類かあるが、それらには章段番号が明確には付いていなかった。明治時代になって出版された『枕草子』にも当初は章段番号が付いていなかったが、次第に番号が付くようになった。ただし、『枕草子』の場合、章段の区切り方が不統一で、それぞれの本の校注者の方針によって番号が異なることは、現在においても変わらない。したがって、章段番号だけでなく、その段の冒頭の書き出しの一節を示すことが、一般的である。

本書で『枕草子』の原文を引用する場合には、『春曙抄』の本文による、島内裕子校訂・訳『枕草子（上下）』（ちくま学芸文庫、筑摩書房、二〇一七年）を用いる。ただし、章段区分は、『春曙抄』とは若干異なる。そのため、本書では原則として、章段番号と書き出しの一節の両方を示すことで、他の諸本と照合する際の便を図った。

＊『枕草子』の内容構成

『枕草子』の最大の特徴は、異なるスタイルの章段が見られることである。従来は、「物尽くし」の類聚章段、清少納言が体験した日々を書き記した「日記章段」（「回想章段」とも）、さまざまなことを書き綴った「随想章段」の三つに分類されてきた。

けれども、このような名称は、やや漠然としている。その章段の内容をもう少し具体的にわかるようにするために、本書では、「随想章段」は、主として季節に関する記述が多いことから「季節章段」と命名し、季節以外の随想の場合には、そのつど内容に即した名称を示す。「日記章段」（あるいは、回想章段）は、清少納言が定子に仕えた宮廷生活を描いているので、「宮廷章段」と命名した。「類聚章段」は「列挙章段」と呼称することにした。

一条天皇と中宮（皇后）定子の宮廷での出来事を記した「宮廷章段」や、先ほど触れた「湯は、七久里の湯。有馬の湯。玉造の湯」のような「列挙章段」は、ある程度ひとまとまりずつのグループを形成しつつ、全体的に見れば、それらのグループが混在しているというのが、『枕草子』の内容構成の特徴である。

本書では、『枕草子』の冒頭部から順に、つまり、『春曙抄』全十二巻の流れに従って、主な章段を読み進めてゆく。そのことで、『枕草子』の全体像が次第に浮かび上がり、ひいては『枕草子』の眺望が開けてくるからである。章段内容の流れに現れる、清少納言の自由な筆の運びを味読したい。ただし、昭和三十年代以後は、「三巻本」が中心となってきた実情に鑑みて、適宜、「三巻本」を始めとする、他の諸本も参照したい。

4．『枕草子』の冒頭部を読む

＊季節が開いた『枕草子』の扉

先ほども述べたように、『枕草子』の原文の引用は、原則として、「ちくま学芸文庫」版の島内裕子校訂・訳『枕草子』を使用する。この本は、『春曙抄』の配列と本文に拠っているが、漢字を多く宛て、ルビもできるだけ多く振り、意味内容を理解しやすいように校訂した。ただし、句読点などは『春曙抄』とは異なる場合もある。また、『春曙抄』は「定家仮名づかい」を用いた箇所があるので、通行の「歴史的仮名づかい」に改めた。

最初にまず、第一段「春は曙」の全文を掲げて、『枕草子』の原文に触れてみよう。

春は、曙。漸う白く成り行く。山際、少し明かりて、紫立ちたる雲の、細く棚引きたる。

夏は、夜。月の頃は、更なり。闇も猶、螢、飛び違ひたる。雨などの降るさへ、をかし。

秋は、夕暮。夕陽、華やかに差して、山際、いと近く成りたるに、烏の寝所へ行くとて、三つ、四つ、二つなど、飛び行くさへ、哀れなり。増いて、雁などの列ねたるが、いと小さく見

> ゆる、いと、をかし。陽、入り果てて、風の音・虫の音など、いと哀れなり。
> 冬は、雪の降りたるは、言ふべきに有らず。霜などの、いと白く、又、然らでも、いと寒き。火など、急ぎ熾して、炭、持て渡るも、いと、付付し。昼に成りて、温く、緩び持て行けば、炭櫃、火桶の火も、白き灰勝ちに成りぬるは、悪ろし。

現代人は多くの場合、「三巻本」系統の本文で読んでいるので、第一段の冬の箇所が、「冬は、雪の降りたるは」となっていて、「早朝」という言葉が入っていないことに気づくと思う。ちなみに、江戸時代を通じて流布した慶安二年版『枕草子』（一六四九年刊）は、本文のみの版本で、注釈が付いていない点は『春曙抄』と異なる。ただし、冬の部分の本文は『春曙抄』と同じく、「冬は、雪の降りたるは、言ふべきにあらず」となっていて、「早朝」という言葉は入っていない。「早朝」の有無だけでなく、細かな表現の違いが諸本間でいろいろとあるのが、実情である。

さて、先に引用した第一段の本文に戻って、この段の文体に注目しよう。ここには、春夏秋冬それぞれの季節の、最も素晴らしい時間帯が選ばれている。文体はスピード感に溢れ、次々に季節が到来する。しかも、各季節の最高の時間帯は、決して停滞し静止することなく、刻々の変化が的確に捉えられている。清少納言の鋭い感覚の燦めきが行き渡り、それを筆に乗せて自在に書き進めているのが実感される。

「春は、曙」という第一声から始まる『枕草子』は、言葉の自由を手中に収めた清少納言によって書かれた作品である。『枕草子』を読むことで、清少納言が散文表現の可能性を開拓してゆく姿を実見することができる。清少納言の表現行為の傍らに、私たちは立ち合える。

このような『枕草子』の原文を、逐語的に現代語訳するというのは、爽快なスピード感を削ぐことになりかねない。むしろ、原文で省略されている言葉や情景を補ってゆく方式が、原文の背後に広がる沃野を目の前に招来することになるだろう。たとえば、ちくま学芸文庫の訳では、次のように解釈した。

《春、と言えば、曙。あたりが次第に白々となって、もうすぐ夜が明けようとしている。それにつれて、向こうの山の輪郭も、少し明るく、見えてくる。雲は紫に色づき、細く棚びく。この空の気色が、春という季節の、素晴らしい一日の幕開けを、連れてきてくれるのだ。

それが夏ならば、昼間の暑さも忘れる、夜こそである。空に懸かる月の光も涼しげだが、闇夜ならば、螢が飛び交うさまが、ありありと見えよう。普段と違って、夏の夜は、雨さえも好もしく、心地よい冷ややかさに、包まれる。……》

＊列挙章段

第一段は、春夏秋冬のすべての季節に触れているので、内容としては「季節章段」であった。第二段はどうであろうか。第二段は、「頃は」という書き出しに続いて、各月の名称のみを挙げている。ここに書かれていないのは、二月・六月・十一月だけで、ほとんどの月が、連続的に書かれている。まさに「列挙章段」と命名するにふさわしい書き方である。ここも全文を見てみよう。

頃は、正月。三月。四・五月。七月。八・九月。十月。十二月。全て、折に付けつつ、一年ながら、をかし。

一年のすべてが素晴らしいという感想が、最後に書かれている。ここには、書きながら改めて気づいた、という発見の驚きがある。このような書き方にも、清少納言の個性が躍動している。

＊宮廷章段

「宮廷章段」は、これまでは「日記章段」とか「回想章段」などと呼ばれてきた。けれども、それらの段では、宮中の出来事や、宮廷人が話題となることがほとんどである。本書では「宮廷章段」と呼称するゆえんである。

第三段は、元旦から初夏の頃までを連続して描くので、「季節章段」としての側面もあるが、この段は、宮廷行事を中心に書いているので、「宮廷章段」でもある。宮廷行事とは、季節の行事であるのだ。第三段の冒頭部の原文引用と、その内容の概略を説明しよう。

正月一日は、増いて、空の気色、うらうらと、珍しく、霞み込めたるに、世に有りと有る人は、姿・容貌、心殊に繕ひ、君をも、我が身をも、祝ひなど為たる様、殊に、をかし。

七日は、雪間の若菜、青やかに摘み出でつつ、例は、然しも、然る物、目近からぬ所に、持て騒ぎ、白馬、見むとて、里人は、車、清げに仕立てて、見に行く。

元日の朝は、空の気色が麗らかで、あたり一面が霞に包まれる。世間の人々は、化粧して晴れ着に身を包んでいる。心持ちもすがすがしく整えて、主君に新年のお祝いを申し上げ、自分たちでも祝ったりしている。本当に元旦の光景らしい。

いつもだったらあまり注目しないのに、正月七日ばかりは、雪の間から若菜が青々と顔を出しているのを、大騒ぎしながら摘んで遊ぶ。宮中行事である「白馬の節会」を見学するために、宮仕えをしていない人も、牛車を美しく飾り立てて、見に行く。

このあとで、清少納言は、「かく言う私も、宮仕え以前に白馬の節会を見に行ったことがある」と回想して、かつて自分が見聞した宮中行事の「白馬の節会」の体験を書き始める。

この第三段の冒頭は、「季節章段」かと思わせるが、正月七日の若菜摘みの行事のことから、同じ七日の「白馬の節会」へと筆が進み、「宮廷章段」になる。

先の引用原文の後に、見物人たちで混雑し、挿櫛が落ちて折れたりして照れ笑いする様子などが、明るい筆致で書かれている。そして宮廷で心得顔に立ち働く人々を見た清少納言が、「如何許りなる人、九重を、斯く立ち慣らすらむ」と感じたことが差し挟まれる。その感想によって、この日の体験が、清少納言が宮廷に出仕する以前の出来事だったことがわかる。

第三段は、この後にも、一月八日の「女叙位」（女房に位階を授ける宮廷儀式）の喜び、一月十五日の餅粥の節句の大騒ぎ、一月中旬の「除目」の悲喜こもごも、三月三日の桃の節句の頃から桜までの春景色、四月の賀茂祭へと続いてゆく。

ただし、この段ではこれ以後の季節と行事のことを、年間を通して記述することはしない。このような書き方に、清少納言の自由で自在な執筆態度が窺われる。この軽快さが、『枕草子』の魅力であろう。

『枕草子』は「をかし」の文学であるとは、よく言われることである。次章以後も、『枕草子』を順に読み進めながら、「をかし」という言葉に籠められた多種多様な情景や、陰翳に富む心情を読み取り、『枕草子』の清新さに注目してゆきたい。

引用本文と、主な参考文献

・島内裕子校訂・訳『枕草子』上下（ちくま学芸文庫、筑摩書房、二〇一七年）
・池田亀鑑校訂『枕草子（春曙抄）』（上中下、岩波文庫、一九三一〜三四年）

なお、池田亀鑑校訂『枕草子』（岩波文庫、一九六二年）は、「三巻本」である。

・『続猿蓑』（新日本古典文学大系『芭蕉七部集』所収、白石悌三・上野洋三校注、岩波書店、一九九〇年）
・樋口一葉「棹の雫」（『樋口一葉全集』第三巻（下）所収、感想・聞書11、筑摩書房、一九七八年）
・『無名草子』（新編日本古典文学全集『松浦宮物語　無名草子』所収、久保木哲夫校注・訳、小学館、一九九九年）

発展学習の手引き

『枕草子』のことは、すでにいろいろな機会に学んだ経験があるかも知れないが、本書では、『枕草子』の全体像に触れるために、冒頭の「春は曙」から順に、なるべく多くの章段を取り上げて原文にも触れながら解説してゆく。印刷教材である本書と、放送教材の双方を相互補完的に学んで、『枕草子』の全貌を理解していただければ、幸いである。

2 『枕草子』の宮廷章段

《目標・ポイント》 宮仕えに価値を置く清少納言が描いた宮廷文化と、それを支える宮廷人たちの言動に関わる章段を取り上げて考察する。清少納言が「宮廷」というものをどのように認識していたのかを理解する。

《キーワード》 宮仕え、宮廷人、宮廷文化、宮廷女房論

1．清少納言の宮仕え

＊『枕草子』に登場する人物たちの年齢

清少納言が、一条天皇の中宮である定子に、女房として宮仕えしたのは、正暦（しょうりゃく）四年（九九三）冬頃からと推定される。定子が亡くなったのが一〇〇〇年であるから、七年間ほどの宮仕えだった。清少納言が出仕した年を起点として、『枕草子』に登場する宮廷人たちの年齢を見ておこう。

一条天皇は、即位して七年目の十四歳。中宮定子は、入内して三年目の十八歳。定子の父親の藤原道隆（みちたか）は、関白で、四十一歳だった。

道隆の子で、定子と同じ母親（高階貴子（たかしなのきし））から生まれた男兄弟は、三人いる。定子の兄の藤原伊周（これちか）は、権大納言（ごんだいなごん）で、二十歳。定子の弟の隆家（たかいえ）は、右近衛中将（うこんえのちゅうじょう）で、十五歳。同じく定子の弟の隆（りゅう）

円は、十四歳。翌年に、十五歳で権少僧都となった。彼らは、父である道隆の力で、若くして栄進している。

　清少納言が宮仕えを始めた年に、道隆の弟の道長は二十八歳で、権大納言だった。定子の兄の伊周は、翌年に内大臣となったので、道長は甥の伊周の後塵を拝した。

　当時、一条天皇の宮廷には、有能な文人貴族が四人いた。後に、彼らは「四納言」と呼ばれた。清少納言が出仕した時点での彼らの年齢も記しておこう。源俊賢は、「西の宮の大臣」と呼ばれた源高明（『源氏物語』の光源氏の准拠とされる）の子である。蔵人頭で、三十四歳。藤原公任は、和歌・漢詩・音楽に関する造詣の深さで知られる。『和漢朗詠集』の撰者でもある。当時は参議で、左近衛権中将を兼任。二十八歳。藤原斉信は、左近衛中将で、二十七歳。翌九九四年に、蔵人頭。藤原行成（こうぜい、とも）は、書道の達人として知られる。二十二歳で、当時は無官だったが、九九五年に蔵人頭となる。

　現代人の年齢感覚と、千年前の感覚は異なるだろうが、出仕した当時、清少納言が身近に接した人々の若々しさが印象的である。実際、『枕草子』を読み進めると、登場人物たちの言動は、生き生きとして晴れやかである。清少納言は、ほぼ一貫してそのような書き方をしている。

　清少納言の筆致が生き生きとしているので、『枕草子』を読むと、現代の読者自身の、ものの見方や季節の感じ方、あるいは人間観も鋭敏になるように思われる。現代人の心の奥に眠っている注意深さや繊細さ、物事の良し悪しを見極める判断力が、呼び覚まされるからであろう。『枕草子』が現代人に共感できるゆえんも、そこにあるだろう。

＊清少納言の経歴

それでは、清少納言自身の年齢はどうなのか。先に挙げた人々は、天皇・中宮を始めとして、当時の貴族社会において、身分の高い人々であったがゆえに、生没年も記録されていた。それに対して、『枕草子』の作者である清少納言については、生年も没年も未詳である。当時、宮中に出仕した女房たちの生没年は、清少納言に限らず、ほとんどの場合が不明である。

清少納言の「清」は、父親が清原元輔（きよはらのもとすけ）（九〇八～九九〇）であることに由来する。元輔は、清少納言が出仕する三年ほど前に、八十三歳で没している。宮廷女房として出仕する女性たちには、実家の地位や経済力が重要だったが、清少納言の場合、実家の後ろ楯がなかった。

とは言え、清原元輔は、二番目の勅撰和歌集である『後撰（ごせん）和歌集』の撰者の一人であり、元輔の祖父（一説に父）は、『古今和歌集』の有力歌人の一人である清原深養父（ふかやぶ）（生没年未詳）である。清少納言には、和歌の家柄に生まれたゆえの、教養人としての裏付けがあった。

清少納言の「少納言」の由来については、清少納言の近親者に少納言だった人物は見当たらず、なぜこのような呼称となったのか、不明とされている。

ちなみに、清少納言の姉妹の一人は、『蜻蛉日記』の作者である藤原倫寧（ともやす）の女（むすめ）の兄弟である藤原理能（まさとう）の妻となっている。

2．中宮の穏やかな落ち着き

＊宮廷章段の中心人物

清少納言は、中宮定子の女房となったことで、一条天皇も身近な存在となった。『枕草子』の冒頭近くに、中宮定子と一条天皇が登場する段が、連続して置かれている。第六段「大進生昌が家に」と、第七段「主上に候ふ御猫は」である。この二つの段は、かなり長い段になっている。

前章で取り挙げた第一段から第三段までは、季節感を中心に据えつつ、季節と連動する宮廷行事にも筆が及んでいた。その後に続くのは、第四段「異事なる物」という列挙章段で、言葉づかいが異なるグループを、法師、男女、身分の低い者たちという三つに区分している。

第五段「思はむ子を」は、大切な息子を法師にするための修行に出して、心配する親心を思いやる内容である。大変な修行をするというのは昔のことで、今では気楽なものであると、辛辣な批評が見られる。この第五段で、早くも清少納言の批評精神が現れている。

以上のように辿ってくると、清少納言が心に浮かぶままに書き進める姿勢が垣間見られる。ただし、この後に書かれる中宮定子と一条天皇の二つの章段は、「連続章段」として読むのがふさわしい。そのうえで、再度、第一段から第七段までを大きく視野に収めると、宮廷の中心たる天皇と中宮の人物像を、清少納言がいかに親密、かつ、威厳漂う姿で描いたかが、よくわかる。同時に、『枕草子』の宮廷章段を支えるのが、この二人であることも理解できる。

＊中宮定子の境遇

『枕草子』の第六段は「大進生昌が家に、中宮の出でさせ給ふに」という書き出しである。定子が長保元年（九九九）八月九日に、平生昌の邸に移ったのは、出産のためだった。けれども、父の道隆が九九五年に死去した後、定子の身辺を巡る境遇は、非常に厳しい状況にあった。

第六段の原文に入る前に、定子の人生を年譜風に略述しよう。

・長徳元年（九九五）四月、父道隆が急逝。道隆の弟道兼が関白となる。五月、道兼、死去。権力は、道兼の弟の道長に移った。
・長徳二年（九九六）四月、兄の伊周は大宰権帥に、弟の隆家は出雲権守に左遷され、中央の政権から失脚。五月、定子出家。十月、定子や伊周たちの母貴子が死去。十二月、定子は、一条天皇との間の第一子、脩子（修子）内親王を、高階明順（母貴子の兄弟）の二条邸で出産。
・長徳三年（九九七）六月、定子は内裏の外の「職の御曹司」に住まう。
・長保元年（九九九）六月、内裏焼亡、天皇は一条院（今内裏）に移る。八月、出産のため、平生昌邸に入る。『枕草子』第六段の背景。十一月七日、一条天皇の第一皇子・敦康親王を出産。

父道隆の死去から、第六段「大進生昌が家に」に至るまでの、定子をめぐるさまざまな出来事のうち、敦康親王の誕生という慶事があったが、その後まもなく、一〇〇〇年二月に、道長の娘の彰子が中宮となり、それに伴い、定子は皇后となった。八月、定子は出産のため、再び平生昌邸に移り、十二月十五日に媄子内親王を出産し、その直後に、崩御。数えで二十五歳の若さであった。清少納言は、中宮定子をめぐるこのような、慌ただしくも過酷な現実を、『枕草子』に書かず、定子の素晴らしい人柄を称賛することに力を注いだ。

父の死去や、兄弟の失脚、さらには彰子の入内など、次々と定子には試練が襲いかかったが、定子の人柄は『枕草子』の中で、一貫している。何ものにも傷つけられることのない定子の心の優雅さに、清少納言は感銘している。

＊定子の心の広さ

第六段「大進生昌が家に」の冒頭部の原文を掲げよう。なお、会話文に発言者の名前を入れた。

大進生昌が家に、中宮の出でさせ給ふに、東の門は、四つ足に為して、其れより、御輿は、入らせ給ふ。北の門より、女房の車ども、陣屋の居ねば、入りなむや、と思ひて、頭付き、悪ろき人も、甚くも繕はず、寄せて下るべき物と、思ひ侮りたるに、檳榔毛の車などは、門、小さければ、障りて、え入らねば、例の、筵道、敷きて、下るるに、いと憎く、腹立たしけれど、如何はせむ。殿上人・地下なるも、陣に立ち添ひ、見るも、妬し。

御前に参りて、有りつる様、啓すれば、（中宮定子）「此処にも、人は、見るまじくやは。何かは、然しも、打ち解けつる」と、笑はせ給ふ。

この部分を読むと、定子とそのお付きの女房たちが、どのようにして生昌の邸に入ったかがよくわかる。以下、引用文の内容を、かいつまんで解説しよう。

大進の生昌は中宮定子を迎えるために、自分の屋敷の東門を立派な門にしたので、定子が乗った輿は、そこから邸内に入った。「大進」は、中宮職の三等官のことである。女房たちは牛車に乗ったまま、北門から入って、建物の傍まで行けるとばかり思っていたところ、その北門は、狭くて、檳榔毛の牛車は入れなかった。清少納言は、牛車に乗っているのだから、まさか男たちから見られることもないだろうと油断して、髪もよく整えずにいたが、牛車から下りて、道に敷かれた「筵道」の上を歩かなくてはならず、殿上人の男性貴族や、陣屋の番人たちが、憎らしいことに、そのようすを見物していた。清少納言はそのことがひどく癪(しゃく)に障(さわ)り、「妬(ねた)し」と書いている。

清少納言は早速、中宮にそのことを注進して、生昌の家の門が低くて狭いことを批判した。すると定子は、「今、私たちが話しているこの部屋ですら、誰かから見られないことがあろうか。どうして、そんなに人に見られて困るような格好で来たのか」と、おかしそうに笑った。

定子のこの反応を、清少納言はどのように感じたのだろうか。この場面に限らず、清少納言は定子が「笑(わら)はせ給(たま)ふ」ことを、繰り返し『枕草子』の中に書いている。言葉は不思議なもので、ある一言が、その前後の文脈の中で、さまざまなニュアンスを帯びる。その精妙なニュアンスの照り翳(かげ)りが、『枕草子』の魅力である。

ここで定子は、清少納言の抱いた不平不満に子どもらしい無邪気さを感じて、心の中から滲(にじ)み出てきたおかし味(み)が、おのずと花のような笑顔となって広がったのではないか。逆境にあってなお、自分を見失うことがない、心の伸びやかさの顕(あらわ)れである。定子自身も、このような清少納言の直情を、柔らかく受け止めることで、心の広さを保つことができたのかもしれない。

定子が出産のために平生昌邸に行啓(ぎょうけい)した当日、それを承知のうえで道長は、宇治遊覧に出掛け、主な公卿たちは皆、道長に従ったという。そのことは貴族の日記（藤原実資(さねすけ)『小右記(しょうゆうき)』）に書かれている。生昌は、兄の平惟仲(これなか)ともども、道隆没後に道長派に乗り換えた人物として知られる。

後世の読者は、このような史実を視野に収めることができるが、『枕草子』自体には、この日の道長の行動も、平兄弟の生き方も書かれていない。文学作品を読む際に、どこまで歴史史料を視野に入れるかは難しい問題である。本書の言及は簡略になるとしても、適宜、紹介したい。

＊清少納言の漢学の教養

生昌のことが憎らしくてならない清少納言は、挨拶にやって来た生昌をつかまえて、早速やりこめる。『枕草子』で繰り返し語られる、漢学の知識の深さで男性知識人を驚かせ、やりこめる場面が、早くも登場する。

（清少納言）「いで、いと悪ろくこそ、御座しけれ。何てか、其の門、狭く造りて、住み給ひけるぞ」と言へば、笑ひて、（生昌）「家の程、身の程に、合はせて侍るなり」と答ふ。（清少納言）「然れど、門の限りを、高く造りける人も、聞こゆるは」と言へば、（生昌）「あな、畏し」と、驚きて、（生昌）「其れは、于定国が事にこそ侍るなれ。古き進士などに侍らずは、承り知るべくも侍らざりけり。偶々、此の道に罷り入りにければ、斯うだに、弁へられ侍る」と言ふ。

清少納言は、家の門を広く、高く作った中国の賢人の故事を踏まえ、生昌の家の門の狭さを批判する。すると、生昌は、すぐに清少納言の言葉の出典が、『前漢書』や『蒙求』などの書物に書いてある、「于公高門」の故事だと気づいた。子孫が繁栄するように、父親があらかじめ家の門を大きく作っておいた、という故事である。生昌は、「ああ、あなたの知識は空恐ろしいほどです」と驚いたが、自分がその故事のことを知っていたことも、アピールしている。ただし、生昌はこの故事を于定国のことと勘違いしており、実際は于定国の父である于公のことなので、清少納言は、引用文のすぐ後の部分で、生昌の知識が生半可であると批判している。

この後、夜になって、清少納言や女房たちが疲れて寝入っている部屋に、生昌がやって来た。「障子」（襖）を少し開けて、中を覗き込むような振る舞いがあり、それを女房たちが見咎めて大笑いした。生昌が、この家の主人として、清少納言と申し合わせたいことがあった、などと弁明したりする、喜劇的な場面も書かれている。

　そのことも清少納言は、翌朝、定子に、逐一報告した。定子は、「哀れ、彼を、はしたなく言ひけむこそ、いとほしけれ」と生昌に同情し、「笑はせ給ふ」と結ばれている。定子のおおらかな笑顔が印象的である。

　生昌が、学才があることで有名な兄の惟仲に、清少納言が「于公高門」の故事を口にしたことを伝えると、惟仲までが、清少納言の漢学の知識の深さに驚嘆した。そのことを生昌から伝え聞いた清少納言は、また、定子に報告した。それぞれが、身近な人々に、この話題を伝え合っている。それを聞いた定子は、清少納言に向かって、「己が心地に、賢しと思ふ人の褒めたるを、嬉しとや思ふ、とて、告げ知らするならむ、と宣する御気色」を、「いと、をかし」と書いて、この第六段の結びとした。

　「生昌は、自分の心の中で、『この人は賢い』と思っている兄の中納言（惟仲）があなたを賞めたのが嬉しかったので、それを少しでも早く、あなたに告げようとしたのでしょう」と、定子は生昌の心を汲み取った。その様子が素晴らしい、と清少納言は称賛したのである。中宮定子の、おおらかで優雅な人となりへの讃歌が、この段の眼目であるが、清少納言と生昌のやりとりも生気に満ちて、三者三様の性格描写が優れている。

3．一条天皇の厳しさと優しさ

＊第七段「主上に候ふ御猫は」の深層

『枕草子』第七段には、犬と猫が登場する。犬の名前は「翁丸」。猫の名前は「命婦の貴婦人」。「おとど」は、身分の高い女房という意味。この猫は、五位の官位を授かり、養育係も付けられるなど、宮廷で大切にされていた。その猫を、犬の翁丸が追いかけ回し、脅かした。一条天皇は翁丸に激怒し、「犬島」に流すように命じた。三、四日経った頃、翁丸は宮中に舞い戻ってきたところを見つかり、官人たちに打擲され、死んだので捨てられた、ということだった。思いがけない出来事が、緊迫感に満ちた現地報告のようなスタイルで書かれている。

その日の夕方、庭に無惨な姿の犬がいるので、中宮もこの犬が翁丸かどうか、女房たちに問い合わせたが、翁丸ではないと結論付けられた。その翌朝、その犬が柱の許にいるのを見て、清少納言が、「哀れ、昨日、翁丸を、いみじう打ちしかな。死にけむこそ、悲しけれ。何の身にか、此の度は成りぬらむ。如何に、侘びしき心地しけむ」と優しく語りかけた。すると、その犬は、ぶるぶる体を震わせて、涙を流し続けたので、翁丸だということがわかった。

中宮定子からこのことを聞いた一条天皇は、「あさましう、犬なども、斯かる心、有る物なりけり」と言って、笑った。翁丸が、自分たち人間と同じ心や感情を持っていることに感動した一条天皇によって、翁丸は許されたのだった。一条天皇の翁丸に対する厳しい処罰と、翁丸の心の発露への共感。そのような一条天皇に対する清少納言の讃仰。これらが相俟って、翁丸をめぐる事件の顚末が、発生から収束まで、時間を追って詳しく書かれている。

＊蕪村が詠んだ翁丸

この翁丸のことを詠んだ、蕪村の句がある。

探題　老犬　　みじか夜を眠らでもるや翁丸

「探題　老犬」とは、句会で「老犬」という題を引き当てたことを示している。蕪村は「老犬」という言葉から、その名もこの題にふさわしい、『枕草子』の「翁丸」を連想した。『枕草子』では季節は明記されていないが、話の発端では、一条天皇のかわいがっていた猫が、「陽の射し当たりたるに、打ち眠りて居たるを」と書かれている。ちなみに、第七段は、一〇〇〇年三月の出来事とされる。そこから、蕪村には春のイメージが浮かび、春の騒動が許された翁丸が、天皇から蒙った恩義を忘れずに、夏の短夜ではあるが、眠らずにお側で天皇をお守りしている、という情景を詠んだのだろう。蕪村もまた、翁丸の真心に感じ入って、この句を詠んだと解釈したい。

第六段の「生昌」にしても、第七段の「翁丸」にしても、出来事の情景描写が明確である。同時に、天皇に対しても、中宮に対しても、清少納言はその心の奥まで深く理解し、共感する感性を持っている。だからこそ、宮廷文化を統率するにふさわしい二人の人となり、とりわけ、優しさや他者に対する思いやりを浮かび上がらせることができたのであろう。

4．春の日の輝き

＊宮廷章段の長編化

第六段と第七段は、大きく捉えると宮廷章段であった。その後、第八段「正月一日」は、節句の日の天候についての短い列挙章段である。第九段「慶び、奏するこそ」は、昇進の御礼を奏上する儀式。第十段「今内裏の東をば」は、背の高い僧都をめぐる宮廷人とのやりとりを短く記している。このあたりまで、宮廷にまつわる話題が続いている。ただし、その後には、地理的な名称に関する列挙章段が続くので、その部分は次章で取り上げることにしたい。

ここでは、長編の宮廷章段である第二十段「清涼殿の丑寅の隅の、北の隔てなる御障子には」を取り上げよう。定子を中心とする宮廷文化の真髄を総合的に描き出す、重要な段である。

第二十段の冒頭部には、青い瓶に挿した満開の桜、定子の兄伊周の美しい装束など、晴れやかな色彩が溢れる宮廷人たちの春の集いが書かれている。その後に、和歌の教養を中心とするやりとりが続く。清少納言が名歌の中の一言を詠み替えて、その場にふさわしい歌にした振る舞いから、中宮定子が、自分の父親である道隆にも同様の機知に富んだ和歌があり、円融天皇、すなわち一条天皇の父から誉められた話をする。そこから、さらに遡って、一条天皇の祖父である村上天皇と、女御の間で行われた『古今和歌集』をめぐる、文学的な場面に話題が移る。

いくつかに区切って、内容を辿ってみよう。

＊藤原伊周の登場

伊周は、定子よりも二歳年上の兄である。九九二年に大納言となり、九九四年には叔父の道長を超えて内大臣に昇進した。この頃が、彼らの父親である道隆の全盛期だった。道隆の急死は九九五年なので、「中の関白家」の栄華の日々は短かった。それを書き留めて、永遠の記憶にまで高めたのが『枕草子』であり、その一齣が、この第二十段である。冒頭部分に描かれた、伊周の晴れやかな姿を読んでみたい。最初に原文を示し、その後に、私の訳文を掲げた。

清涼殿の丑寅の隅の、北の隔てなる御障子には、荒海の形、生きたる物どもの、恐し気なる、手長・足長をぞ、描かれたる。上の御局の戸、押し開けたれば、常に目に見ゆるを、憎みなどして、笑ふ程に、高欄の許に、青き瓶の、大きなる、据ゑて、桜の、いみじく面白き枝の、五尺ばかりなるを、いと多く、挿したれば、高欄の許まで、零れ咲きたるに、昼つ方、大納言殿、桜の直衣の、少し、なよらかなるに、濃き紫の指貫、白き御衣ども、上に濃き綾の、いと鮮やかなるを、出だして、参り給へり。

《清涼殿の鬼門の方角に当たる丑寅（東北）の隅には、北の突き当たりに襖障子がある。それが「荒海の障子」で、「手長」と「足長」の恐ろしげな生き物たちの姿が描いてある。中宮様が清涼殿においでの時に休息所にしている「上の御局」の戸は、開いてあるので、この手長と足長の異形の姿が、どうしても目に飛び込んでくる。それを嫌がって憎むのを、皆が面白がって笑うのだった。

　ある時、こんなことがあった。高欄（欄干）のある廊下には、大きな青い瓶が置かれ、満開の見事な桜の、五尺はあろうかと思われる大ぶりな枝が、何本も挿されていた。それが高欄のあたりまで、零れるように咲いている。昼頃に、中宮様の兄君である大納言伊周様が、参上された。その出で立ちは、表が白で、裏が紫、つまり「桜襲の直衣」で、少し着慣れて柔らかな感じになっているのをお召しになって、袴は濃い紫色。その上に、白い上衣を着て、さらにその上には濃い赤綾織りという、目にも鮮やかな衣裳だった。》

恐ろしげな「荒海の障子」に触れるのが、見事な導入である。視点が切り替わった光景は、満開の桜の枝と、桜の季節にぴったりの伊周の着こなしである。中の関白家の「春」が、ここに現前している。折しも、一条天皇もこちらにおられたので、伊周が天皇に挨拶をする。御簾の内側には女房たちが居並び、桜色の唐衣を羽織って、その下には、藤襲や山吹襲など、春の美しい女房装束も零れ出ている。「昼の御座」で天皇が食事をされる。伊周は、高欄のある廊下に飾られている桜の傍に座り、中宮も近くまでお出ましになる。伊周は、この日の情景にふさわしい、「月も日も変はり行けども久に経る三室の山の」という古歌を吟誦している。ちなみに、この歌の末句は「外宮所」である。

その様子を目の当たりにした清少納言は、「実にぞ、千歳も有らまほし気なる御有様なるや」と書いた。この素晴らしい時刻が、変わることなく、千年も続いてほしい。それが、清少納言の心からの願いである。けれども、すでに触れたように、「中の関白家」の栄華は夢のように儚く消えた。その事実を清少納言は知っていて、なお、美しく晴れやかな春の日のことを書いた。その言葉は、千年の命脈を保って、後世の人々の心の中で生き続け、今ここに、私たちが読む。

『枕草子』に限らず、今を生きる読者たちが書物を読む。その一点に懸かって、すべての書物の命脈は、古典への道を辿るのである。

＊清少納言の機転

さて、春の日の麗らかさに浸っていた清少納言であるが、その場に、一条天皇がお出ましになり、皆に向かって、心に浮かぶ和歌を書き記すようにと命じた。その途端に皆が慌て始めるという、場面転換が鮮やかである。一条天皇には、その場を宰領する王者の風格がある。

清少納言は、とっさの機転で、「年経れば齢は老いぬ然は有れど花をし見れば物思ひも無し」という『古今和歌集』の和歌を思い付いた。そして、一条天皇を称えるために、「花」を「君」に置き換えて、「年経れば齢は老いぬ然は有れど君をし見れば物思ひも無し」と書き記した。

それが天皇の御感にあずかった。宮廷出仕以来、半年ほど経った時期のエピソードである。

＊『古今和歌集』という教養

清少納言の機転に気づいた定子は、直ちに、それに呼応して、自分の父である道隆にも、そのような機転を利かした逸話があった、という思い出を披露する。清少納言と定子との連係プレーによって、その場の話題がおのずと広がってゆく。

興が乗った定子は、『古今和歌集』のすべての歌をことごとく暗記していた女性がいた、と語り始める。村上天皇の御代、宣耀殿の女御と呼ばれた藤原芳子は、天皇が読み上げる『古今和歌集』の歌の上の句だけ聞いて、読み上げなかった下の句を過たずに答えた、というのである。村上天皇は、『古今和歌集』全二十巻を二日間かけて読み上げ、芳子の教養を試した。

すると今度は、この話を聞いた一条天皇が、「如何で、然、多く、読ませ給ひけむ。我は、三巻・四巻だにも、え読み果てじ」と、冗談を口にした。「村上天皇は、いかに女御の記憶力を試すためとはいえ、二十巻も読み上げるとは、たいそうな根気の持ち主だったのだな。私なら、三巻か四巻ですら、とても読み上げられない」というユーモラスな発言である。定子の教養の深さには、ふだんから脱帽しているので、自分はそれを試そうなどとは思わない、というニュアンスが籠められている。天皇と中宮の琴瑟相和す光景と、それを取り巻く女房たちの姿が生き生きと描かれる。清少納言にとって、一条天皇と中宮定子を中心とする宮廷人の集いは、美しい装束と和歌の教養が重要な構成要素であり、清少納言の機知と教養が十分に発揮できる場であった。

そのような清少納言にとって、宮廷に仕えることは、大いに推奨できる体験だった。

5．清少納言の宮廷女房論

＊女性の生き方

華やかな第二十段に続く、第二十一段「生ひ先無く、忠実やかに」は、女房として宮廷で仕える意義が、明確に書かれている。清少納言の価値観が論理的に示された冒頭部を読んでみよう。

> 生ひ先無く、忠実やかに、似非幸ひなど、見て居たらむ人は、鬱悒く、侮らはしく、思ひ遣られて、猶、然りぬべからむ人の女などは、差し交じらはせ、世の中の有様も、見せ馴らはさまほしう、内侍などにても、暫し、有らせばや、とこそ、覚ゆれ。

清少納言は、これまでに見てきた章段からも感じられるように、自分の考えをはっきり書く。この段でも、女性の生き方について、自分の考えを率直に語っている。言葉を補いながら概観してみよう。

将来、これといった展望の開ける見込みもなく、ひたすら平凡に、家庭人として真面目（まじめ）一方に生きて、妻として、母として、小さな幸せに満足して、それを守り通そうとしているような女性は、ひどく鬱陶（うっとう）しく、軽蔑せずにはいられない。

清少納言は、まずこのように自分自身の考えを述べる。何とも一方的な断言ではあるが、その根拠は、直前の第二十段で書いたような、自分の宮廷での体験にある。中宮定子の近くに仕え、一条天皇とも親しく言葉を交わし、「殿上人（てんじょうびと）」と呼ばれる上流貴族たちとも交流した自分自身の体験に根ざした発言である。

それに続く部分には、それ相応の身分の娘などは、宮中に出仕させて、女房として働くのがよく、宮廷での女房を体験すれば、世の中がどのような仕組みで動いているのかという実情なども理解できるようになる、と述べる。「世（よ）の中（なか）の有様（ありさま）」に触れるのが、大切なのだ。それに続けて、天皇のお側に仕える内侍（ないし）などとして、「内侍司（ないしのつかさ）」などに少しの間でも勤めることを勧める。

第二十一段では、さらにこの後に、世間の人々が宮仕えを躊躇（ちゅうちょ）する要因として、上達部（かんだちめ）・殿上人・四位・五位・六位の男性貴族たちから、顔を見られてしまうことがある、と述べている。それに対する清少納言の反論は、具体的である。宮中には、男性貴族だけでなく、他の女房たちもいる。女房の従者たち、女房の実家からやって来る人々にも応対する。さらに、宮廷には、日々の雑事に従事する女官たちもいる。そういった大勢の人々によって宮廷が成り立っている以上、顔を見られたり、さまざまな人と応対するのも、やむをえないことである。ただし、実際は、それほど顔を見られるわけではない。このように、具体的な状況を示して、宮仕えをしたくない、あるいは、させたくないという世間の人々に、清少納言は反論している。

＊家庭生活に活かされる宮仕え体験

清少納言の「宮仕え有効論」は、ここで終わらずに、女性が結婚して家庭に入った場合にも、さまざまな場面で有効性を発揮できるという具体例を示しており、周到な論の進め方である。

宮仕えの経験がある女性を妻に迎えて、彼女を「上」（北の方）として、大切にしている男性でも、心の内では妻が宮仕えしていた過去を、奥ゆかしくないと思っているかもしれない。そのような夫の不満も「理なれど」、と一応は認めたうえで、清少納言は自分自身の考えを述べる。

たとえば「内侍司」に典侍（次官）として勤務したような場合には、結婚後も内裏にたびたび参上したり、葵祭の際には所謂「内侍車」に乗って奉仕したりもする。それもまた、夫からしたら、面目があり、自慢できることではないか。こう述べる清少納言の反論は、具体的な事例を挙げているので、宮中体験の有効性には、説得力がある。

さらに論を一歩進めて、結婚後は、ひっそりと家に籠もりきりでも、それはそれでよいとまで述べて、譲歩したかのような余裕を見せる。ただし、宮仕え体験のある女性が家にいると、受領（国司）階級の男の娘が、「五節の舞姫」に選ばれるなどといった大役が回ってきても、たじろがずに対応できるという具体例を挙げ、「女房経験反対論者」の反論を封じる。

清少納言は断定的に自分の考えを打ち出しているように見えながら、さまざまな状況を仮定して意見を述べている。率直な意見表明の明快さと、明晰な論の進め方という、清少納言の筆法の鮮やかさに注目したい。この第二十一段で、『春曙抄』の巻一は終わる。

引用本文と、主な参考文献

・『蕪村俳句集』（尾形仂校注、岩波文庫、一九八九年）

発展学習の手引き

本章は、宮廷章段を中心に取り上げて、一条天皇と中宮定子が醸成する宮廷文化が、「教養の共有」に基盤を置く点に、注目してみた。

第二十段では、『古今和歌集』を通覧して、和歌だけでなく、詞書（ことばがき）も含めて読んで記憶することが推奨され、それを達成した人が称賛されていた。『古今和歌集』によって、王朝文化に触れることは、現代でも最高の「発展学習」であるし、こよなき読書体験ともなるので、勧めたい。

3 『枕草子』の列挙章段

《目標・ポイント》 列挙章段は、ある状況に当てはまる事例をリアルに描写する場合と、動植物などを項目別に列挙する場合がある。そこから読み取れる清少納言の連想力・観察力・分類力などを考察する。

《キーワード》 列挙章段、凄まじき物、憎き物、樹木、鳥、虫

1．連続して散見される列挙章段

＊列挙章段の面白さ

本書はおおむね、『春曙抄』の配列順に原文を取り上げて概説する方針を採っているが、各章段を取り上げる順序は、多少前後する場合もある。前章では、『春曙抄』巻一の末尾に位置する第二十一段「生ひ先無く、忠実やかに」までを読み進めてきたが、その際に触れなかった章段群がある。それは第十一段から第十九段までの連続する「列挙章段」である。

本章では、それらの諸段に一旦、立ち戻ったうえで、第二十二段以降で目立って顕れてくる『枕草子』における列挙章段を、読んでみたい。

列挙章段からは、動植物への精緻な観察力、辛辣さとユーモアが混じり合う人間観、物事や他者

に対する否定的な感情の奔流など、清少納言の躍動する個性が強く感じられる。

＊地理・地形と歌枕

『枕草子』の列挙章段は、連続する場合が多い。第十一段から第十九段までは、「山は」「峰は」「原は」「市は」「淵は」「海は」「渡は」「陵は」「家は」という順に、地理や地形に関する名称が並んでいる。最初が「山は」から始まるのは、直前の第十段「今内裏の東をば」が、高さが高い楢の木と、背の高い定澄僧都のことを話題にしたところから、「高い」ものとして「山」が連想されたからだろう。

その後には、「山」から「峰」へ、「峰」から「原」へと、次第に平地に下りてきて、「市」が立つ場所まで来ると、今度は水に関する「淵」「海」「渡＝渡し場」と続く。その後に「陵」を挙げているのは、いささか異なるが、次に「陵」（天皇の最終的な宿り）から「家」へと移動するので、ゆるやかな繋がりがあるように思われる。

「山」から「渡＝渡し場」までは、大きく捉えるならば、和歌の名所である「歌枕」という共通性が感じられる。

このような連想の繋がりを読み取るならば、ここには、歌人・学者の家柄である清原家の出身という清少納言の知識・教養が、その背景にあろう。最初の「山は」には、小倉山・三笠山を始めとして妹背山まで、三十七の山の名前が列挙されている。ただし、次の「峰は」になると、「楪葉の峰、阿弥陀の峰、弥高の峰」の三箇所だけである。

それぞれの段に含まれる名称の選び方には基準は特になく、おそらく、心に思い浮かぶ順に、自由に挙げていったのであろう。あるカテゴリーの中に、なぜ、そのものが選ばれたのかという理由が、ある程度推測される場合もあるが、理由や説明が皆無の場合には、読者の側で、「なぜ、これが入っているのだろう」と、想像力を働かせる楽しみがある。ちなみに、『春曙抄』では、名所の解説を含む歌学書『八雲御抄』によって、地名の場所がわかる場合は、注を付けている。

なお、このあたりの地理的な列挙章段は、諸本により名称の数がまちまちであり、『春曙抄』と三巻本とでは、数も章段の順序も異なる。さらに言えば、三巻本系統の中での異同も大きい。

＊淵の名前のいろいろ

「淵は」の第十五段は、名称の面白さに惹かれての列挙である。以下に、その全文を掲げよう。

淵は、かしこ淵、如何なる底の心を見えて、然る名を付きけむと、いと、をかし。ないりその淵、誰に、如何なる人の、教へしならむ。青色の淵こそ、又、をかしけれ。蔵人などの、身にしつべくて。いな淵。かくれの淵。のぞきの淵。玉淵。

「淵」という一つの言葉から、清少納言は次々に淵の名前を列挙し、その命名の由来に想像を巡らせる。「かしこ淵」という淵の「かしこ」は、「賢し」という形容詞の語幹なので、どんな立派な人の心の底が顕れて、このような立派な名前が付いたのだろうと、面白がっている。「ないりそ(入ってはいけない)」という名前が付いている「な入りその淵」は、いったい誰が、誰に向かって、ここは危険ですよと教えるために付けた名前なのだろうかと、ここでもその名前に興味を持っている。「青色の淵」という名前も、「青色」と言えば、宮廷で天皇に近侍する蔵人の着る衣服の色なので、蔵人に所縁のある淵の名前を、面白く感じたのであろう。

その後に挙げている淵の名前に対しては、理由の探索は書かれていない。清少納言の関心を考慮に入れて推測するならば、「いな淵」「かくれの淵」「のぞきの淵」は、「否」「隠れ」「覗き」という言葉を連想させる。最後の「玉淵」は、淵の底に玉が敷き詰めてあるような、美しい淵が連想される。この段に列挙されている七箇所の淵は、有名な歌枕というわけではないようで、『春曙抄』でも、実際の場所の特定は「いな淵」に関して、「大和」、すなわち、大和国という注が付いているだけである。清少納言自身も、淵の名前の面白さに惹かれて列挙したのであろう。

2. 状況・状態の列挙章段

*形容詞・動詞による列挙

『枕草子』の列挙章段は、項目にあたる言葉の書き方が、大きく分けると二種類ある。先に取り上げた第十一段から第十九段までの列挙章段は、「山は」「峰は」のように、名詞と、助詞の「は」からなる「名詞による列挙」であった。これに対して、「形容詞・形容動詞・動詞による列挙」、すなわち、ある状況や状態を挙げて、それに当て嵌まることを列挙する章段群もある。ここでは、「凄まじき物」「弛まるる物」「人に侮らるる物」「憎き物」の連続する四章段を概観しよう。

*凄まじき物

『春曙抄』巻二の巻頭に位置する第二十二段「凄まじき物」は、実にさまざまな事例を列挙している。「凄まじ」という形容詞は、多様なニュアンスを含む言葉で、その意味を一言で表現することは難しいが、一般的には「興ざめな感情」と関わる。ただし、その感情の度合いは、時により大きな幅を持つ。そのことが、この段に挙げられている二十例余りの具体例から、よくわかる。

「凄まじき物」の冒頭は、「昼、吠ゆる犬。春の網代。三月・四月の、紅梅の衣」という三例である。少し解説すると、夜に番犬の役目を期待されている犬が、昼間に吠えるのは、興ざめであり、冬に、氷魚を獲るために設置されている網代が、春まで放置されているのも、季節はずれである。春たけなわにふさわしい紅梅の衣裳を、晩春の三月や初夏の四月に着るのは、季節の推移に無頓着なので、興ざめなのである。

これに続く具体例の中から、清少納言自身が日常生活の中で体験して、「凄まじ」と感じた例を紹介しよう。訪問先で、もてなしがないこと。手紙に、お土産が添えてないこと。心を込めて、綺麗に書いた手紙を、文使いが相手に渡せずに、汚して持ち帰った時。牛車を相手に遣わして迎えにやったのに、相手が留守で、戻って来た牛飼童が、無駄足を運ばされたと言わんばかりの投げやりな態度を取った時。養育係の乳母が外出中に、子どもがむずかり出したので呼び戻そうとしても、「今夜は帰れません」という返事だった時は、「凄まじきのみにも有らず、憎さ、理無し」とまで、清少納言は書いている。

次に引用する文章は、男女関係の機微に触れる。リアルさと誇張が入り交じって、清少納言ならではの筆の力が感じられる。

> 女など、迎ふる男、増して、如何ならむ。待つ人有る所に、夜、少し更けて、忍びやかに、門を叩けば、胸、少し潰れて、人、出だして、問はするに、有らぬ、由無き者の、名告りして来たるこそ、凄まじと言ふ中にも、返す返す、凄まじけれ。

恋人を、自分の家に呼ぼうとする男がいる、という状況設定である。待っていても彼女が来ないのは、味気ない。さらに、恋人が来るのを待ち続けていると、夜が更けてから、男の家で、かすかに門を叩く音がした。男は、「さては」と期待で胸を膨らませつつ、誰が来たのかを確認させに、使用人を門に遣わす。すると、「誰それが、お出でです」と、まったく別人の名前を伝えたのは、興ざめな中にもこれ以上はないくらいである、という。

誰しもありがちな、期待しすぎる人間心理のありようを、笑いに包んで描き出していると感じられるのは、「凄まじと言ふ中にも、返す返す、凄まじけれ」という結びの言葉の強調の度合いが、大きいからであろう。

このほか、加持祈禱を頼んだのに、効き目が一向に現れず、そのうちにその験者（行者のこと）が、柱にもたれて寝てしまうこと、期待していた官位の昇進がなかった家、扇にきれいな絵を描いてもらうつもりだったのに、期待したような出来映えにならなかった時などが書かれている。

いずれにしても、期待通りにならず、がっかりする例が書かれ、その度合いによっては、強い怒りが表明される。感情の吐露が正直で直截的なのが、一種の爽快感を際立たせる。

ところで、「凄まじき物」の具体例として、清少納言はこの段の末尾近くに、「十二月の晦日の長雨」を挙げている。この部分と関わって、『源氏物語』の注釈書で取り上げられる季節感として、「師走の月」「師走の月夜」をめぐる文学史を開いてみよう。

＊「師走の月」の文学史

『源氏物語』の朝顔巻に、「凄まじき物」に関する言及がある。そこから、『枕草子』の注釈書は、『枕草子』との関連に注目してきた。

一条天皇の中宮（後に皇后）である定子に仕えた清少納言と、同じ一条天皇の中宮である彰子に仕えた紫式部は、宮廷出仕の時期は重ならないが、後の時代に「清紫」「紫清」などと並び称される王朝文学者の双璧である。清少納言の『枕草子』は「をかし」の文学、紫式部の『源氏物語』は「あはれ」の文学、という対比論も行われてきた。

『紫式部日記』には、清少納言の漢学の教養を疑い、「清少納言こそ、したり顔に、いみじう侍りける人。然ばかり賢しだち、真名書き散らして侍る程も、よく見れば、まだ、いと足らぬこと多かり」と批判している箇所がある。紫式部は、清少納言の『枕草子』の存在を、どの程度知っていたのだろうか。そのことを考えるうえで参考になるのが、『源氏物語』朝顔巻である。光源氏と紫の上が語り合う場面で、光源氏が次のように発言している。

時々に付けても、人の心を移すめる花・紅葉の盛りよりも、冬の夜の澄める月に、雪の光り合ひたる空こそ、奇しう、色無きものの、身に沁みて、此の世の外の事まで思ひ流され、面白さも、哀れさも、残らぬ折なれ。凄まじき例に言ひ置きけむ人の心浅さよ。

光源氏は、「冬の夜の月は、春の桜の花や、秋の紅葉の盛りよりも、身に沁みて素晴らしく思われる。これを凄まじき物（興ざめなこと）の具体例として挙げた人は、何と思慮が浅いのだろうか」、と語っているのである。この光源氏の発言は、『枕草子』を踏まえて、清少納言を批判したのではないかと、後世の『源氏物語』の注釈者たちは考えてきた。

四辻善成が著した『源氏物語』の注釈書『河海抄』（十四世紀後半の成立）は、清少納言の『枕草子』に、「冷物」（すさまじき物）の「十列」（十個の具体例の列挙）が載っていて、その筆頭に「十二月月夜」が挙げられている、と指摘する。ただし、現在知られている『枕草子』の写本には、このような記述はない。一条兼良の『花鳥余情』（一四七二年成立）にも、「清少納言と紫式部とは、同時の人にて、挑み争ふ心も有りしにや。十二月の月夜、少納言は、よに凄まじきと言ひしを、式部は、色無きものの、身に沁むと言へり。心々の変はれるにや」と述べ、二人の美意識の違いを指摘している。なお、兼良のこの指摘は、現代の代表的な注釈書である、「新編日本古典文学全集」の『源氏物語』朝顔巻の当該箇所の頭注でも、言及されている。

ただし、その後の『源氏物語』の注釈書では、『枕草子』の「凄まじき物」の中に、「十二月の月夜」は挙げられていない、という指摘もなされている。先に見てきた『春曙抄』の本文でも、「凄まじき物」の段の終わり近くに、「十二月の晦日の長雨」はあるが、「十二月の月夜」はない。『枕草子』自体の本文が錯綜しており、「凄まじき物」の中に「十二月の月夜」が入っている本があったのかどうか、不明である。

『源氏物語』朝顔巻でも、「冬の夜の澄める月」のことを、「凄まじき例に言ひ置きけむ人の心浅さよ」と言っているのであって、直接に、清少納言とも、『枕草子』とも、「十二月」とも言っていない。ただし、先に挙げた四辻善成の『河海抄』では「十二月の月夜」となっており、『河海抄』より少し時代が早い『徒然草』第十九段にも、「年の暮れ果てて、（中略）凄まじき物にして、見る人もなき月の、寒けく澄める二十日余りの空こそ、心細き物なれ」とある。これは十二月二十日過ぎの月のことを「凄まじき物にして、見る人もなき月」と書いているのであるから、凄まじき物としての十二月の月が、共通認識となっていたことを思わせる。

いずれにしても、『枕草子』の「凄まじき物」が、『源氏物語』および、『源氏物語』の注釈書、さらには『徒然草』にも繋がるような、微かな光を放って、文学史の中で点滅している。

＊『枕草子』から『源氏物語』への水脈

なお、もう少し付け加えるならば、『源氏物語』朝顔巻の光源氏の発言の直後には、「御簾、捲き上げさせ給ふ」とあり、女童を雪の積もった庭に下ろして「雪転ばし」をさせた、とある。このような記述の展開に注目するならば、これらは、『枕草子』きっての名場面である「香炉峰の雪」（第二百八十二段）、および長編章段の「雪山作り」（第九十二段）の場面も連想させる。

偶然の一致かもしれないが、紫式部は朝顔巻で、清少納言その人と、その著作である『枕草子』を意識した書き方をしているように思われる。真相は不明であるとしか言えないので、回り道をしてしまったかもしれないが、ほんの一言から文学史を貫くようにして視野を広げてゆくと、さまざまなことを考えさせてくれるので、ここに取り上げた。

＊憎き物

「凄まじき物」の段に続く、第二十三段「弛まるる物」では、気持ちが緩んでしまうものとして、精進の日の仏道修行、遠い将来のための準備、長期にわたる寺籠もりを挙げている。どれも大切なことなのに、それだけにかえって気が緩んでしまいがちであるという、人間心理を衝いている。次の第二十四段は「人に侮らるる物」である。人から軽く見られてしまうものとして、北側の部屋、あまりにも人が良いと知られている人物、年老いた人、軽薄な女性、土塀の崩れを挙げる。最初と最後が家に関すること、その間に人間のことを入れて、簡潔ながら、列挙項目の並べ方が明確である。

次の第二十五段「憎き物」は、「凄まじき物」の再来のような、感情の沸騰が見られる。次から次へと、「憎き物」（憎らしい物）が繰り出される。第二十五段の書き出しを、読んでみよう。

憎き物、急ぐ事有る折に、長言する客人。侮づらはしき人ならば、「後に」など言ひても、追ひ遣りつべけれども、さすがに、心恥づかしき人、いと、憎し。

自分には急ぎの用事があるのに、いつまでもおしゃべりして、帰る素振りのないお客。軽く見てよい人ならば、「それから先は、また今度」などと言って追い返せるが、さすがにそんな気易いことも言えないような身分の高い人だと、とても憎らしい。

＊『枕草子』から『徒然草』へ

『徒然草』第百七十段は、まるで、この清少納言の言葉に即応したかのような書きぶりである。

然したる事無くて、人の許行くは、良からぬ事なり。用有りて行きたりとも、その事果てなば、疾く帰るべし。久しく居たる、いと難し。人と向かひたれば、言葉多く、身も草臥れ、心も静かならず、万の事、障りて時を移す、互ひの為、益無し。厭はしげに言はむも、悪ろし。

たいした用事もないのに訪ねてゆくのはよくないし、用事があって訪問した場合でも、用事が済んだらすぐに帰るべきであって、長居は「いと難し」、つまり、たいそう不愉快である、と最初に結論を書いている。ただし、兼好は、自分の不快感の表明だけで終わらせず、そのような感情が生まれる理由として、心身の疲労と、時間の浪費による無益さを挙げている。そこから、論の流れを反転させて、心が通い合う人との座談や、用件が無くても久しぶりに手紙が来る嬉しさに触れて、この段を、「その事と無きに人の来りて、長閑に物語りして帰りぬる、いと良し。また、文も、『久しく聞こえさせねば』などばかり、言ひ遣せたる、いと嬉し」と、結んでいる。「難し」という「負」の感情を、「嬉し」という「正」の感情へと、一連の記述の中で反転させる自在さが、兼好にはある。

『枕草子』と『徒然草』を読み比べると、兼好は、物事の両面を同時に把握して認識する態度が顕著であることに、改めて気づかされる。清少納言の『枕草子』の記述の面白さに触発されつつも、兼好は、物事の両面を同時に把握することの大切さを認識したのではないだろうか。兼好は『徒然草』の第一段に、清少納言の名前を挙げ、第十九段では『枕草子』の書名を明記している。兼好は清少納言を、散文執筆の先達として意識しているのである。

＊憎き物のさまざま

「憎き物」として次々に列挙している項目の特徴をまとめると、他人の振る舞いや言動に関わる不快感が多い。「火桶・炭櫃などに、掌の裏、打ち返し、皺、押し延べなどして、炙り居る者」や「火桶の端に、足をさへ擡げ」る老人、酒宴での酒の無理強いなど、相応の身分ある人々が、こういった不作法な振る舞いをしているのを目撃して、痛烈に批判する。あるいは、人を羨ましがったり、不確かな話を言いふらしたりする人々や、こっそり来てほしいのに、無神経に音を立てて出入りする訪問者、談話中の無遠慮な発言や知ったかぶり、なども挙げている。

北村季吟の『春曙抄』は、この第二十五段に関して、「自他の心遣ひになるべき事、多し。心を付けて見侍るべし」と述べる。つまり、『枕草子』から教訓性を読み取るべきだ、と書いている。これは、『源氏物語』を政道書や人生教訓書として読んできた中世源氏学の延長線上に、『枕草子』を位置づけるものである。

第二十五段の数ある「憎き物」は、他者の言動に対する批判がほとんどだが、「硯に、髪の入りて、磨られたる」、「墨の中に、石、籠もりて、きしきしと、軋みたる」、「軋めく車」、鴉や犬の鳴き声など、聴覚に関する自分自身の堪えがたい不快さも書いている。

さらに、「蚊の細声に名告りて、顔の許に飛び歩く」、「鼠の、走り歩く」、蚤が「衣の下に、踊り歩きて、擡ぐる様にする」などは、小動物や昆虫の動きをよく観察していなければ、書けないことである。虫や小動物を取り上げる書き方は、それらを中心とする列挙章段へと結実してゆく。

3.「木の花は」と「木は」

＊列挙章段の多様性

『枕草子』の列挙章段は、ある一つの分類基準によって、それに当て嵌まる事例を列挙してゆくスタイルである。ただし、列挙章段自体が、連続性を持つひとまとまりとなって顕れる傾向がある。本章では、ここまで、名詞による列挙の「地理・地形」グループと、形容詞・形容動詞・動詞による列挙の「否定的感情」グループの二種類を概観してきた。ここからは、第三のグループとして、名詞による列挙の中の「動植物グループ」を取り上げよう。

『春曙抄』巻三の巻頭に位置する第四十四段「木の花は」から、第五十段「虫は」までの連続する七つの章段は、すべてが動植物の列挙ではないが、この中に、「木の花は」「木は」「鳥は」「虫は」という動植物に関する四章段が含まれていることに注目したい。

ちなみに、ここで動植物以外の段は、「池は」「節は」「貴なる物」の三章段である。「貴なる物」は、上品な物という括り方なので、ここでは取り上げないが、第八章で触れたいと思う。

＊「木の花は」の色彩感覚

第四十四段「木の花は」は、春から夏にかけて花が咲く木を、列挙する。第四十四段の冒頭部を読んでみよう。

> 木の花は、梅の、濃くも、薄くも、紅梅。桜の、花弁、大きに、葉、色濃きが、枝、細くて、咲きたる。藤の花、撓ひ、長く、色良く咲きたる、いと、めでたし。
>
> 卯の花は、品、劣りて、何と無けれど、咲く頃の、をかしう、時鳥の、陰に隠るらむと思ふに、いと、をかし。祭の帰さに、紫野の辺り近き、賤しの家ども、棘なる垣根などに、いと白う、咲きたるこそ、をかしけれ。青色の表に、白き単襲、被きたる、青朽葉などに、通ひて、いと、をかし。

まず、梅の花が挙げられている。古典文学で単に「梅」と言う場合は、白梅のことで、赤い梅は「紅梅」と言う。『万葉集』などで愛でられた梅は白梅なのだが、清少納言は花びらの色が濃くても薄くても、「紅梅」が一番好きであると書いている。

梅に続いて、春に花が咲く順に、桜、藤が続き、花や枝の形状と色彩のくっきりとした色合いに力点が置かれている。

卯の花は、卯月に花が咲くので、ここからは夏に花が咲く木に話題が移る。卯の花は気品が劣るが、時鳥が葉陰に隠れているかもしれないと思うと面白い、という観点からの評価である。賀茂祭（葵祭）の翌日、斎院が、お住まいのある紫野に戻られるのを見物した帰り道に見た、庶民の家の垣根に卯の花が真っ白に咲いている光景に注目している。人間に喩えれば、宮廷に仕える蔵人が着用する青い麹塵の袍の上に、白い単衣の襲を頭から被っているように見える。白い単衣の下は、青朽葉の襲などを思わせると述べて　卯の花を擬人化している。ちなみに、「三巻本」には、卯の花のことは出ていない。

引用した部分の後は、卯の花に続いて、橘の花が書かれる。ここでは、葉の濃い緑色、花の白、実の黄金色が同時に見られることの素晴らしさを、「朝露に濡れたる桜にも、劣らず」とまで称賛し、橘の花が時鳥のよすがであることにも触れる。卯の花も橘の花も、時鳥のよすがであるという点が評価を上げている。

続く梨の花と桐の花については、『長恨歌』に、「梨花一枝、春の雨を帯びたり」とあることや、桐には鳳凰が宿ることなど、中国の文学や文化にも触れて、広がりのある書き方である。最後に五月五日に花が咲くという楝に言及して、この段を締め括る。早春の梅から五月五日の端午の節句まで、季節の推移に載せて、木の花の美しさが映像を見るかのように書かれている。

＊「木は」の文化誌

第四十七段は、「木は、桂。五葉。柿。橘」と始まる。これらが名前だけの列挙であるのは、一般によく知られているからであろう。それから後は、そばの木（かなめもち）、檀、宿木、榊、楠の木、檜、楓の木、翌檜、楰の木、樗の木、山梨の木、椎の木、白樫、楪、柏木、棕櫚の木を挙げている。これらの樹木は名前だけでなく、それぞれの木の葉の色や形、あるいは文化的背景まで含めて書かれており、「樹木の文化誌」と言ってもよい書き方である。

　ここでは「白樫」について書いた部分を味わいたい。白樫が宮廷人の装束と関わることや、柿本人麻呂が素戔嗚尊を偲んで詠んだ和歌にも触れ、さらに、清少納言自身の執筆心理までも述べられているからである。

> 白樫など言ふ物、増して、深山木の中にも、いと気遠くて、三位・二位の袍、染むる折ばかりぞ、葉をだに、人の、見るめる。めでたき事、をかしき事に、取り出づべくも有らねど、何時と無く、雪の降りたるに見紛へられて、素戔嗚尊の、出雲の国に御座しける御事を思ひて、人丸が詠みたる歌などを見る、いみじう、哀れなり。言ふ事にても、折に付けても、一節、哀れとも、をかしとも、聞き置きつる物は、草も木も鳥・虫も、疎かにこそ、覚えね。

　引用箇所の内容を、かいつまんで解説しよう。白樫は、深山幽谷でもめったに生えていないので、人の目に触れない木である、と紹介したうえで、ところが実際は、宮廷人と深く関わることを述べる。すなわち、三位や二位の貴族が着る盤領（丸襟）の上衣である袍を黒く染める際には、この白樫の葉を用いるからである。白樫は葉が白いので、いつも雪が降っているのに見紛われて、人丸（柿本人麻呂）が、素戔嗚尊が出雲の国を旅したことを思って詠んだ、「あしひきの山路も知らず白樫の枝にも葉にも雪の降れれば」（『拾遺和歌集』冬）に言及する。

そして、その次に書かれている表現に注目したい。ふと耳にしたことであれ、自分が目撃した光景であれ、ほんの少しでも心に印象が強かったことは、草も木も、鳥や虫も、おろそかにはできない気がする、というのである。

『枕草子』は、心に浮かぶことを自在に書き記した散文であり、後の時代の「エッセイ」の先蹤とも見なされる。『春曙抄』で、北村季吟は「筆の遊び」という言葉を、繰り返し用いている。清少納言にとっての執筆という行為の「原動力の在りか」が、この第四十七段で問わず語りに語られている。この段は、清少納言による『枕草子』の全体像への「自注」である。

ちなみに、「白樫」と言えば、『徒然草』第百三十七段が連想される。「椎柴・白樫などの、濡れたる様なる葉の上に燦めきたるこそ、身に沁みて、心有らむ友もがなと、都恋しう覚ゆれ」という部分である。この部分は、兼好が、『枕草子』の「木は」の一節を思い浮かべながら書いたのかもしれない。兼好は、白樫の木を実際に見ながら、「心有らむ」「都」の「友」を恋しく思った。その友の中には、時空を超えて、清少納言の面影もあったのではないだろうか。

4. 「鳥は」と「虫は」

*時鳥頌

第四十八段は「鳥は」と始まる列挙章段である。直前の第四十七段に、「鳥・虫も、疎かにこそ、覚えね」と書いた通りの展開である。この段では、鸚鵡、時鳥、水鶏、鴫、みこ鳥、鶸、鶲、山鳥、鶴、雀、斑鳩、巧鳥、鷺、はこ鳥、鴛鴦、都鳥、川千鳥、雁、鴨、鳶、烏、鶯の名前が挙がっている。聞き慣れない鳥の名前もあるが、和歌に詠まれる鳥が多い。雌雄が睦み合う哀れさや、鳴き声などに簡潔に触れる鳥もある。この段の後半で、鶯と時鳥について詳しく書くが、中心は時鳥である。

「時鳥は、猶、更に、言ふべき方、無し」（何とも言いようもないほどに素晴らしい）と、「時鳥頌」と言ってもよいほどの絶賛である。「五月雨の短夜に寝覚めをして、何で、人より先に聞かむと、待たれて、夜深く、打ち出でたる声の、労々じう、愛敬付きたる、いみじう、心憧れ、為む方無し」と書いているのは、時鳥の初音をいち早く聞こうとして待ち焦がれ、ようやく聞きつけると、時鳥が人の心を惑わすように鳴くので、自分の心が身から離れて彷徨い出すかとまで思われる、というのである。これほどまでの耽溺は、『枕草子』全体の表現を見渡しても珍しい。

それに続けて、時鳥が、「六月に成りぬれば、音もせず成りぬる、全て、言ふも、愚かなり」と書いている。六月になると、時鳥がぴたりと鳴かなくなるのは潔くて、それがまた良い、という清少納言の気持ちがはっきり出ている。「時鳥の季節」の最初から最後までを、一連のものとして把握している。「夜鳴く物、全て、何れも、何れも、めでたし。児どものみぞ、然しも無き」という言葉で「鳥は」の段を締め括っているのが、清少納言らしい、ぴりっとした画竜点睛である。

＊蓑虫の哀れ

第五十段は、「虫は、鈴虫。松虫。機織。蟋蟀。蝶。割殻。蜉蝣。螢」と始まる。ここまでは、虫の名が列挙されているだけで、清少納言のコメントはないが、秋の鈴虫と松虫、機織と蟋蟀、春の蝶、海中の藻に棲む割殻や、はかない命の蜉蝣や、螢は、和歌でもよく詠まれているので、清少納言にとって、なじみ深い虫だったと思われる。

この後に続く、蓑虫、蜩、叩頭虫、蠅、夏虫、蟻については、蜩を除いて、その特徴的な生態を書いている。たとえば、叩頭虫はどうして道心を起こして、額ずくような仕種をするのだろうかと哀れがったり、蠅が濡れた足で人の顔に止まるのは非常に憎らしいとか、夏虫が廊下の上を飛び歩いたり、蟻が水の上を軽々と歩くのは面白いなど、描写に生彩がある。その中でも、後世の文学に、最も影響を与えたのは「蓑虫」である。その部分の原文を読もう。

蓑虫、いと、哀れなり。鬼の生みければ、親に似て、此も、恐ろしき心地ぞ有らむとて、親の、悪しき衣、引き着せて、（親）「今、秋風、吹かむ折にぞ来むずる。待てよ」と言ひて、逃げて往にけるも知らず、風の音、聞き知りて、八月ばかりに成れば、（蓑虫）「ちちよ、ちちよ」と、儚気に鳴く。いみじく、哀れなり。

父親が「秋風が吹く頃になったら来るから、待っていなさい」と言い残したので、蓑虫は、自分が親から捨てられたとも知らずに、風の音を聞いて秋になったのを知ると、「父よ、父よ」と、はかなげに鳴く。それが本当に可哀想でならない、と清少納言は書いた。『春曙抄』は、『新古今和歌集』時代の歌人である寂蓮が詠んだ、「契りけむ親の心も知らずして秋風頼む蓑虫の声」という和歌を紹介している。この歌の出典は未詳だが、もしも寂蓮の作であるならば、鎌倉時代初期における、貴重な『枕草子』受容の例となる。

『枕草子』の「蓑虫」は、江戸時代になると、芭蕉が「蓑虫の音を聞きに来よ草の庵」という句を詠み、芭蕉の弟子の服部土芳は、自分の草庵を「蓑虫庵」と名付け、芭蕉の友人である山口素堂は「蓑虫ノ説」という論説（森川許六編『風俗文選』所収）を書くほど、人々の心を捉えた。

『枕草子』は、北村季吟の『春曙抄』によって、江戸時代の人々に広く読まれる古典となったのである。近代になっても、たとえば、寺田寅彦は蓑虫について、エッセイ「小さな出来事」の中で、二階の窓辺から蓑虫を観察して、強い風が吹いても糸が切れないことや、じっとしているように見えて、意外な移動力があることなどを書き、蓑虫が懸命に生きていることに、人間の生き方を重ね合わせている。このエッセイでは『枕草子』の記述にも触れているが、科学者らしい観察眼に留まらず、人間の生き方にも言及して、文学的な広がりを感じさせる。

本章では、『枕草子』の特徴的な執筆スタイルとして、列挙章段の重要性に注目した。今後も、列挙章段の書き方に注目したい。

引用本文と、主な参考文献

・『紫式部日記』（新編日本古典文学全集、中野幸一校注・訳、小学館、一九九四年）
・『源氏物語』朝顔巻（新編日本古典文学全集『源氏物語・二』所収、小学館、一九九五年）
・「小さな出来事」（『寺田寅彦全集』文学編・第一巻所収、岩波書店、一九五〇年）

発展学習の手引き

『枕草子』の列挙章段は、内容が多彩なので、後世にどのような受容例があるか、折に触れて気づくこともあると思う。たとえば、「蓑虫」の例で言うなら、江戸時代後期の歌人・下河辺長流には、「蓑虫の付ける柞の片枝に猶父の無き事や鳴くらむ」がある。幕末期の『大江戸倭歌集』にも、「蓑虫の父よと鳴くも哀れなり秋風寒く柞散る頃」という歌が載っている。この二首に「柞」が詠まれているのは、「母（はは）」の掛詞だからだと思われる。また、『樋口一葉の世界』（島内裕子、放送大学教育振興会、二〇二三年）の第四章で、死去した父の「会葬記」の序文に、一葉が、「蓑虫」のことに触れていることを紹介したので、読んでいただければ幸いである。

4　男性貴族たちとの交遊録

《目標・ポイント》『枕草子』には、藤原行成や藤原斉信との交遊が描かれる一方で、橘則光との別れもある。それらの章段群に注目して、清少納言をめぐる男性貴族たちとの関わりの意味について考察する。

《キーワード》藤原行成、藤原斉信、橘則光

1．藤原行成との交遊

＊藤原行成の人生と、その家系に連なる人々

藤原行成（コウゼイとも。九七二～一〇二七）は、一条天皇の時代に「四納言」と呼ばれた有能な文人官僚の一人であった。書道の名人を意味する「三蹟（三跡）」の一人でもある。三蹟とは、小野道風・藤原佐理（サリとも）・藤原行成の三人である。行成の筆蹟を、定子たちが清少納言から譲り受けて珍重したことが、『枕草子』にも書かれている。

行成の祖父は、摂政・太政大臣にまで昇った藤原伊尹（コレマサとも。九二四～九七二）である。諡は、謙徳公。伊尹は、後述する『九条殿遺誡』を著した右大臣藤原師輔（九〇八～九六〇）の長男であり、歌人としても名高く、家集として『一条摂政御集』（別名『豊蔭集』）がある。『小倉

百人一首』には、「哀れとも言ふべき人は思ほえで身の徒らに成りぬべきかな」が選ばれた。村上天皇の時代の九五一年に、『後撰和歌集』の撰集と『万葉集』の訓読を行う「和歌所」が設置されると、伊尹はその別当（長官）となり、「梨壺の五人」と呼ばれる撰者たちを統括した。清少納言の父・清原元輔は、「梨壺の五人」の一員であった。

行成の父は、早世した歌人として知られる藤原義孝（九五四～九七四）である。『小倉百人一首』には、「君がため惜しからざりし命さへ長くもがなと思ひけるかな」が選ばれた。

このように、行成は名門の生まれだが、庇護者としての祖父伊尹（四十九歳で没）も、父義孝（二十一歳で没）も早世だったので、出世は遅れた。

行成は、九九五年に、一条天皇に近侍する蔵人頭に任じられて活躍するようになり、後に、藤原道長に信任され、権大納言に昇った。室町時代に四辻善成が著した、『源氏物語』の注釈書『河海抄』には、行成が清書した『源氏物語』に道長が加筆した、とする伝承が紹介されている。『源氏物語』を愛読した菅原孝標の女が書いた『更級日記』には、猫に生まれ変わった「大納言殿の姫君」が登場するが、この姫君は行成の娘である。彼女は、道長の六男長家と結婚していたが、長家は、藤原俊成・定家に到る「御子左家」の祖である。すなわち、行成の娘の嫁ぎ先が御子左家だったのである。

行成の子孫は、「世尊寺家」として、書道の名門となった。『源氏物語』の最初の注釈書とされる『源氏物語釈』を著した藤原伊行は、行成から数えて六代目である。その伊行の娘が、『建礼門院右京大夫集』を遺した女性である。『源氏物語』の続編として知られる『山路の露』の作者には、藤原伊行や建礼門院右京大夫を擬する説がある。

以上のように、藤原行成をめぐる系図的な人物関係は、文学・書道・源氏研究と深く関わっている。平安時代のみならず、鎌倉時代以後も、王朝文化を長く担う家系である。

＊気心を許した間柄

『枕草子』第五十七段は、「職の御曹司の西面の立蔀の許にて」と始まる。「職の御曹司」とは、本来は、中宮に仕える役人が詰める役所（中宮職）であるが、ここに定子が住んでいた時期が何度かあった。

この頃、行成は蔵人頭なので、一条天皇の使いとして、職の御曹司を訪れることもたびたびあった。中宮付きの若い女房たちには、行成のことを嫌っている人々もいたが、清少納言は、行成の人柄を高く評価して、定子にそのことを話してもいた。その部分を引用しよう。

> いみじく見えて、をかしき筋など、立てたる事は無くて、平凡なる様なるを、皆人、然のみ知りたるに、猶、奥深き御心様を見知りたれば、（清少納言）「押し並べたらず」など、御前にも啓し、又、然、知ろし召したるを、（下略）

行成は、自分が優れた人物であるなどと振る舞うこともなくて、ごく平凡な人間を装っている。だから、男性の外見しか見ない女房たちは、彼が凡庸な人物であると思い込んでいる。けれども、彼が心の奥に秘めている優れた人間性や教養を、清少納言は何度も理解する機会があったので、「あのお方は、世間一般の人のようではありません。とても立派な人物です」などと定子に申し上げ、定子も行成のことを、そのように思っている、というのである。

殿上人でも、中宮と直接に話をすることはできない。用件は、女房に取り次いでもらうしかない。行成が中宮への取り次ぎ役として清少納言ばかりに頼むので、清少納言が「私が都合の悪い時には、ほかの女房に取り次いでもらいたい」と言う場面がある。清少納言は本気で煩わしがっているわけではなく、行成との言葉のやりとりを楽しんでいる。まるで短編の対話劇のようである。

（清少納言）「有るに随ひ、定めず、何事も、持て成したるをこそ、良き事には、すれ」と、後見聞こゆれど、（行成）「我が元の心の本性」とのみ宣ひつつ、（行成）「改まらざる物は、心なり」と宣へば、（清少納言）「然て、憚り無しとは、如何なる事を、言ふにか」と、怪しがれば、笑ひつつ、（行成）「仲、良し、など、人々にも言はるる。斯う、語らふとならば、何か恥づる。見えなども、せよかし」と宣ふを、（下略）

清少納言は「何であれ、手近にあるもので、事を進めてゆくのが良い」と諭した。つまり、清少納言だけに取り次がせるのではなく、実際に目の前にいる女房を取り次ぎ役に用いるのが効率的だし、便利でしょう、と行成に教えたのである。この言葉は、日常会話のやりとりとして、ごく普通の言葉のようであるが、清少納言は行成に対して、彼の祖先である藤原師輔の『九条殿遺誡』に書かれている教えを持ち出して、行成に諭したのである。

そのことに行成が、気づいたかどうかは不明だが、行成は、最初に取り次ぎを頼んだのが清少納言で、うまく事が運んだから、それを変更したくないのだと答え、さらに、「人間の心というものは、そう簡単には、改まらないものですから」と語り、反論とも言い訳とも付かない返事をした。

すると、清少納言は、その言葉を素早く捉え、「然て、憚り無しとは、如何なる事を、言ふにか」、つまり、聖人孔子の言葉を記した『論語』に、「過ちを改むるに憚ること勿れ」とあるのは、なぜなのですか、この心掛けが大切でしょうと、今度は『論語』を持ち出して、やりこめた。

男性知識人ならば当然知っているはずの『論語』の言葉を用いることで、行成がいつまで経っても、清少納言に中宮への言伝を頼むのを、窘めている。行成は、笑いながら、ここまで親しいやりとりができる二人なのですから、恋人になりましょうよ、と冗談を言う。行成も、清少納言に言い負かされてばかりはいなかったのである。

清少納言と行成は、清少納言が数歳年上で、恋人同士ではないけれども、互いの心を深く理解し合う親しい友人であった。丁々発止のやりとりは、二人の知性と教養が匹敵するところから生まれるのであろう。

第五十七段の後半部には、これまで行成に自分の顔を見せずに、応対していた清少納言が、ある時、同僚の女房と仮眠を取っていて、偶然、行成に素顔を見られてしまう失敗談も書かれている。だが、その後は、以前にも増して親しく、遠慮のない交遊が続けられた。

＊『枕草子』と『徒然草』との回路

清少納言が口にした「有るに随ひ」という言葉は、『九条殿遺誡』の一節だった。倹約に勤めるのが為政者の大切な心がけだ、という政治教訓である。『徒然草』の開始早々の第二段にも、この言葉が用いられている。

「衣冠より馬・車に至るまで、有るに随ひて用ゐよ。美麗を求むる事勿れ」とぞ、九条殿の遺誠にも侍る。

「衣冠から馬・牛車に至るまで、今あるもので間に合わせて使いなさい。美麗すなわち、華やかな美しさを求めてはならない」という師輔の教えは、兼好の心の中にも生き続けていた。『枕草子』と『徒然草』とを繋ぐ回路の一つが、ここにも発見できる。

清少納言と藤原行成との交遊は、『枕草子』の他の段にも書かれている。たとえば「頭の弁の、職に参り給ひて」という書き出しの第百三十九段は、『小倉百人一首』で有名な、清少納言の「夜を籠めて鶏の空音は謀るとも」の和歌が詠み出された顛末を書く。この段は、第七章で取り上げたい。

2. 藤原斉信との交遊

＊藤原斉信の人生

藤原斉信（ナリノブとも。九六七～一〇三五）も、「四納言」の一人である。極官（その人が極めた最高の官）は、大納言である。父は、『九条殿遺誡』を遺した藤原師輔の子で、太政大臣の為光である。先に取り上げた藤原行成の祖父も、師輔の長男であった。行成は師輔の曾孫、斉信は師輔の孫に当たる。斉信は、九九四年に蔵人頭となり、定子のサロンに親しく出入りした。だが、定子の父である道隆の没後は、道長に接近し、その厚遇を得て、昇進した。

『紫式部日記』には、道長を支える斉信の姿が、印象的に書き留められている。この時、斉信は、「中宮の大夫」として、中宮彰子を支えている。彰子が一条天皇の子である敦成親王（後の後一条天皇）を出産し、その生後五十日を祝う宴会が、道長の土御門邸で盛大に催された。寛弘五年（一〇〇八）十一月一日のことである。紫式部が藤原公任から、「このわたりに、若紫や候ふ」と呼びかけられたのも、この時だった。

宴席は乱れ始め、酔った右大臣（道長の従兄に当たる藤原顕光）が、彰子に仕える上臈女房たちに戯れて、困らせていた。その時、斉信は盃を手にして顕光に近づき、話しかけ、女房たちの窮地を救った。このような斉信の人心掌握と事務能力の高さは、政治的な場面でも発揮された。

ところで、藤原俊成が撰んだ七番目の勅撰和歌集である『千載和歌集』の巻十六（雑の上）の配列は、興味深い。巻頭が藤原道長。二番目が藤原斉信。三番目が清少納言。四番目が紫式部。八番目と九番目が、定子と清少納言の贈答歌である。この配列からも、斉信の存在感が感じられる。一方で、清少納言の和歌も二首入り、しかも一首は定子との贈答歌である。俊成の目配りを感じさせる。

＊草の庵を誰か訪ねむ

斉信は『枕草子』にたびたび登場するが、ここでは、まとまった分量で書かれた最初の段として、第八十七段を取り上げたい。この段は、『春曙抄』では巻四に入っている。

清少納言の漢詩文への深い造詣が、斉信を始めとする宮廷貴族たちに称賛され、そのことを知った一条天皇と定子が喜ぶ、という内容である。この段は、「頭の中将の、漫ろなる空言を聞きて」と始まる。この「頭の中将」が、斉信である。

斉信が、清少納言に関する嘘の噂を信じて、清少納言を憎み、その悪口を宮中で言いふらした時期があった。斉信は、清少納言を避け、顔も見たくないと思っている。ただし、噂の内容がどのようなものであったか、具体的な記述はない。斉信の誤解がいつ頃のことなのか、その年月も書かれていない。従って、以下の記述が、斉信の誤解が始まってからどのくらいの時間が経過した後のことなのかも不明である。時間の経過の中での前後関係や、出来事の年月日などを記録せずに書き進めるのが、清少納言の流儀である。

ただし、斉信が「頭の中将」と書かれているので、九九五年の二月の末頃のことと考えられている。春雨がひどく降って手持ち無沙汰な夜に、斉信が宮中に宿直して物忌をすることになった。そして、何を思ったか、ひどく嫌っていた清少納言に、手紙を寄越した。その場面を原文で読んでみよう。

> 見れば、青き薄様に、いと清気に、書き給へるを、心悸しつる様にも、有らざりけり。（斉信）「蘭省の花の時、錦帳の下」と書きて、（斉信）「末は、如何に。如何に」と有るを、（清少納言）「如何は、すべからむ。御前の御座しまさば、御覧ぜさすべきを、此が末、知り顔に、たどたどしき真名に、書きたらむも見苦し」など、思ひ回す程も無く、責め惑はせば、唯、其の奥に、炭櫃の、消えたる炭の有るして、（清少納言）「草の庵を誰か訪ねむ」と書き付けて、取らせつれど、返り事も言はで。

斉信の手紙は、青い薄紙に美しい筆跡で、「蘭省の花の時、錦帳の下」という漢詩の一節が書き記されていた。これは、白楽天（白居易）の『白氏文集』に載っている漢詩の一部分である。斉信が記した詩句の続きは、「廬山の雨の夜、草庵の中」である。廬山の草堂で寂しく暮らす白楽天が、宮廷で華やかに時めいているであろう三人の友人たちを懐かしく思う、という切ない内容の漢詩である。

斉信は、「この漢詩句の末の部分を知っていれば、答えてみよ」と、言って寄越した。清少納言は、もちろん知っていた。ただし、「いかにも自分は知っていますよ」と言わんばかりに、この続きの漢詩句を、漢字そのままで書くのは見苦しい。困った時に相談すべき中宮も、もう休んでおられる。いったい、どうしたらよいだろうと、清少納言は悩んだ。

斉信の手紙を持ってきた者が返事を急(せ)かすので、清少納言は、手近にあった炭櫃(すびつ)の消し炭(けずみ)を取って、斉信の手紙の余白に、「草(くさ)の庵(いほり)を誰(たれ)か訪(たづ)ねむ」と書いた。「廬山(ろざん)の雨(あめ)の夜(よ)、草庵(さうあん)の中(うち)」の字眼を「草庵」と読み取って、「草(くさ)の庵(いほり)」という大和言葉に和訳し、自分をへりくだったポーズで示した点に機転がある。

なおかつ、春雨が降りしきっていたその夜にこと寄せて、斉信がこの対句を出題したことも見通して、「誰(たれ)か訪(たづ)ねむ」という反語を使って、「わたしの侘(わ)び住まいまで、この雨の中を、わざわざお訪ねなさるお気持ちなど、ありますまいに。このようなお手紙をお寄越しになりますとは、お戯れでございますこと」と、一蹴してみせたのである。

ちなみに、「草(くさ)の庵(いほり)を誰(たれ)か訪(たづ)ねむ」という表現が、藤原公任(きんとう)の家集にも見られることを、池田亀鑑が指摘しているが、清少納言が機転を利(き)かせて、この場で詠んだと解釈したい。

斉信からは、清少納言が詠んだ「下(しも)の句」に対する、「上(かみ)の句」の返事がなかったことを、忘れずに付け加えているところに、清少納言の快哉(かいさい)が込められていよう。けれども、この一件は清少納言さえ思いも及ばぬほどの反響をもたらした。

翌朝、源宣方（源中将）がやって来て、清少納言のことを「草の庵」と呼びかけた。「草の庵」は、『源氏物語』ならば「夕顔」とか「朧月夜」などに該当する、人の渾名である。

源中将の声して、（宣方）「『草の庵』や有る。『草の庵』や有る」と、おどろおどろしう問へば、（清少納言）「何てか、然、人気無き者は、有らむ。『玉の台』、求め給はましかば、いで、聞こえてまし」と言ふ。

宣方から、「このあたりに、『草の庵』さんは、いますか」と、何度も「おどろおどろしう」、つまり、大仰に尋ねられた清少納言は、「ここは、中宮様の華やかなお住まいですから、『草の庵』などという、みっともない名前の者はいません。もしも、『玉の台』という人をお探しならば、居場所を教えましょう」と答えた。ここにもまた、打てば響く清少納言の機知が閃いている。

宣方は、清少納言の「草の庵を誰か訪ねむ」という返事の仕方が、斉信を始めとする男性陣を感嘆させたこと、「草の庵を誰か訪ねむ」という七七に付けるべき上の句の「五七五」を皆で考えたけれども思い浮かばなかったこと、これからは清少納言を「草の庵」という渾名で呼ぼうと決めたこと、などを語った。

宣方と入れ違いのようにして、今度は、清少納言と親しい仲である橘則光もやって来た。彼が昨夜、自分が目撃した一部始終を、宣方の言葉をなぞるように伝えたのだった。しかも、則光は、この時の自分の気持ちを、誇らしく思うと同時に、清少納言の返事が皆にどう思われるか心配していたことや、皆が感嘆したのでほっとしたこと、自分は詩歌のことには疎いので遠慮していたところ、皆からお前もこちらに来て、このありさまを清少納言本人に伝えよと言われたことなど、彼自身の感情も交えて語った。

則光は、清少納言の夫なのだが、皆の前では「清少納言の兄」と呼ばれ、本人もそれを自認していた。一連の出来事は、宮廷の中で大評判となり、一条天皇から定子へも伝えられるという栄誉までもたらした。清少納言と斉信の仲直りも果たされ、大団円を迎えた。

けれども、清少納言にとって、宮廷での人間関係が、常に大団円となるわけではない。破綻を迎える交遊もあった。次に、橘則光との別れを取り上げよう。

3．橘則光との別れ

＊橘則光の人生

橘則光（九六五～？）は、橘氏長者。長徳二年（九九六）に修理亮、長徳三年（九九七）に左衛門尉などを勤め、その後、長徳四年（九九八）に遠江権守、寛弘三年（一〇〇六）に土佐守、寛仁三年（一〇一九）に陸奥守などに任じられた。清少納言の夫であり、則長（九八二～一〇三四）は清少納言との間に生まれた子である。ちなみに、則長の妻は、能因（九八八～？、平安中期の歌人）の姉妹である。『枕草子』の本文系統は、大別すると、「能因本」系統と「三巻本」系統がある。「能因本」と呼ばれる系統が存在するのは、清少納言の息子である則長の妻が能因の姉妹なので、『枕草子』の写本の伝来に能因の存在が関わることには信憑性があると、考えられたからだろう。本書が底本としている『春曙抄』は、能因本に近い本文である。

清少納言と橘則光とが結婚した時期は、息子の則長の生年が九八二年であるところから、その前年の九八一年頃と考えられている。通説では、則光は清少納言より一歳年上とされている。

この二人がどのような経緯で結ばれたか、詳しいことは不明であるが、清少納言の清原家と、則光の橘家は、学問や和歌に優れた知識階級の家柄として名門であり、釣り合いがよかったのだろう、などと推測されている。

その後、清少納言の父元輔は正暦元年（九九〇）に八十三歳で死去した。時に清少納言は二十五歳頃だった。清少納言が中宮定子の女房として出仕したのが九九三年頃かとされている。『枕草子』に登場する橘則光は、清少納言の風下に立っているイメージが強いが、たとえば、『今昔物語集』巻二十三の第十五では、夜道で襲いかかってきた三人もの大男を太刀で撃退した、という武勇譚が書かれている。

＊清少納言と橘則光の別離

『枕草子』第八十九段では、清少納言と橘則光との心の距離が、次第に離れてゆくプロセスが語られている。ある時期、清少納言は自分が里下がりする場所を秘密にして、ごく少数の親しい人にしか知られないように努めていた、という状況から書き始められる。「里に罷ン出たるに、殿上人などの来るも、安からずぞ、人々、言ひ成すなる。（中略）此の度、出でたる所をば、何処とも、並べてには、知らせず」、とある。

その清少納言の居場所を、藤原斉信が知りたがっていた。斉信は、清少納言の夫である橘則光に強く迫り、居場所を突き止めようとする。政治の世界では、藤原道長の権力が拡大しつつあり、斉信は道長を支える有能な実務官僚である。斉信は、清少納言を「定子の側」から、「道長の側」に引き込もうとしているのだろうか。そのために、二人だけで話し合う機会を持ちたいのかもしれない。ただし、こういう政治の世界の駆け引きは、『枕草子』では一切描かれない。書かないのが、清少納言の流儀である。

定子を崇拝する清少納言は、定子に仕える女房たちが口にする自分への批判を、定子が耳に入れることを嫌がっている。だから、自分の居場所を秘密にしているのだろう。そこに、則光が訪れた。斉信から清少納言の居場所を教えるように迫られた則光は、その場にあった「和布（わかめ）」をむしゃむしゃと食べ散らかし、斉信を呆気（あっけ）に取らせて切り抜けた、と清少納言に語った。

別の夜、則光から清少納言に手紙が届いた。その手紙には、「また、斉信から、清少納言の居場所を教えよと迫られている」、と書いてあった。清少納言は、「和布」を紙に包んで則光のもとに届けさせた。この前のように、和布を食べるなりして、その場をやり過ごしなさい、という暗号である。

後日、清少納言のもとを訪れた則光は、送られてきた和布の意味がわからなかったなどと、惚（とぼ）けたことを言ったので、清少納言は和歌で返事をした。

潜（かづ）きする海人（あま）の住（す）み家（か）は其処（そこ）なりとゆめ言（い）ふなとや和布（め）を食（く）はせけむ

（海の底に潜（もぐ）ることを生活の糧（かて）にしている海人（あま）の住みか――私の居場所――は、そこですよ、などと、絶対に教えてはなりませんと、『目配（めくば）せ』して注意するために、あなたに「和布（め）」を送ったのですよ。そんなことも、わからなかったのですか。）

『後拾遺（ごしゅうい）和歌集』巻第十九に、長い詞書（ことばがき）とともに、この「潜（かづ）きする海人（あま）の住（す）み家（か）は」の歌が入集している。「和布」と「目」、「其処」と「底」の掛詞である。『枕草子』に戻ると、清少納言に怒られた則光は、「歌、詠ませ給ひつるか。更に、見侍らじ」と言って、逃げ去った。しばらくして、則光から、手紙が届いた。そこには、「便無き事、侍るとも、契り聞こえし事は、捨て給はで、余所にても、然ぞ、などは、見給へ」と書いてあった。夫と妻として、兄と妹のようにして、これまでは互いに相手を思いやって生きてきたけれども、もし、不都合なことがあって別れたとしても、あの人は、ああやって生きているのだと思ってほしい、というのである。何と心に沁みる手紙ではないか。これは、則光から清少納言への、精一杯の別れの言葉である。

則光は日頃から、「己を思さむ人は、歌など、詠みて、得さすまじき。全て、仇・敵となむ、思ふべき。『今は、限り有りて、絶えなむ』と思はむ時、然る事は、言へ」、と言っていた。私のことを思ってくれるようなら、和歌など贈らないでほしい。私に和歌を贈ってくる人は、許し難い敵です。あなたも、私と縁を切ろうと思うならば、歌を詠むがいい。そうすれば、きっぱりお別れです、というのだ。

この則光の言葉を思い出した清少納言は、則光から来た手紙への返事に、和歌を詠み贈った。

崩れ寄る妹背の山の仲なれば更に吉野の川とだに見じ

（私たち二人の妹背の仲――夫婦仲――だった妹背山は、崩れてしまって、吉野川の流れも埋まってしまいました。ですから、もう私たちの間には、「吉野」という地名の中に含まれる「良し」という感情は存在しません。）

こうして、二人は別れたのだった。

『枕草子』では、和歌のやりとりなど自分はしない、という態度を貫いた人物として、則光のことが書かれていた。宮廷人としては珍しいタイプである。けれども、勅撰和歌集である『金葉和歌集』に、陸奥守として赴任する際に、逢坂の関で詠んだ則光の歌が入集している。

陸奥国へ罷りける時、逢坂の関より、都へ遣はしける　　橘則光朝臣
我一人急ぐと思ひし東路に垣根の梅は先立ちにけり（巻第六・別部）

則光が陸奥国の国守として赴任したのは、寛仁三年（一〇一九）である。『枕草子』に描かれているのは、一〇〇〇年に定子が崩御する以前のことが中心である。その頃から見て、二十年近い歳月が経過した時期に詠まれたのが、この和歌である。則光は「勅撰歌人」になったのである。

また、則光が陸奥に赴任する際に、餞として藤原輔尹が詠んだ歌（「留まり居て待つべき身こそ老いにけれ哀れ別れは人の為かは」巻第六・別）も、『詞花和歌集』に入っている。この他にも、『続詞花和歌集』という私撰集（個人が撰んだアンソロジー、藤原清輔撰。一一六五年頃成立）に、次のような哀切な和歌が選ばれている。

子、亡くなりて侍りける頃、同じ思ひなりける人に遣はしける　　橘則光朝臣
語らばやこの世の夢のはかなさを君ばかりこそ思ひ合はせめ（巻第九・哀傷）

「この世」が、「子の世」と「此の世」の掛詞である。自分と同じ時期に、子どもに先立たれた人と悲しみを共有しており、則光の細やかで優しい人柄を偲ばせる。

4．和辻哲郎と『枕草子』

＊和辻哲郎の『日本精神史研究』

和辻哲郎（一八八九～一九六〇）は、『古寺巡礼』『風土』などの著作で知られる倫理学者であるが、『枕草子』に関する論考が、大正十五年（一九二六）刊行の『日本精神史研究』に収められている。ここでなぜ、和辻の著作に言及するかと言えば、本章で主として取り上げてきた、清少納言と三人の男性貴族との交遊のことが、和辻の『枕草子』論にも、書かれているからである。

和辻は『日本精神史研究』の序文に、「種々の時代の文化を理解せんと志し、芸術、思想、宗教、政治の各方面にわたって、おぼつかない足どりながらも、少しずつ考察の歩をすすめた」、「自分のうちには、一つの時期を記念するものとして、これらの小篇を愛惜するこころがある」と書いている。

和辻自身が一連の思索を発表した心を愛惜すると表明している論考の中で、古典文学に関わる作品や思想は、『万葉集』『古今和歌集』『竹取物語』『枕草子』『源氏物語』「もののあはれ」である。

これらの中で、『枕草子』に関する論考は、「一　『枕草紙』の原典批評についての提案」（大正十五年二月）と、「二　枕草紙について」（大正十一年八月）の二編から成っている。分量も長く、『枕草子』に対する和辻の関心の高さを思わせる。原典批評についての論考は、『枕草子』の諸本の錯綜を整理すべきである、という提言である。

＊和辻哲郎の『枕草子』観

「枕草紙について」は、和辻の文学関係の論考の中で、最も早い時期に書かれた。和辻は多彩で多様な『枕草子』の話題の中から、清少納言が深く交流した行成・斉信・則光の三人を抽出した。それは、「宮内の私事を司どる蔵人所の長官」であった藤原行成や藤原斉信と、清少納言が「親しく交わり」、そのことが中宮定子と一条天皇にも、公然の交遊として話題になっている点に注目したからである。天皇と中宮の親密な連携が、文化形成をもたらしたこと、そして、宮廷文化の推進力として清少納言の存在が機能していることを、和辻は洞察したのであろう。

また、論考「枕草紙について」の中で、漢詩文の知識教養をめぐって、斉信よりも一段上をゆく受け答えを清少納言がした話（本章で取り上げた『枕草子』第八十七段）を、あらすじの紹介までして、「彼女の勝ち気で強情な、強い性格を知ることができる」と書き、則光との別れの経緯にも触れているのは、そこから清少納言の人物像がくっきりと顕れてくるからであった。

論考「枕草紙について」の末尾で、「我々はまずこの書において、一つの潑剌（はつらつ）として活きた心に触れなくてはならぬ」と書いている。和辻哲郎の『枕草子』論は、『枕草子』をどう読むかという一つの観点を示している。

ちなみに、和辻の「源氏物語について」（大正十一年十一月）では、この物語において、既に周知のこととして光源氏の恋愛が書かれることがあり、その前日譚が書かれていないのは、実際の執筆順と、各巻の配列順序が異なっていることの証しではないか、という、成立論に関わる問題提起がなされている。

引用本文と、主な参考文献

・『今昔物語集　三』（新編日本古典文学全集、馬淵和夫・国東文麿・稲垣泰一校注・訳、小学館、二〇〇一年）
・『後拾遺和歌集』（新日本古典文学大系、久保田淳・平田喜信校注、岩波書店、一九九四年）
・『金葉和歌集』（新日本古典文学大系、川村晃生・柏木由夫校注、岩波書店、一九八九年）
・『詞花和歌集』（新日本古典文学大系、工藤重矩校注、岩波書店、一九八九年）
・『千載和歌集』（新日本古典文学大系、片野達郎・松野陽一校注、岩波書店、一九九三年）
・『続詞花和歌集』（新編国歌大観　第二巻　私撰集編、角川書店、一九八四年）
・『日本精神史研究』（『和辻哲郎全集』第四巻所収、岩波書店、一九六二年）

発展学習の手引き

本章で言及した勅撰和歌集や私撰集を読んで、清少納言、および『枕草子』に登場する宮廷人たちの和歌に触れてみよう。古典和歌を網羅した「新編国歌大観」のCD－ROMや、DVD－ROMの「語彙検索」で、『枕草子』に登場する人物名を、「斉信」「行成」「則光」などと入力して検索すると、意外な和歌が発見でき、『枕草子』の世界がさらに広がると思う。

5 中宮定子の輝き

《目標・ポイント》 中宮定子の指導力と、女房たちの自由な振る舞いを描く章段を中心に取り上げ、あわせて清少納言と定子の心の紐帯にも触れる。

《キーワード》 定子章段、宮廷行事、五節の舞姫、父の娘

1．中宮定子の人生

＊『枕草子』の構想と、『春曙抄』の構成

本書では、『春曙抄』の本文に沿って、『枕草子』を読み進めている。ここで、少し立ち止まって、『枕草子』の構想と『春曙抄』の構成を、巨視的に眺望してみたい。

江戸時代前期に北村季吟が、本文と注釈を同時に読めるレイアウトで『春曙抄』を出版した時、『春曙抄』は十二巻から成っていた。各巻に綴じられた丁数（紙の枚数）は、ほぼ平均化している。これまでに読み進めてきた各巻の冒頭章段を挙げると、巻一が「春は、曙」（第一段）、巻二は「凄まじき物」（第二十二段）、巻三は「木の花は」（第四十四段）、巻四は「有り難き物」（第七十八段）、これから取り上げる巻五は「めでたき物」（第九十三段）である。なお、本書における『枕草子』の章段番号は、ちくま学芸文庫版の番号を使用している。

各巻の最初の章段が列挙章段になっているのは、丁数を揃える際の偶然かもしれないが、それを「境界章段」と認定して、各巻を構成する意識があったのではないかとも推測される。

全十二巻という構成は、ひとまとまりが平均にして、約二十段になり、一望の下に見渡しやすく、内容も把握しやすい。

たとえば、前章では、行成・斉信・則光という三人の宮廷人と清少納言との「交遊章段」を取り上げたが、それらは『春曙抄』で言うと、巻三のほぼ中央部から、巻四の終わり近くまでに位置している。本章は、それに続く部分、すなわち『春曙抄』の巻五を読み進めるが、そこには「定子章段」と呼びうる、中宮定子を主人公とする章段が、ゆるやかな繋がりをもって配置されている。

＊定子の家族たち

最初に、定子の人生を、定子の家族構成によって概観したい。

一条天皇（在位九八六～一〇一一）の中宮、後に皇后となった藤原定子は、九七六年に生まれ、一〇〇〇年に、二十五歳で崩御した。入内したのは、九九〇年であるから、約十年の歳月を一条天皇と共に過ごしたことになる。

定子の父方の祖父は、藤原兼家（九二九～九九〇）である。彼は、『蜻蛉日記』の作者（藤原倫寧の女、藤原道綱の母）を妻（側室）としていたことで知られる。兼家の正室は時姫（?～九八〇）であり、時姫が生んだ三人の男子、道隆・道兼・道長は、いずれも権力の中枢に立った。兼家は、孫の定子が入内する年まで生きていた。

定子は、一条天皇との間に、脩子（修子とも）内親王（九九六～一〇四九）・敦康親王（九九九～一〇一八）・媄子内親王（一〇〇〇～一〇〇八）の三人の子を生んだ。定子の崩御は、媄子内親王の出産直後の一〇〇〇年十二月であった。第二章で、定子が平生昌の邸に移ったエピソードを紹介したが、その時誕生したのが敦康親王だった。敦康親王は、一条天皇の第一皇子であるが、天皇に即位することなく、寛仁二年（一〇一八）に、数えの二十歳で逝去した。

第一皇女の脩子内親王（一品の宮）は、母である定子ゆかりの『枕草子』の善本を所持していたという伝承が、『枕草子』能因本の奥書に書かれている。ちなみに、脩子内親王は、『更級日記』とも深く関わっている。菅原孝標の女（一〇〇八〜？）が、父と共に上総の国から上京して都で住んだ家は、脩子内親王の邸と、三条天皇の娘である禎子内親王の邸の間に挟まれていた、と推定されている。また、脩子内親王が所持していた貴重な物語類を、孝標の女が譲り受けたという記述も、『更級日記』にある。

＊定子をめぐる和歌

『栄花物語』巻七「鳥辺野」は、定子の死去をめぐる記述からなる巻である。その中で、定子の遺詠が三首紹介されている。

　夜もすがら契りし事を忘れずは恋ひむ涙の色ぞゆかしき
　知る人も無き別れ路に今はとて心細くも急ぎ立つかな
　煙とも雲ともならぬ身なりとも草葉の露をそれと眺めよ

「夜もすがら」の歌は、白い（無色の）涙が尽き果てると紅涙が流れる、という伝承を踏まえ、夫である一条天皇が、定子の死を悲しんで流すであろう涙を思いやる惜別の歌である。「知る人も」

の歌は、思いがけぬ死の訪れに動揺する気持ちが、真率に歌われている。

「煙とも」の歌は、和歌で詠まれる「火葬の煙が雲となって空を漂う」という発想を下敷きにしつつ、空に流れる煙や雲ではなく、草葉に降りる露を、自分の形見だと思ってほしい、と詠んでいる。草葉は土から生えるのだから、自分は土葬を希望するという気持ちを籠めた、哀切な歌である。定子は、皇室の御陵である「鳥辺野陵」に葬られた。

『栄花物語』には、定子を偲ぶ兄弟や、一条天皇の追悼歌も載っている。葬儀の際（十二月二十七日）には、雪が降り積もっていた。

誰も皆消え残るべき身ならねどゆき隠れぬる君ぞ悲しき（兄の伊周）
白雪の降り積む野辺は跡絶えていづくをはかと君を尋ねむ（弟の隆家）
故郷にゆきも帰らで君共に同じ野辺にてやがて消えなむ（弟の隆円）
野辺までに心ばかりは通へども我がみゆきとも知らずやあるらむ（一条天皇）

伊周と隆円の歌は、「雪」と「行き」の掛詞であり、一条天皇の歌は「行幸」と「深雪」の掛詞である。隆家の歌の「いづくをはかと」は、「何処を墓と」と「何処を計と（どこを目印として）」の掛詞である。『源氏物語』浮舟巻に、死を決意した浮舟が匂宮を思って詠んだ、「骸をだに憂き世の中に留めずは何処をはかと君も恨みむ」という歌とよく似ている。時間的には、隆家の歌が先に詠まれている。

定子の肉親たちが定子の死を悲しむ哀歌もさることながら、一条天皇の御製は、定子への痛切な呼びかけであることが、胸を打つ。

「自分も皆と一緒に、野辺の送りに行きたい。しかし、それは叶わぬことだ。それでも、私の心は、あなたにどこまでも付き添っているのだ。それなのに、この深い深雪が、私の御幸であることも、もうあなたは知ることができないのであろうか」。

『栄花物語』の作者と伝えられる赤染衛門は、紫式部と同じく、中宮彰子に仕える女房だった。『栄花物語』巻五「浦々の別れ」では、伊周と隆家の失脚と左遷が語られるが、『源氏物語』須磨・明石巻の影響があるとされ、両者は密接な関係にある。『源氏物語』が書かれるより前に起きた出来事を、『源氏物語』の文体や語彙を用いて、『栄花物語』が書かれたのである。

2.「定子章段」の晴れやかさ

＊「定子章段」という呼称

『枕草子』には多岐にわたる内容が語られているが、「季節章段」「列挙章段」「宮廷章段」などは、ある程度ひとまとまりとなって登場する。本章で取り上げるのは、「宮廷章段」と呼称できる章段群であり、さらに内容に即して言うならば、定子の輝かしさを称賛する「定子章段」と呼称できる。その定子の傍らには、清少納言が控えている。すなわち、清少納言が自分の目でしっかりと見届けた定子の素晴らしさを語るのが「定子章段」である。

「定子章段」の面白さは、清少納言が登場人物であると同時に「語り手」でもある、という構造に由来している。先に見たように、『栄花物語』には、定子の心細さや、定子をめぐる人々の不安感などが中心に書かれているのであるが、清少納言の『枕草子』は、定子の不幸や悲哀は語らない。清少納言には、自分が書くべきことが明確にわかっている。しかも書くべき事物は、時間の流れに沿って、整然と立ち顕れてくるのではなく、意識の流れに沿って、あるひとかたまりのものとして連なり出てくるのだ。

＊『春曙抄』巻五の開始

『春曙抄』の巻五の冒頭は、美術品や、上流貴族たちの身分など、豪華な美しさを挙げてゆく、第九十三段「めでたき物」から始まる。次の第九十四段「艶めかしき物」も、優美で上品な衣裳や、行事などが挙げられており、二つの列挙章段が並ぶ。その後の第九十五段と第九十七段は、宮廷行事を演出する中宮定子の指導力と美的センスを描く。その間に挟まる第九十六段「細太刀の平緒」も宮廷に関わる短い段なので、第九十三段から第九十七段あたりまでは連続する「宮廷章段」であり、その中心は中宮定子である。

＊「五節の舞姫」

「五節」は、十一月に宮廷で行われる新嘗会や大嘗会の際に、「五節の舞姫」と呼ばれる少女たちが舞を披露する儀式である。第九十四段「艶めかしき物」という列挙章段の末尾は、「五節の童、艶めかし」である。五節の舞姫が優美である、と述べている。この短い一言を受けて、第九十五段では、定子が舞姫たちに趣向を凝らした演出のことが語られる。これは、正暦四年（九九三）のこととされているので、清少納言が初出仕した年である。また、第九十七段でも、五節のことが書かれている。

『紫式部日記』にも、一条天皇の御代の五節の様子が語られるが、紫式部は多くの男性貴族たちから注視される少女（舞姫）たちの緊張感や苦しさに着目する。『枕草子』は、衆人環視の中でも少女たちが舞を披露できるように、定子や女房たちが協力する姿を描いていて、明るく、華やかさに満ちている。ここにも、紫式部と清少納言の物の見方の違いが浮き上がる。

＊定子の細やかな心配り

第九十五段は、「中宮の、五節、出ださせ給ふに」と始まる。今年は、定子が自ら「五節の舞姫」を勤める少女を準備することになった。例年ならば、公卿や受領の娘が選ばれる。舞姫たちの介添え役は、大人の女房たちが勤める。その女房が、十二人も必要となった。定子以外のお妃がたは、「自分に仕える女房たちを介添え役に出したくない」と考えて、誰も女房を出さなかった。けれども、定子にはどういう考えがあったのか、中宮付きの女房を十人も出すことにした。残りの二人の女房は、一条天皇の母である詮子（兼家の娘なので、定子の叔母に当たる）の女房と、定子の妹の女房の中から出すことになった。新嘗会を華やかに演出したいという定子の意向が反映している。

「五節」は、十一月の二番目にめぐってくる丑・寅・卯・辰の日に、四日間にわたって行われる宮廷行事である。その最終日の「辰の日」には「豊明の節会」があり、「五節の舞」が舞われる。そこで舞を披露する未婚の若い女性が「五節の舞姫」である。

その辰の日に、定子は、青摺りの唐衣、汗衫を、舞姫たちや女房たちに着させた。そのことは、女房たちにさえ事前には知らせず、殿上人には堅く秘密にしていた。赤い紐を鮮やかに結んで長く垂らし、輝くばかりの白い衣に、手間の掛かる手描きで模様の絵を描き、それを、唐衣の上に着せた。この衣裳の趣向も、定子の意向だった。五節の童女は艶めいて、上品な感じに見えた。

定子の心配りは、行き届いていた。原文を読んでみよう。

（定子）「五節の局を、皆、毀ち透かして、いと、怪しくて、有らする、いと異様なり。其の夜までは、猶、美しくこそ有らめ」と宣はせて、然も惑はさず、几帳どもの綻び、結ひつつ、零れ出でたり。

定子は、「舞姫たちの控え室を、今日で四日間の行事が終わりだからといって、舞姫や付添の女房たちがまだ部屋にいるうちに、翌日のことを考えて片付け始めてしまうのは、よくない。中にいる舞姫たちが外から見られて、気まずい思いをするでしょう。最後の行事がすべて終わる夜までは、部屋はそのままにしておくように」と命じた。男性貴族たちの好奇の視線から、女性たちを守ろうとしたのである。

「然も惑はさず」は、舞姫たちに気まずい思いをさせない、という意味である。几帳の隙間は、結び合わせて、外から見えないようにした。そのうえで、几帳と几帳の隙間から女房たちの色鮮やかな袖口だけを零れ出させ、華やかさを示した。若い舞姫たちへの心配りと、女性たちの美しさと華やかさも外部にアピールして、外にいる人々の好奇心にも応える演出である。

＊女房たちの振る舞い

さて、舞姫たちは、四日間のうちに、何度も御殿に上っては、控えの部屋に下がってくる。そのたびに、付添の女房たちも同行する。疲れてしまった女房たちに対しても、定子は、送り迎えの役目をしっかり務めるように、と命じた。例年の五節とはまったく違い、定子に仕えるほとんどの女房たちが、一群となって犇いていた。

五節の最終日の夜も、舞姫を女房たちが取り囲み、覆いかぶさるようにして守りながら歩いた。

定子の配慮のお陰で、舞姫たちも落ち着いて行動できた。彼女たちが舞い終わって、控え室のある常寧殿（じょうねいでん）からそのまま、仁寿殿（じじゅうでん）を通って、清涼殿（せいりょうでん）の前の東の簀子（すのこ）から、舞姫を先頭にして定子の部屋に参上する様子は、まことに素晴らしい見物（みもの）であった、と清少納言はこの段を結んでいる。

定子は、儀式のコーディネーターだけでなく、ファッション・リーダーでもあり、「五節」という重要な宮廷儀式を積極的に演出している。卓越した美意識で人々を驚かせるだけでなく、少女たちを男性たちの視線から守ることにも細心の注意を払った。

定子は、自分に仕える女房たちと共に、一条天皇の宮廷を華やかに彩ったのである。その女房たちの中に、定子の意向を汲み、その新機軸を明確に書き留めた清少納言がいたことが、改めて印象付けられる。

第九十七段は、第九十五段の余滴のような、明るく楽しげな段である。五節の頃の宮廷の華やいだ雰囲気や、臨時にやってきて儀式の手伝いをする人々の晴れがましい気持ち。宴会の夜の殿上人たちの寛（くつろ）いだ様子。舞姫たちが舞の予行練習をするのを、天皇がご覧になる儀式の場所に、中宮付きの二十人もの女房たちが、役人の制止も聞かず、勝手に中に入ってしまい大騒ぎになる。その様子を、天皇も、「いと、をかしと、御覧（ごらん）じ御座（おは）しますらむかし」と、清少納言は推測する。天皇のおおらかさも含めて、清少納言の心に映った情景の、「スナップ・ショット章段」である。宮廷儀式の晴れやかさを一層高めた、定子の輝かしい存在感が印象的である。

3. 紐がほどけたハプニング

＊五節の舞姫と藤原実方

ところで、第九十五段には、一つのエピソードが書き込まれている。それは、小兵衛（こひょうえ）という若い女房の肩紐が、ゆるんでほどけてしまった時、色好みの風流貴公子として名高い藤原実方（さねかた）が、すぐに気づいて近寄って紐を結びながら、歌を詠み掛ける、というハプニングが起きたのである。

思いがけない出来事に、小兵衛はすぐに歌を返すことができず、当惑している。このような場合には、直（す）ぐに歌を返すことが求められる。それを当然のこととして、周囲の人々も見守っている。そこで、小兵衛の代わりに、清少納言が実方に歌を返して、急場を凌いだのだった。

実方は、「あしびきの山井（やまゐ）の水（みづ）は氷（こほ）れるを如何（いか）なる紐（ひも）の解（と）くるなるらむ」という、艶めいた和歌を詠み掛けたのだった。この歌は、「私に対して、あなたは氷のように冷たかったのに、今日はまた、どうしたことでしょう。あなたの衣裳に結んであった赤い紐がゆるんでほどけました。これは、あなたの心が私に対して解けたということですね」、という意味である。いきなり、このように詠み掛けられたならば、若い女房は困惑して、返事ができないのも当然であろう。

定子サロンの名誉のために、清少納言は返歌を代作するという責任を果たした。この時、実方が詠み掛けた和歌は、『後拾遺和歌集』巻第十九、雑五に、入集している。けれども、清少納言が小兵衛に代わって詠んだ、「薄氷（うすごほり）淡（あは）に結（むす）べる紐（ひも）なれば翳（かざ）す日影（ひかげ）に弛（ゆる）ぶばかりを」という和歌は、『枕草子』第九十五段には書かれているが、『後拾遺和歌集』には入っていない。

この歌は、「薄氷は、はかないもの。その薄氷ではありませんが、淡く、そっと結んだ紐ですもの、太陽の光に、薄氷が解けるように、自然と弛んだだけのことです」という意味である。実方の思わせぶりに反論したのである。

その後、『千載和歌集』巻第十六、雑上に、この清少納言の歌が入集した。ただし、初句は「うは氷」である。長い詞書を伴っており、その中で、すでに『後拾遺和歌集』に入集していた先ほどの実方の歌も挙げられている。これで、やっと二首の和歌が揃った。『千載和歌集』は藤原俊成が単独の撰者であったので、俊成の計らいであろうか。清少納言は、このことを知る由もないが、もし知ったら、面映ゆく感じたことであろう。

＊露伴の「あわ緒」考

ちなみに、幸田露伴が「あわ緒」という言葉について考証している小論がある（岩波文庫『露伴随筆集』下「あわ緒」）。露伴は『万葉集』巻四・七六三番歌（玉の緒を沫緒に搓りて結べらばありて後にも逢はざらめやも、紀郎女）に出てくる「あわ緒」の意味を考証する際に、『枕草子』のこの段で、清少納言が詠んだ歌によって、「あわ緒はゆるぶばかりの紐と聞こゆ」と書いている。また、「『枕草紙』以下、あわ緒を沫緒として詠める歌は、皆『万葉』の歌を拠として詠めるなれば」とも書いている。

ただし、『伊勢物語』第三十五段に、「玉の緒を沫緒に搓りて結べれば絶えての後も逢はむとぞ思ふ」という歌がある。『枕草子』の歌は、むしろ『伊勢物語』との関連で考えるべきであろう。

4．定子と清少納言との絆

＊漢詩句の教養

第九十九段は、「上の御局の御簾の前にて」と始まり、定子の容姿を具体的に書いている。

上の御局の御簾の前にて、殿上人、日一日、琴、笛吹き、遊び暮らして、罷ン出別るる程、未だ、格子を参らぬに、大殿油を差し出でたれば、戸の開きたるが、露なれば、琵琶の御琴を、縦様に、持たせ給へり。紅の御衣の、言ふも世の常なる、袿、又、張りたるも、数多、奉りて、いと黒く、艶やかなる御琵琶に、御衣の袖を打ち掛けて、捉へさせ給へる、めでたきに、側より、御額の程、白く、けざやかにて、僅かに見えさせ給へるは、喩ふべき方無く、めでたし。

清涼殿で定子が使っている部屋である「上の御局」の簾の前で、殿上人たちが一日中、優雅な音楽を奏でていたが、日が暮れたので退出し始めた。まだ、格子戸を閉めないうちに、灯りを点したので、部屋の中の様子が、清少納言の目に、はっきり見えた。定子は、琵琶を縦に真っ直ぐに持ち、演奏を止めていた。外から、自分の顔が覗かれないように配慮し、琵琶で隠していたのである。定子の着ている紅の衣裳が美しい。黒く、つやつやとした琵琶に、定子の着ている衣の袖が打ち掛けられている。横から見ると、定子の額のあたりが、とても白い。隠そうとしても、わずかに見えている顔が、喩えようもなく素晴らしい、と清少納言には思われた。

この後、清少納言と定子は、機知に満ちたやりとりを交わす。

> 近く居給へる人に、差し寄りて、(清少納言)「半ば隠したりけむも、え斯うは、有らざりけむかし。其れは、直人にこそありけめ」と言ふを、聞きて、心地も無きを、理無く、分け入りて、啓すれば、笑はせ給ひて、(定子)「我は、知りたりや」となむ仰せらるる、と伝ふるも、をかし。

清少納言は、「半分だけ顔を隠した女の人も、今、ここにいらっしゃる人(定子)ほどには、美しくはなかったでしょう。それに、その女の人は、身分の高い人ではなかったでしょう」と言った。白楽天の『琵琶行』に、女性の姿が、「猶、琵琶を抱いて、半ば面を遮る」とあることを踏まえている。清少納言の言葉を聞いた女房が、『琵琶行』のことには気づかず、かなり強引に人をかき分けて、定子の近くまで行って、このことを伝えた。すると、定子は笑って、「顔を半分隠した女の故事を、清少納言は知っていたのかしら」と言った。そのことを、女房が戻って来て清少納言に伝えたことを、清少納言は面白く感じた。

『琵琶行』の漢詩句を知らない女房の存在が、『琵琶行』の詩句を知っている、定子と清少納言の心の紐帯を際立たせている。

なお、この第九十九段の一つ前の第九十八段「無名と言ふ琵琶の御琴を」にも、宮廷に伝わる琵琶や笛の名器をめぐる定子の言葉がある。第九十八段と第九十九段は、「音楽」、とりわけ「琵琶」というテーマで繋がる「定子章段」だった。しかし、このような素晴らしい定子の許を離れてゆく人物もいた。

＊悲しみの中宮

第百段「御乳母の大輔の」は、定子の乳母だった女性が日向の国に去った、という内容である。この段のみは、定子が置かれた境遇の辛さと悲しみを書いている。しかし、客観的な事実としての記述ではなく、そのような状況を清少納言自身がどう思ったかが書かれているところに、批評文学としての『枕草子』の特徴が見て取れる。

定子から格別に思われている乳母の大輔が、どのような事情があったにせよ、最終的には定子から遠く離れてゆく決断をしたことを、清少納言は、「然る君を、置き奉りて、遠くこそ、え行くまじけれ」と、強く批判している。これほど自分を思ってくれる主人を捨てて去ってゆくことなど、自分だったら絶対にできない、という悲憤である。

定子は、遠国へ向けて旅立つ大輔への餞別の扇に、「茜さす日に向かひても思ひ出でよ都は晴れぬ長雨すらむと」という和歌を書き付けた。日向への旅の無事を願いつつも、別れの辛さに涙する自分の気持ちを吐露している。定子の寄る辺なき憂いを揺曳させて……。この後には、「妬き物」、「傍痛き物」、「あさましき物」、「口惜しき物」という、否定的な感情にかかわる列挙章段が続いている。定子の乳母の離反という辛い出来事に対する、清少納言の気持ちの反映ではないだろうか。

5．諭す定子、諭される清少納言

＊和歌を回路として

第百五段「五月の御精進の程」は、一転して話題満載の楽しい長編章段である。特に、前半部の筆致は軽快である。この段のあらすじを辿ってみよう。

最初のテーマは「郊外へのピクニック」である。清少納言は、仲間の女房と、四人で牛車に相乗りして、賀茂の奥に時鳥の声を聞きに出かける。途中、定子の母方の伯父に当たる高階明順の邸に立ち寄ると、時鳥がうるさいほどに鳴いていたが、田舎風の食事の饗応を受けたり、天気が悪くなって慌てて先を急いだりして、時鳥の歌は詠めずじまいだった。

牛車に卯の花の枝をぎっしり挿して飾って帰途についたが、この素晴らしい牛車を誰かに見せて驚かせようと、藤原斉信の弟の公信を揶揄ったりする愉快な挿話も語られる。

だが、定子に帰参の報告をした清少納言は、時鳥の歌を詠まなかったことを叱られた。清少納言は、「自分は、有名な歌人である父・清原元輔の名を辱めたくないので、歌は詠みたくない」と本心を告げる。定子が、「然らば、唯、心に任す。我は、『詠め』とも、言はじ」と言ったので、清少納言も、「いと心安く、成り侍りぬ。今は、歌の事、思ひ掛け侍らじ」と、安堵した。

父の名誉のために歌を詠みたくない清少納言の心境を、定子は許した。ここに、二人の信頼関係が見て取れる。ところが、ある晩、定子に仕える女房たちが、定子の兄である内大臣伊周から、和歌を詠むことをきつく命じられる。伊周から、「なぜ、お前は歌を詠まないのか」と迫られた清少納言は、「中宮様の許可を得ています」と答える。

そうするうちに、定子から清少納言に歌が届けられた。

　（定子）元輔が後と言はるる君しもや今宵の歌に外れては居る

と有るを、見るに、をかしき事ぞ、類ひ無きや。いみじく笑へば、（伊周）「何事ぞ。何事ぞ」

（清少納言）「其の人の後と言はれぬ身なりせば今宵の歌は先づぞ詠ままし慎む事、候はずは、千歌なりとも、此よりぞ、出で参で来まし」と、啓しつ。

と、大臣も宣ふ。

定子は、「優れた歌人である清原元輔の子であるあなたが、今宵の歌会に参加せずにいて良いのですか。あなたも歌をお詠みなさい」と、清少納言の頑なな態度を、やんわり注意した。定子の温かい心遣いに感動した清少納言は、思わず笑い声をあげた。

清少納言は、自分に課していた「詠まずの禁」を破り、歌を詠んだ。「有名歌人である元輔の娘と言われない身ならば、私も喜んで歌を詠みたい。けれども、父の名を汚したくないので、どうしても詠めない」という率直な気持ちを、そのまま五七五七七の和歌にして詠んだのだった。

定子の歌は、「元輔」という清少納言の父親の名前まで挙げていた。その歌に接した清少納言は、自分が「父の娘」であることを改めて嬉しく思ったであろう。清少納言が感じた喜びを、定子はよく理解している。

清少納言は、「このような父に対する慎みを意識しなくて済むのなら、千首でも歌は湧き出てくるでしょう」と定子に言い、自分の心を理解してくれたことへの感謝とした。

この段は、郊外への時鳥探訪の散策記から始まり、その後の和歌の詠作をめぐる応酬まで続く長編章段である。最終的には、中宮と清少納言との間で「和歌問答」が交わされ、「清少納言と和歌」というテーマが浮上してきた。

定子から、「元輔が後と言はるる君」と呼びかけられた清少納言は、自分が「父の娘」であることを受け入れた。定子は、清少納言の複雑で繊細な心の燦めきを愛しており、「元輔の娘」である清少納言を受け入れていた。

清少納言と中宮の間には、互いを認め合う暗黙の了解、すなわち「黙契」が存在している。この深い心の結びつきを読み取ることで、次なる第百六段の内容が理解できる。第百五段と第百六段は「連続読み」することで、味わいが増す。

＊仏典を回路として

第百六段「御方々、公達、上人など、御前に、人多く候へば」は、定子と清少納言の心の繋がりが、最も明確に表れている段である。定子の側には、大勢の人が伺候していた。定子の妹たち、定子の男の兄弟たち、そして、上達部たち。清少納言は遠慮して、部屋の端で同僚の女房と世間話をしていた。

すると、定子が、「あなたが直接にお取りなさい」という素振りで、清少納言に向かって、何か物を投げた。それは紙で、すぐに開いてみると、「質問に答えなさい。私は、あなたのことを大切に思うべきかしら。それとも、その必要はないかしら。私があなたに目を掛けるにしても、第一番でないのならば、あなたはどう思うかしら」と書かれていた。

それに続く文章を、読もう。なぜ、定子が清少納言に、このような質問をしたのかについての説明がなされている。

> 御前にて、物語などする序でにも、（清少納言）「全て、人には、一に思はれずは、更に、何にかせむ。唯、いみじう憎まれ、悪しう、せられて有らむ。二・三にては、死ぬとも有らじ。

一にてを、有らむ」など言へば、（女房たち）「一乗の法なり」と、人々、笑ふ事の筋なンめり。

清少納言は、これまで定子の前で女房たちと雑談する折に、「私は何と言っても、第一番に思われたい。一番に思われないくらいなら、ひどく憎まれたり、悪口を言われた方が増しです。二番や三番では、死んでも嫌です。何が何でも、一番になりたい」などと言うので、他の女房たちからは、「仏様が教えを説かれたたくさんのお経の第一番で、『一乗の法』と言われるのは『法華経』です。清少納言さんは、さしずめ、わたしたち女房たちの中の『法華経』に当たるのね」などと、皆に笑われていた。清少納言は、定子からの問いかけに、どう答えたか。

（清少納言）「九品蓮台の中には、下品と言ふとも」と書きて、参らせたれば、（中宮）「無下に、思ひ屈じにけり。いと、悪ろし。言ひ初めつる事は、然てこそ、有らめ」と宣はすれば、（清少納言）「人に従ひてこそ」と申す。（中宮）「其れが、悪ろきぞかし。『第一の人に、又、一に思はれむ』とこそ、思はめ」と、仰せらるるも、いと、をかし。

清少納言は、「極楽浄土には、上品上生から下品下生まで、九つがあるそうですが、私はその一番下の下品下生でも良いです。定子様のお傍という、極楽のような素晴らしい場所にいられるのならば、それだけで幸せです」と書いて、定子に差し上げた。

すると定子は、「自分を卑下するのは、良くないことです。自分が言ったことは、ずっと変えずにいなさい」と言った。そこで清少納言は、「結局は、私を思ってくれる相手次第です。第二や第三の人からは、第一に思われたいのです。けれども、第一の人である中宮様に思っていただけるのならば、一番下でもかまいません」と答えた。

そうすると定子は、「それ、それ、そういう態度が、良くないのよ。『第一の人に、第一番に思われたい』と言ってこそ、あなたらしい」と言った。清少納言は、嬉しさと恐縮が入り交じって、胸が一杯になったことであろう。

清少納言は、「私は一番に思われなければ嫌（いや）」と、強く願っている。定子は、「一番の人に、一番に思われなくては、駄目」と、清少納言を励ます。息がぴったりの二人である。清少納言と中宮定子の心は、一つに融け合っている。定子の自信に満ちた断言の背景には、「一番の人」である一条天皇に、一番愛されているのは自分であるという誇りと実感がある。だからこそ定子は、いつも明るく、ユーモアを持って、周囲の人々に接することができるのであろう。

ちなみに、白洲正子（しらすまさこ）（一九一〇～九八）は、長編エッセイ『清少納言』の中で、この段の「一（いち）にてを、有（あ）らむ」という一言を取り出し、これこそが一番清少納言らしい言葉であり、一番好きな言葉である、と書いている（『芸術新潮』一九九九年十二月号）。

清少納言は、定子に宮仕えするようになって、自分を正当に評価してくれる高貴な同性の人物と出会った。同じように、定子にとっても、清少納言の存在は、かけがえのないものであったであろう。

引用本文と、主な参考文献

・『栄花物語　上・中・下』（新編日本古典文学全集、山中裕・秋山虔・池田尚隆・福長進校注・訳、小学館、一九九五～九八年）
・『後拾遺和歌集』（新日本古典文学大系、久保田淳・平田喜信校注、岩波書店、一九九四年）
・『千載和歌集』（新日本古典文学大系、片野達郎・松野陽一校注、岩波書店、一九九三年）

発展学習の手引き

『枕草子』に描かれている宮廷行事や、男性貴族たちと女房たちとの社交の様子は、『後拾遺和歌集』（一〇八六年成立）に収められた和歌にも、数多く詠まれている。また『栄花物語』には、定子の境遇と人生が書かれている。これらの和歌や歴史物語からも、『枕草子』の時代への理解が深まると思うので、あわせて読んでほしい。

6　中の関白家と、一条天皇の宮廷文化

《目標・ポイント》中の関白家の栄華と、一条天皇の宮廷が醸し出す文化は、両者が相俟って、自由闊達な雰囲気を生みだした。そのことを讃美する章段を読みつつ、清少納言の活躍にも言及し、『枕草子』の多様な記述に触れる。

《キーワード》中の関白家、道隆、定子、伊周、隆家、原子

1．中の関白家の栄華と、家族の肖像

＊花山天皇の退位と、一条天皇の即位

一条天皇の母は、藤原兼家の娘の詮子（東三条院）である。兼家は、自分の孫である一条天皇（当時は春宮）の早期即位を願って、息子たちと謀り、花山天皇（カサン、とも）の退位を実現した。これが、「寛和の変」（九八六年）である。

『大鏡』によれば、寵愛する女御の突然の死去を悲しんだ花山天皇は、出家と退位の気持ちを口にした。蔵人として花山天皇に近侍していた兼家の三男の道兼は、父の意向に従って、天皇を唆して花山寺（元慶寺）で出家させる。天皇は退位の意思を翻意しようとしたが、兼家と道兼の策謀によって、後戻りできなかった。

宮中では、兼家の長男の道隆と、道隆の異母弟にあたる道綱が、兼家の意向を受けて「三種の神器」を確保し、一条天皇が即位した。それから四年後の正暦元年（九九〇）、道隆の娘の定子が一条天皇の中宮となり、ここに道隆の全盛時代が開幕したのである。

＊中の関白家の肖像

藤原道隆は、「中の関白」と呼ばれる。道隆の急逝後に、道隆の息子の伊周を退けて氏長者となったのは、道隆の同母弟である道兼だったが、すぐに病没し、「七日関白」と言われる。道隆・道兼の死後、永く権力の中枢にあったのは、彼らの同母弟である道長で、「御堂関白」と称される。ちなみに、『蜻蛉日記』の著者が、藤原兼家との間に生んだ道綱は、道長の異母兄であるが、大臣になれず、大納言に止まった。道隆・道兼・道長・詮子たちの母は、兼家の正室である時姫である。

中宮定子の父・道隆が「中の関白」と呼ばれるのは、藤原摂関政治を盤石のものとした父兼家と、長期政権を築いた同母弟である道長の「中間＝中」に挟まっているからだ、と言われる。道隆の正室は、高階貴子（?〜九九六）である。貴子の曾祖父高階師尚（モロヒサ、とも）は、『大鏡』などに記された噂では、『伊勢物語』第六十九段で、在原業平が伊勢の国に「狩の使い」として派遣された際に、業平と斎宮との間に生まれた秘密の子である、とも伝えられる。

高階貴子は、漢文の知識が豊富であった。円融天皇の御代には宮仕えし、漢文に堪能だったので、内侍に任じられた。貴子は「高の内侍」と呼ばれる内侍であった。

貴子は歌人としても知られ、「忘れじの行末までは難ければ今日を限りの命ともがな」は、『小倉百人一首』に選ばれた。作者名が「儀同三司の母」となっているのは、内大臣だった長男伊周が、失脚後に、大臣に準ずる地位（准大臣）にまで復権した時、「儀同三司」と自称したことに由来する。「三司」とは、太政大臣・左大臣・右大臣のことで、「儀同」とは、この三司と儀礼の格式が同じであるという意味である。

『蜻蛉日記』に描かれる藤原兼家は、軽口や駄洒落を口にする性格であり、作者にはそれが「軽薄」に見えた。『枕草子』を読むと、兼家の長男である道隆も冗談を好んで口にしており、その明るい性格が肯定的に描かれている。道隆が九九〇年に関白となり、九九五年に没するまでの、中の関白家の華やかさを、『枕草子』は書き留めている。

2．清少納言の秀句

＊「海月の骨」

『枕草子』の第百七段「中納言殿、参らせ給ひて、御扇、奉らせ給ふに」には、定子の弟の隆家と清少納言が、冗談を言い合う愉快な場面がある。前章の最後に取り上げた第百六段に続く段である。

「中納言殿」とは、定子の弟の隆家のことで、当時は十代の後半だった。隆家は、扇を定子に献上する際に、「隆家こそ、いみじき骨を、得て侍れ」と自慢した。この「骨」は、扇の骨、つまり骨組のことである。定子が、「如何様なるにか、有る」（どんな骨なの）と尋ねた。隆家は、この骨を見た人に言わせると、「更に、未だ見ぬ、骨の様なり」（これまで見たこともないほどに素晴らしい骨であるらしいですよ）と、自慢げに答えた。

そのやりとりを聞いていた清少納言が、二人の会話に、一言、口を挟んだ。「然て、扇のには有らで、海月の、なり」、つまり、そのように誰も見たことがない珍しい骨ならば、きっと、骨がないはずの海月（水母）に入っていた骨なのでしょう、と機転を利かせた。隆家は、「あっ、参ったな。これは秀句だ。清少納言が今言った言葉は、僕が言ったことにしよう」と言って、笑った。定子を囲んでの楽しいひとときを書き記したこの段の締め括りに、清少納言は、「斯様の事こそ、傍痛き物の中に、入れつべけれど、人毎、『な落としそ』と侍れば、如何はせむ」と書いている。このような自慢話めいたことまで書かなくてもよいのだが、皆が「あなたが書いている本に、書き落とさないように」と言うので、仕方なく書いた、という弁明である。

この一文を読み過ごすことはできない。『枕草子』は、定子を中心とする宮廷サロンの人々に広く読まれていて、「あのことを、ぜひ書き残してほしい」などという読者からの要望が、作者である清少納言に寄せられていたことを暗示しているようだからである。

ただし、清少納言は、中宮定子サロンの単なる「記録係」ではない。『春曙抄』は、次の第百八段の途中で巻五が終わり、巻六に入る。巻五まで読み進めてきて感じるのだが、清少納言の筆致は「記録係」と言うには、あまりにも自由奔放である。自分が感じたことを、自分が書きたい文体で書き留める散文スタイルであるからこそ、『枕草子』は魅力的な作品となった。

第百七段の末尾に、先ほどのような言葉が出てくるのは、自分が記録係を仰せつかっているという意味ではなく、このような自讃を書いたことに対する自戒も込めていると解釈したい。というのは、この次の段が、何でも自分の手柄にして自慢する宮廷人への痛烈な皮肉だからである。

こうして清少納言は、記述内容のバランスを絶妙にとりながら、軽快に書き進めてゆく。執筆行為の自在さを完全に手中に収めている清少納言の姿を想像するのは、『枕草子』を読む大きな楽しみである。

＊自分の手柄にこじつける人

第百八段「雨の、打ち延へ、降る頃」は、何でも自分の手柄にしてしまう藤原信経を、清少納言が懲らしめる段である。雨が降り続いている頃、藤原信経が、一条天皇の使いで定子のもとにやって来た。応対に出た清少納言が、信経に敷物を出したが座ろうとしないので、どうぞお使い下さいと言ったところ、「雨に濡れているので、足跡が付くといけないので」と遠慮する。

そこで清少納言が、「この敷物は毛織物の『氈褥』ですから、『洗足』、つまり足拭きにもなります」と機転を利かせると、「その言葉は、私が足跡が付くと言ったから出てきた言葉ですね。だから、あなたの手柄ではないですよ。私がその言葉を導き出したのです」と何度も繰り返して、自分の手柄にしてしまった。

秀句が発せられる状況を取り上げた、この段の描き方自体は、前段の「海月の骨」という秀句からの繋がりであろう。だが、この第百八段では、清少納言の立場が大きく変わって、秀句を発する立場から、秀句を導き出す役割へと、信経によって引き下げられたのである。

そこで、清少納言が、反撃に出るかのように、いつぞや宮中で、名前に関する面白いやり取りが、秀句として話題になったことを語る。すると、その話まで、秀句を言った人物を誉めるのではなく、その秀句を引き出した人物の手柄だと、信経は言い張った。

このような口達者な信経であったが、ひどく字が下手だった。信経は、宮中の調度品を管理する部署の長官だったのだが、図面に添えた彼の字を見た清少納言が、「この字の通りに造ったならば、ひどく歪んだ物ができてしまうでしょう」、と余白に書き込んだ。皆が大笑いしたので、信経は立腹して、清少納言を恨んだ。

清少納言としては、軽い、いたずら心だったのだろう。信経に対して、かなり失礼な態度だとも思うが、自分の気持ちのままの言動も含めて、信経との一連のやり取りを書かずにいられなかったのだろう。ちなみに、この個性的な人物である信経は、紫式部の従兄弟（父の兄の子）である。

信経をめぐる批評性の強いこの内輪話は、清少納言自身の振る舞いへの自戒という側面も含みつつ、清少納言が宮廷で、自由闊達に振る舞う様子が活写されている。このような自由な筆運びが、『枕草子』の潑溂さを印象付けている。その背景には、「扇の骨問答」の段に見られたような、定子サロンの明るく自由な雰囲気があった。その中で清少納言の存在が、定子を始めとする中の関白家の人々に、「承認」されているという、精神的な裏付けがあるからこその潑溂さなのであろう。

3．中の関白家の団欒

＊妹の東宮への入内

「淑景舎、春宮に参り給ふ程の事など」と始まる第百九段は、個性の際立つ宮廷人を登場させた前段を余談のように挟みながら、直接には第百七段の隆家の話と繋がる「中の関白家章段」である。しかも、この第百九段は、長編章段となって、中の関白家の団欒を明るく描き切り、家族の肖像にもなっている。

「淑景舎」とあるのは、定子の妹の原子である。父は道隆。母は、定子と同じく高階貴子である。九九五年一月に、原子は、一条天皇の「春宮＝次期天皇」である、後の三条天皇（在位一〇一一～一六）に入内して、「淑景舎＝桐壺」に住んだ。

歴史物語などでは、日常的に飲酒していたという道隆のマイナス面も書かれているが、清少納言はどこまでも明るい道隆像を書き記して、中の関白家の幸福を書き留めた。

淑景舎（原子）の春宮への入内は、一月だったが、二月に、淑景舎が定子のいる登華殿を訪れて実現した。

二人の両親である道隆と貴子も、参上した。貴子は、娘が天皇の中宮と、春宮妃なので、その二人への敬意を込めて、女主人に仕える女房が付ける「裳」のような感じの衣裳を身に付け、遜っていた。

＊定子姉妹の美しさ

清少納言は、定子から、「其の柱と屏風との許に寄りて、我が後ろより、見よ。いと、愛しき君ぞ」という許しを得ていたので、定子と原子が両親の前で対面する晴の儀式を、間近に見届けた。原子は、定子が清少納言に語ったように、美しくて、可愛らしかった。ただし、清少納言は、姉妹を同時に拝見して、定子の美しさのほうが比類がないほど素晴らしい、と感嘆した。

美しく、気高い二人の娘を前にして、喜色満面の父道隆が、清少納言の姿を見て話し掛ける。

> 殿の、端の方より、御覧じ出だして、（道隆）「誰そや、霞の間より見ゆるは」と、咎めさせ給ふに、（定子）「少納言が、物、懐しがりて侍るならむ」と、申させ給へば、（道隆）「あな、恥づかし。彼は、古き得意を。いと憎気なる女ども、持ちたり、ともこそ見侍れ」など宣ふ御気色、いと、したり顔なり。

道隆は、清少納言が覗いているのに気づいて、「清少納言は古くからの付き合いだから、私が出来のよくない娘たちを持ったものだ、などと思っていることだろう」と、自分が思っていることと正反対のことを口にして、しごく上機嫌だった。「いと、したり顔なり」というのは、ここでは、わけしり顔で、とても満足そうな表情という意味で、肯定的に使っている。

＊伊周と隆家たちの参内

道隆の朗らかな性格は、さらに次のように描かれている。

（道隆）「羨しく、方々のは、皆、参りぬめり。疾く、聞こし召して、翁・媼に、下ろしをだに賜へ」など、唯、日一日、猿楽言を、し給ふ程に、大納言殿、三位の中将、松君も、率て参り給へり。殿、何時しか、と抱き取り給ひて、膝に、据ゑ給へる、いと愛し。

定子と原子が二人で朝食を摂るのを、にこにこしながら眺めていた道隆は、「私も妻も空腹だから、お下がりでも恵んで下され」と、得意の冗談を口にした。そのうちに、息子の伊周（大納言）と隆家（三位の中将）が参内してきた。伊周は、彼の長男である道雅（松君）を連れてきた。道隆は、数えの四歳になる孫の道雅を膝に抱き、得意満面だった。この時の道隆の脳裏には、自分から伊周へ、そして孫の道雅へという、関白の継承が、強く意識されていたことであろう。

けれども、この日から二か月後の道隆の急逝により、伊周・隆家が失脚し、伊周の長男の道雅（九九二～一〇五四）も不如意な人生を生きた。

ここで、『枕草子』には描かれていない松君（道雅）の、その後の人生を略述しよう。道雅は、三条天皇の皇女で伊勢斎宮を退下した当子内親王に密かに通っていた。『小倉百人一首』には、当子内親王に贈った、「今は唯思ひ絶えなむとばかりを人伝ならで言ふ由もがな」という哀切な歌が選ばれている。当子内親王は、道雅との関係を父の三条天皇（当時は三条院）に引き裂かれた後に、尼となった。

『枕草子』に描かれたあどけない「松君」の姿は、その後の歴史の中では、「荒三位」（アラサンミ、とも）、「悪三位」などと称されるような行動があったことも伝わる。だが、『枕草子』に描かれた時代から、道雅は五十年以上の歳月を生きた。後年は、自邸で歌人たちと歌合を行うなどして、風雅な余生を過ごした。

第百九段には、どこまでも明るく朗らかな道隆と、その家族の集合した笑顔が描かれる。けれども、家族の団欒を楽しく過ごしているうちに、定子には、一条天皇のもとへ上るように、という伝言が伝えられた。春宮からも原子に、早く戻るように、という伝言が伝えられた。定子も原子も、もっとここにいたいという気持ちで一杯で、清少納言は、定子の言葉を、「『今宵は、え』など渋らせ給ふ」と書いている。けれども、定子が一条天皇から、原子が春宮から愛されていることに、道隆としては大いに満足なのである。

淑景舎、渡り給ひて、殿など、帰らせ給ひてぞ、上らせ給ふ。道の程も、殿の御猿楽言に、いみじく笑ひて、殆と、打橋よりも、落ちぬべし。

まず、淑景舎が戻ってゆくのを、道隆が見送ってから、定子の部屋に戻って来た。道隆は直ちに、定子を一条天皇の待つ清涼殿に向かわせる。そのお供をする途中でも、道隆は面白い冗談を言うので、同行する皆が大笑いした。その拍子(ひょうし)に、御殿(ごてん)を繋いでいる打橋(うちはし)を踏み外(はず)して、地面に落ちてしまいそうになる者もいたほどであった。

ちなみに、この段は、白描画(はくびょうが)の『枕草子絵詞(えことば)』（枕草子絵巻）にも描かれているが、原文で読んだ方が、より臨場感が伝わる。それは、冒頭から巻六のこの段まで、『枕草子』を読んできた読者の心の中に、中の関白家の幸福な日々が華やかに印象付けられているからである。

道隆はいつも上機嫌に、彼の愛する家族と共に生きている。『枕草子』の中で、中宮定子と中の関白家の「家族の肖像」は、晴れやかに輝く。

本書の第四章で言及した和辻哲郎の論考「枕草紙について」でも、中の関白家のこの段の情景に触れている。とりわけ、中宮定子が、天皇からの参上せよという使いが来ても、両親や妹との団欒を優先して「渋(しぶ)らせ給(たま)ふ」のを、父親の道隆が「いと、さるまじきこと」と急(せ)かせたりする場面を取り上げる。そして、このような定子の態度を、清少納言が「いとをかしう、めでたし」と書いて共感していることに注目している。和辻の炯眼(けいがん)であろう。

4．清少納言の自讃章段

＊梅の枝の謎かけ

第百十段「殿上(てんじやう)より、梅(むめ)の花(はな)の」は、今、取り上げた第百九段と連続読みすると、今度は、宮廷における清少納言の活躍を感じ取ることができる。

　殿上より、梅の花の、皆、散りたる枝を、「此は、如何に」と言ひたるに、唯、（清少納言）「早く、落ちにけり」と答へたれば、其の詩を誦じて、黒戸に、殿上人、いと多く居たるを、主上の御前、聞かせ御座しまして、（一条天皇）「良ろしき歌など、詠みたらむよりも、斯かる事は、増さりたりかし。良う、答へたり」と仰せらる。

　定子が清涼殿に上って、一条天皇と語らっていた時である。清少納言を含む女房たちが詰所に控えていると、清涼殿の南にあって、男性貴族たちが伺候している殿上の間から、梅の花がすべて散っている枝を寄越してきた。そして、「これを、どのように見るか」と問いかけられた。殿上人たちは、定子サロンの女房たちの教養を試すために、謎をかけたのである。

　清少納言は、和歌ではなく、「早く、落ちにけり」という漢詩の一節で答えた。大江維時に、唐の梅の名所を詠んだ「大庾嶺の梅は、早、落ちぬ」（大庾嶺は、タイユウレイとも）という漢詩があり、それを踏まえたのである。

　まもなく、清少納言の返事を聞いた殿上人たちが、大勢で、清涼殿の北側にある黒戸まで集まってきて座り、清少納言のいる部屋にまで聞こえるように、この漢詩を朗誦し合った。それを一条天皇が耳にして、清少納言の振る舞いを誉めた。「こういう場合には、巧みに和歌を詠むよりも、今の清少納言の返事のように、漢詩の一句で適切に答える方が優れている」と、一条天皇からお誉めの言葉を賜った清少納言は、畏れ多くもあり、嬉しくもあった。

　宮廷での清少納言の教養が、即座の返答を可能にした場面である。次の段も、清少納言の「自讃章段」なので、連続して読みたい。

＊公任との連歌

第百十一段「二月晦日」は、四納言の一人であり、和歌・漢詩・管絃の才能を謳われた藤原公任との問答が語られる、注目すべき段である。公任が『枕草子』に登場するのは、意外なことではあるが、この段のみである。

前段と同じように、定子が清涼殿に上っており、清少納言は詰所に控えていた。二月の月末の頃で、風が激しく吹き、空が暗くなり、雪がちらほら舞っていた。その時、黒戸に、公任からの使者が訪れて、清少納言への手紙を渡した。「少し春有る心地こそすれ」とだけ書いてあった。「七七」であるから、和歌の下の句である。公任は、「この句に対応する、五七五の上の句を付けて、連歌を完成させよ」と、申し入れてきたのである。

清少納言は、公任の句が、『白氏文集』の「南秦の雪」という詩の、「三時（＝春夏秋）、雲、冷やかにして、多く、雪を飛ばす。二月、山、寒くして、少し、春有り（「春有ること少なし」とも）」を踏まえていることに気づいた。

今日の天気と、見事に合っている。だから、公任は、この漢詩を思い出したのだろう。公任の手紙を持ってきた使者に尋ねると、殿上の間には、公任のほかにも立派な教養人がたくさん伺候している、という。下手な付句は、見せられない。

清少納言は、定子に相談したかったが、一条天皇と共に寝所に入って休まれている。清少納言は覚悟を決めて、自力で五七五を詠んだ。「空寒み花に紛へて散る雪に」。

公任が踏まえた『白氏文集』の詩句を踏まえつつも、「空が寒いので、雪が桜の花びらのように散っている」という、和歌的な発想を加味したのである。

清少納言が、貴族たちの反響を気にしていると、藤原実成（さねなり）から情報がもたらされた。実成は、定子の父の道隆から見て従弟（いとこ）に当たる。実成によれば、「源俊賢（としかた）などは、『清少納言は、これほどの才能の持ち主なのだから、このままにしておくのは惜しい。内侍（ないし）に取り立てるように、一条天皇に進言しよう』とまで絶賛した」という。「内侍」は、天皇に直接に近侍する公的な職務である。漢詩文に堪能だった定子の母の貴子が、内侍であったことは先に触れた。しかも、清少納言の才知を絶賛した源俊賢は、公任と同じく四納言の一人である。

この第百十一段には、直接には書かれていないが、定子からの称賛や、一条天皇のお誉めの言葉があったことだろう。一条天皇の定子サロンで精彩を放ち、活躍する清少納言の姿が、ここに在る。

第百十段と第百十一段は、どちらも最高の男性知識人たちから、漢詩文に関する知識教養を試され、それに及第できる返事を出せたという「自讃章段」である。だが、決して自慢気に書かれてはおらず、むしろ、ほっとした気持ちが素直に出ている。

5. 列挙章段の深化

＊列挙章段の変貌

『枕草子』は、中宮定子礼賛の書であるとよく言われるが、連続的に読み進めてくると、清少納言独自の批評精神と表現力が深まり、鋭くなってゆくことがわかる。そのプロセスが明確に表れてくることは、この作品の大きな魅力である。

二段続いた「自讃章段」は、どちらも宮廷人との知的な交遊が書かれていたので、「宮廷章段」

でもある。したがって、本章でここまで取り上げてきた中の関白家章段も自讃章段も、それらを巨視的に把握するならば、「宮廷章段」という一言で総称できる段だった。それが、ここに来て、記述内容と文体を転換して、列挙章段が連続的に出現してくる。第百十二段は、「遥かなる物」という列挙章段である。

遥かなる物、千日の精進、始むる日。半臂の緒、捻り始むる日。陸奥の国へ行く人の、逢坂の関、越ゆる程。生まれたる児の、大人に成る程。大般若経、御読経、一人して、誦み始むる。十二年の山籠もりの、初めて登る日。

たいそう時間が掛かるものが、列挙されている。それらに取りかかる日に注目したのが、清少納言の個性的な視点である。ここで挙げているものは、スタートとゴールがあるので、終わりのない時間や、果てしのない空間を問題にしているわけではない。けれども、これらの「遥かなる物」には、達成の見込みに対する、不安感がつきまとう。

　千日の精進を今日から始めるというスタートラインに立った時、終わるのは三年も先である。半臂とは、男性貴族が束帯姿の時、袍と下襲の間に着る胴衣のことである。その半臂に付ける飾り紐は長く、三メートル以上もある。編み終わる時がゴールであるにしても、それを編み上げるまでにかかる日数がどれくらいかかるのか。山城の国と近江の国の境にある逢坂の関を越える時が、陸奥まで出かける人にとって、実質的な出発点であるが、白河の関まで辿り着いたとしても、陸奥はそのさらに彼方である。生まれたばかりの赤子が、大人になるまでの歳月もまた、長くて遠い。全部で六百巻もある大般若経を、たった一人で読誦し始める時。十二年間の山籠もりの修行をするために、初めて比叡山に登る日。この段の冒頭は「千日の精進」だったが、千日どころか十二年なので、その長さが印象付けられる。なお、列挙されている事項は、庶民というより、宮廷人や本格的な僧侶の修行であり、間接的には宮廷に関わる事柄が多い。

＊最短表現の対比による列挙

表現を最少に切り詰めて、対比する列挙章段があるのも、特徴的な書き方である。

第百十九段は、「絵に描きて、劣る物」。第百二十段は、「描き増さりする物」。この連続する二段は、対比的・対照的な列挙章段であり、二つの章段自体が一対になっている。描き劣りするものとして、撫子・桜・山吹・物語の男女の容貌が挙げられている。その一方で、描き増さりするものには、松の木・秋の野・山里・山路・鶴・鹿を挙げている。

描き劣りと描き増さりの判断には、どのような基準があるのか、よく分からない。清少納言にとって、身近なものは、実物を普段から見慣れているので、それらが絵に描かれた場合、美の基準が厳しくなっているように思える。それに対して、描き増さりは、松の木を除いて、どちらかというと、日常生活から遠く、普段、目にしないものが多い。その絵によって情景がよくわかるので、描かれた方が素晴らしい、ということであろうか。『源氏物語』帚木巻の「雨夜の品定め」では、蓬莱の山や異国の猛獣など、人が見たことのないものは、絵に描けば何とかなるが、人間が普段から見慣れた山の姿や水の流れを描くと、名人とそうでない人との差が明瞭になる、と語られている。清少納言の絵画観と、一脈通じるようで、面白い。

それに続く第百二十一段と第百二十二段も、一対である。どちらも一例だけなので、二段を合わせて一段の列挙章段と見なせるかもしれない。

冬は、いみじく、寒き。（第百二十一段）
夏は、世に知らず、暑き。（第百二十二段）

冬は、とても寒いのがよい。夏は、ひどく暑いのがよい。何とも爽快な断言である。たった一言で、物事を明確に断定している。「断定章段」と名づけたい段である。そのことを思えば、第一段の「春は、曙」「夏は、夜」「秋は、夕暮」という表現も、「断定章段」であった。

＊心の闇と向き合う

『枕草子』の列挙章段には、「凄まじき物」（第二十二段）、「憎き物」（第二十五段）などのように、否定のニュアンスが強く出ている段があった。そこでは、ある状況を見て、それを否定する清少納言の態度が明確だった。ところが、第百二十八段の「恥づかしき物」は、今までにあまり見られない記述スタイルとなっている。

この段の書き出しは、「男の心の中」、「夜居の僧」、夜陰に紛れての窃盗行為という三つの事例の列挙スタイルを取っている。だが、この三例から「恥づかし」という言葉の意味を類推するのは難しい。強いて言えば、「相手の気持ちや、相手の存在を、あらかじめ意識に上げていなかったので、虚を衝かれて、その場の状況や出来事に、的確な対応ができないこと」という意味合いになろうか。

若い女房たちが夜に集まって、他人の噂話などを遠慮なく言い合っている時でも、貴人の守りのために不寝番をしている「夜居の僧」は、暗がりの中で、女房たちの話をすべて聞いている。そのことにふと気づくと、自分の心が動揺する。

窃盗行為の場合には、盗みのために夜陰に紛れて家を窺う盗人が、たまたまその家の人間がこっそり家の物を盗む場面を目撃する、という複雑な状況を設定している。

「恥づかしき物」の最後の部分では、男の心の中が測りがたいことを書いている。

> いみじく哀れに、心苦し気に、見捨て難き事などを、些か、何事とも思はぬも、（清少納言）「如何なる心ぞ」とこそ、あさましけれ。さすがに、人の上をば非難き、物を、いと良く言ふよ。殊に、頼もしき人も無き、宮仕への人などを語らひて、徒にも有らず、成りたる有様などをも、知らで、止みぬるよ。

この直前で、清少納言は、「ある女に、別の女の良くない点を語る男」の不誠実な態度を、厳しく批判している。そこからの展開で、男の不誠実さについて、清少納言はさらに考えを進める。女に同情すべき点があり、かわいそうな環境に置かれている女性に対して、普通ならば男が見捨てることなどできないはずなのに、男がその女のことを何とも思わずに、平気で別れることがある。そういう男に対して、「いったい、どういう心を持っているのだろう」と、清少納言はその男の人間性を理解できずに、疑っている。しかも、そういう不誠実な男に限って、他人を批判するのが好きで、口先だけは達者で、自分の欠点を隠蔽し、外面だけは良く見せようとしている。そういう不誠実な男が、経済的に頼れるような親兄弟のいない女と深い仲になったりすると、その女の苦境など一顧(いっこ)だにせず、女から足が遠のき、関係を解消してしまう。このように男女関係の状況を具体的に記述して、清少納言の人間分析の筆鋒は鋭い。人間心理の奥まで観察し、考察している。

「冬は」「夏は」の段のような、ワンフレーズでの断定は、第百二十八段には見られない。心の中を窺えず、そもそも心を持っているのかどうかもわからない、得体の知れない「男」という存在に対し、清少納言は嫌悪感を表明している。それは、清少納言の批評眼が深まったことを示しているのだろう。人間が抱えている心の中の闇を見据える方向性が感じられる。この第百二十八段で『春曙抄』の巻六が終わり、『枕草子』は、前半部から後半部へと、さらに歩みを進めてゆく。

引用本文と、主な参考文献

・『枕草子絵詞』(日本の絵巻、『葉月物語絵巻・枕草子絵詞・隆房卿艶詞絵巻』所収、小松茂美編、中央公論社、一九八八年)

・和辻哲郎「枕草紙について」(『和辻哲郎全集』第四巻所収、『日本精神史研究』、岩波書店、一九六二年)

発展学習の手引き

本章は、「宮廷章段の華(はな)」とも言うべき、中の関白家の人々をめぐる段が中心であったが、これらの段の背景には、中の関白家の没落という歴史の流れがあった。そのことに『枕草子』は触れない。『栄花物語』の「見果てぬ夢」の巻などを読むと、中の関白家をめぐる当時の政治的状況が具体的に書かれているので、『枕草子』の書き方と比べてみるとよいだろう。

7　人間認識の深まり

《目標・ポイント》　正月の長谷寺詣での記述や、列挙章段、季節章段、斉信や行成との社交を語る宮廷章段を取り上げる。『枕草子』も約半分が過ぎ、清少納言の人間認識が深まってゆく過程を辿る。
《キーワード》　長谷寺詣で、人間観察、自然観察、藤原斉信、社交の美学、会話の作法、藤原行成、『小倉百人一首』

1．長谷寺詣でを読む

＊『枕草子』の章段配列

前章では、中宮定子と「中の関白家（なかのかんぱくけ）」の人々の「家族の肖像」が、明るく華やかに描かれた宮廷章段を中心に取り上げた。そこからの繋がりで、宮廷人と清少納言との、知識・教養に根差した、知的なやり取りを描いた段も取り上げた。

そのように章段が抽出できるのは、『枕草子』の内容が、ゆるやかな連続性を持っていることの反映である。『枕草子』の特徴は、ある程度大きなまとまりで、関連する内容が書かれていることである。本書の各章で取り上げる章段群には、ゆるやかなテーマ性がおのずと浮かび上がっている。今後も、執筆の流れを大きく把握しながら章段を抽出して、『枕草子』の全体像に触れることを目指したい。

本章からは、『春曙抄』の巻七に入る。そこには、すでに第四章で取り上げた二人の宮廷人、すなわち、藤原斉信と藤原行成が登場する宮廷章段があるかと思えば、第六章で注目したような列挙章段も見られる。本章以降は、『枕草子』の後半部に入るが、ここまでの前半部と響き合わせながら、『枕草子』を読み進めたい。

『枕草子』には、内容と文体から見て大きな流れがある。その流れの本流に入らずに、傍流となっている章段の中にも、忘れがたい印象的な記述がある。そこで、まず前章で触れなかった、巻六所収の「長谷寺詣で」に関する二つの記事を取り上げたい。

＊長谷寺詣でに関わる体験記

第百十六段「卯月の晦日に、長谷寺に詣づとて」と、第百二十四段「正月に、寺に籠もりたるは」の二段は、『春曙抄』巻六の終わりの方に位置する段である。長谷寺に関する二つの段は、章段は隔てているが、どちらも初夏と正月の「季節章段」である。宮廷から外へ出て、戸外の空気に触れ、そこで見かけた庶民たちの姿を描く点など、新しい書き方が見られる。

長谷寺は観音信仰で有名な、大和国の真言宗寺院である。「長谷」「初瀬」「泊瀬」など、さまざまな表記がある。

『源氏物語』の玉鬘巻で、筑紫から上京した玉鬘は、長谷寺に詣で、観音の導きで運が開け、光源氏が宰領する六条院に迎えられた。「長谷寺詣で」は、「初瀬詣で」とも言い、『蜻蛉日記』や『更級日記』にも書かれている。

＊初夏の長谷寺詣で

第百十六段は、長谷寺に参籠のために滞在していた時のことは書いていない。書かれているのは、長谷寺への往路と復路である。「淀の渡り」を体験したことや、和歌に詠まれた「高瀬の淀に」という言葉が実感できたことが書かれている。

「淀」は、淀川の起点であり、宇治川・桂川・木津川の合流地点である。ここでは、牛車ごと舟に乗せて渡るので、清少納言も牛車に乗ったままで川を渡ったのである。菖蒲や菰などが水面の上に出ていたので、それらを船頭に抜き取らせてみると、とても丈が長かった、と驚いてもいる。ちなみに、牛車を舟に「舁き上げ」て、「舁き下ろす」作業は、『蜻蛉日記』などにも記述がある。

刈り取った菰を積んだ舟が行き交っているのを見て、清少納言は、「菰枕高瀬の淀に刈る菰の離るとも我は知らで頼まむ」（『古今和歌六帖』では在原業平作とする）という古歌を思い出して、「『高瀬の淀に』は、此を詠みけるなンめり、と見えし」と書いている。これまでは言葉でだけ知っていた知識を、自分の目で実際に見ることができたのだった。

第百十六段は「卯月の晦日」とあるので、端午の節句の直前の時期である。「三日と言ふに、帰るに」、雨が激しく降っていた、と書いている。五月三日に、雨の中、とても小さな笠を被って、菖蒲を刈る男たちや少年たちの姿に目を止めている。端午の節句になくてはならない菖蒲と、人々の労働に触れた段であった。

＊正月の長谷寺詣で

第百二十四段は、「正月に、寺に籠もりたるは、いみじく寒く、雪勝ちに、氷りたるこそ、をかしけれ。雨などの、降りぬべき気色なるは、いと悪ろし」と書き始められる。この冒頭文の「寺」

は、普通名詞であって、どこのお寺とも特定はしていない。あたかも「季節章段」のような書き出しである。一月には雪がふさわしく、雨は似合わないというのは、いかにも清少納言らしい断定・断言である。それに続けて「初瀬などに詣でて」と書いたところからは、長谷寺での体験が詳しく書き記される。

なお、この段は、本書の第一章で、能因本系統の『春曙抄』と、三巻本系統では本文が異なる顕著な例として、挙げたことがある。『春曙抄』では「長谷寺」であるのに対して、三巻本では「清水寺」とあること、松尾芭蕉は『春曙抄』で読んで長谷寺だと理解していたこと、などを述べた。

初瀬などに詣でて、局などする程は、呉階の許に、車、引き寄せて、立てるに、帯ばかりしたる若き法師ばらの、足駄と言ふ物を履きて、些か、慎みも無く、下り、上るとて、何とも無き経の端、打ち誦み、倶舎の頌を、少し言ひ続け歩くこそ、所に付けて、をかしけれ。我が上るは、いと危く、傍らに寄りて、高欄、抑へて行くものを、唯、板敷などの様に思ひたるも、をかし。（法師）「局したり」など言ひて、沓ども、持て来て、下ろす。

長谷寺では、呉階（階段のある長い廊下）のあたりまで、牛車を引き寄せて、そこに車を止める。法衣も着ない小袖姿で、帯を締めただけの若い僧侶が、足駄（高下駄）を履いて、少しの恐怖心もなく、階段を上り下りしている。お経の一節を声に出して唱えながら歩くのは、お寺の雰囲気にふさわしく面白い。清少納言自身は、危ないので手摺りをしっかり抑えながら上るのに、若い僧侶たちは平気で、地面に板が置いてある上を平然と歩くような感じであるのを、よく観察している。清少納言の観察眼は鋭い。

「局（つぼね）の準備が出来ました」という言葉にも、てきぱきした僧の姿が描写されている。ここでの「局」は、本堂で参詣者が使う仕切りのある部屋のことである。人によっては、屏風を持ち込んで立て回している。これに続く部分には、長谷寺に参詣に訪れた人々の衣装や、僧侶の誘導に従わず、我先にお堂に入ろうとする人々や、数多くの灯明（とうみょう）が燃えさかる様子、その光に照らされて輝く本尊、参詣者たちが奉納した願文（がんもん）を読み上げる声が反響して、お堂全体が揺らぐようであること、自分の名前が読み上げられるのを何とか聞き取れたことなど、参詣の様子が具体的に書いてある。

＊長谷寺での人間観察

願文を読み上げた僧侶がやって来て、「何日くらいお籠（こ）もりですか」とか、「誰々様が参詣なさっていますよ」などと教えてくれる。自分のいる局に、火鉢やお菓子や手洗い用の水差しや盥（たらい）など、必要な品々を一式持って来てくれる。

隣の局で、かなりの身分と思われる男性が、静かにお祈りをしている姿に、願いを叶えさせてあげたいと思ったりもする。その一方で、身分のありそうな若い男性たちが、仏様の方よりも局のあたりに行って、寺の事務をする別当などから、誰が来てるのか聞き出そうとする様子なども書き留めている。

このように、清少納言が参籠している周囲には、さまざまな人たちが来ている。他者を観察する清少納言の関心は、全方位に広がっている。そのような中で、たとえば、少年や幼児にも、注意深い視線を送っている。

七つ・八つばかりなる男子の、愛敬付き、驕りたる声にて、侍人、呼び付け、物など言ひたる気配も、いと、をかし。又、三つばかりなる児の、寝おびれて、打ち咳きたる気配も、愛し。乳母の名、母など、打ち出でたらむも、（清少納言）「此ならむ」と、いと知らまほし。

七、八歳くらいの男の子が、可愛いらしい、わがままな声で、従者を呼びだして何か言ったりしている。また、三歳くらいの幼児が、寝ていて怯え、咳こんでいる気配も、可愛い。その幼児が、乳母の名前や母の名前などを呼んでいるのを聞くと、それがどの人だろうかと知りたくなる、と書いている。小さき者に対する清少納言の、優しく細やかな気持ちである。

人間観察をしているうちに、清少納言の筆は、一月だけでなく、二月の下旬や三月の上旬頃に、花見がてら寺に籠もるのも良いと広がり、好ましく思う若い男たちの振る舞いが描写される。

第百二十四段の結びは、「交遊論」にまで発展する。散文ならではの、自由で自在な展開である。書くことの自由を、清少納言は獲得している。随想から批評へと、清少納言の筆は進んでゆく。原文と、それに対する私の「評訳」（評釈を含み込んだ訳文）を並べて示してみよう。

斯様にて、寺籠もり、全て、例ならぬ所に、使ふ人の限りして、有るは、甲斐無くこそ覚ゆれ。猶、同じ程にて、一つ心に、をかしき事も、様々、言ひ合はせつべき人、必ず、一人・二人、数多も、誘はまほし。其の、有る人の中にも、口惜しからぬも有れども、目馴れたるなるべし。男なども、然、思ふにこそ有ンめれ。態と、尋ね、呼び持て歩くめるは、いみじ。

《寺籠もりに限らず、ふだんと違うところに出かけて行く時に、使用人だけを連れて行くのは、せっかく外出する甲斐がない。やはり、自分と同じような身分・教養の人で、心を一つにして、いろいろと語り合える人を、一人か二人、あるいは、もっと大勢でも良いのだが、皆を誘って出かけたい。もっとも、ふだん召し使っている者の中にも、心が通じて、いろいろ話のわかる者もいるが、見慣れているから、それ以外の友人たちも誘いたいのだ。こう思うのは、女性だけではなく、男性でも、きっとそのように思うはずだ。なぜならば、あちこちに声をかけて、一緒に出かけてゆくのは、本当に、楽しいことだから。》

このように書かれている清少納言の批評的交遊論は、『徒然草』第十五段の小旅行に際しての心得とも相通じる。兼好は、清少納言の執筆姿勢に共感したのではないだろうか。『徒然草』第十五段の全文を引用してみよう。

> いづくにもあれ、暫し旅立ちたるこそ、目覚むる心地すれ。その辺り、ここかしこ、見歩き、田舎びたる所、山里などは、いと目慣れぬ事のみぞ多かる。都へ便り求めて、文遣る、「その事、かの事、便宜に忘るな」など言ひ遣るこそ、をかしけれ。
>
> さやうの所にてこそ、万に、心遣ひせらるれ。持てる調度まで、良きは良く、能ある人、容貌良き人も、常よりはをかしとこそ見ゆれ。
>
> 寺・社などに、忍びて籠もりたるも、をかし。

兼好が「寺・社などに、忍びて籠もりたるも、をかし」と書いているのも、『枕草子』第百二十四段を強く意識しているからではないだろうか。中世という時代を生き、散文という表現スタイルの可能性を模索している兼好にとって、王朝時代に散文の可能性をいちはやく指し示して『枕草子』を書いた清少納言は、散文表現の先達だった。

2．『春曙抄』巻七冒頭部の多様性

＊第百二十九段の「無徳なる物」

北村季吟の『春曙抄』は「無徳なる物」から、巻七に入る。すなわち、ここが『枕草子』の後半の冒頭になる。本書は、『枕草子』の本文を『春曙抄』で引用している。その『春曙抄』の本文を校訂した、ちくま学芸文庫版『枕草子』は、上下二冊本である。下巻の冒頭は『春曙抄』に合わせて、「無徳なる物」の段とした。

「無徳なる物」とは、「安心感があって素晴らしいと思っていたのに、実際はそうではなくて、がっかりする物」という意味である。根こそぎ、風に吹き倒された大木や、従者を厳しく叱責する男などの具体例が列挙されている。夫を懲らしめようと家出した女が、夫の迎えが来ないので、仕方なく、自分から、のこのこ家に戻ってくることも、「無徳なる物」の例として挙げている。

紫式部も、『源氏物語』帚木巻の「雨夜の品定め」で、家出した女に関して、同じような内容を書いている。清少納言も紫式部も、人間心理の機微をよく観察していた。

＊清少納言の自然観察

第百二十九段「無徳なる物」という列挙章段から始まった『春曙抄』巻七の冒頭部は、第百三十段「修法は」、第百三十一段「はしたなき物」というように、列挙章段が連続する。これは、大きく捉えるならば、巻六の末尾部分に置かれている第百十二段「遥かなる物」から続く、長大な列挙章段群である。

ただし、第百三十一段「はしたなき物」は、ばつが悪いものの列挙から始まるが、清少納言自身が感動のあまり大泣きすることが話題となる。その感動は、高貴な方々への讃仰から生じるのである、と自己分析される。そこから、定子の父親の道隆の素晴らしさを描く第百三十二段「関白殿の、黒戸より」となり、テーマは「宮廷章段」へと展開してゆく。

ただし、その流れは続かずに、次の第百三十三段「九月ばかり、夜一夜」が書かれる。この段は、清少納言の感性と自然観察が燦めく「季節章段」である。原文を引用しよう。

> 九月ばかり、夜一夜、降り明かしたる雨の、今朝は、止みて、朝陽の、華やかに差したるに、前栽の菊の露、零るばかり、濡れ掛かりたるも、いと、をかし。透垣、羅文、薄などの上に、掛いたる蜘蛛の巣の、毀れ残りて、所々に、糸も絶え様に、雨の掛かりたるが、白き玉を貫きたる様なるこそ、いみじう、哀れに、をかしけれ。
>
> 少し、日、闌けぬれば、萩などの、いと重気なりつるに、露の落つるに、枝の、打ち動きて、人も手触れぬに、ふと、上様へ上がりたる、（清少納言）「いみじう、いと、をかし」と言ひたる、異人の心地には、「つゆ、をかしからじ」と思ふこそ、又、をかしけれ。

清少納言の繊細な美意識と観察力と表現力の燦めきは、雨上がりの露の燦めきと渾然一体となって、稀有な美しさを放つ。文学では「露」というと、儚さがすぐに連想されるが、ここではそのことには触れず、露の燦めきの美しさに焦点を絞っている。それが、清少納言らしい個性的な感覚である。

しかも、この段は、単なる自然の美を描くに留まらない。教養のある宮廷勤めの女房たちにさえ、この美しさや、思いがけない植物の枝の動きは理解されないであろうと認識する、人間心理への洞察が、最後の部分で書かれているからである。

ただし、中宮定子だけは、いつも自分のことをわかってくれているという、揺るぎない信頼感が、清少納言にはある。この段に、定子は登場しないが、清少納言の定子への讃仰の心が、『枕草子』を支えていることは、『枕草子』の前半部からも実感できる。この後で触れる、藤原斉信との挿話の中にも、清少納言と定子の心の紐帯が明確に描かれる。

3. 藤原斉信の振る舞いと教養

＊ 教養人斉信の心配り

第百三十八段「故殿の御為に」は、冒頭に初めて「故殿」(今は亡き関白様)という言葉が出て、胸を衝かれる。

故殿の御為に、月毎の十日、御経・仏、供養ぜさせ給ひしを、九月十日、職の御曹司にて、せさせ給ふ。上達部・殿上人、いと多かり。清範、講師にて、説く事ども、いと悲しければ、殊に、物の哀れ、深かるまじき若き人も、皆、泣くめり。

定子の父である関白道隆は、長徳元年（九九五）四月十日に逝去した。娘の定子は、亡き父の供養のために、月命日である月ごとの十日に、法事を催した。定子は内裏の外にある「職の御曹司」（中宮職の役所）に移っている。

九月十日にも供養があり、上達部・殿上人などが集まった。説経の名人である清範が、とても悲しく無常の道理を説いた。ふだんは死について考えることもなく、物の哀れを知ることの少ない若い女房たちも、皆、悲しくなって泣いているようだった。続きを読もう。

> 果てて、酒飲み、詩誦じなどするに、頭の中将・斉信の君、「月、秋と期して、身、何にか」と言ふ事を、打ち出だし給へりしかば、いみじう、めでたし。如何でかは、思ひ出で給ひけむ。御座します所に、分け参る程に、立ち出でさせ給ひて、（中宮）「めでたしな。いみじう、興の事に、言ひたる事にこそ有れ」と宣はすれば、（清少納言）「其れを、啓しにとて、物も見止して、参り侍りつるなり。猶、いと、めでたくこそ思ひ侍れ」と聞こえさすれば、（中宮）「増して、然、覚ゆらむ」と仰せらるる。

供養が終わって、酒宴となり、皆は漢詩を吟誦したりした。頭の中将である藤原斉信は、「月、秋と期して、身、何にか」と吟誦した。この詩句は、『本朝文粋』にも収められた菅原文時（道真の孫で、菅三品と称された）の漢詩で、謙徳公（道隆から見たら伯父に当たる藤原伊尹）の追善のために詠んだものである。「月は、秋になれば美しく輝く。あのお方は、今、どこにおられるのか。再びお帰りになることはないのか」という意味である。斉信は、道隆を追善する九月十日の法要にふさわしい漢詩を朗誦したのである。

清少納言は、斉信の振る舞いに感動した。そのことを定子に伝えたくて、並みいる女房たちの間を分け入って近づこうとした。すると、定子もまた、清少納言に言いたいことがあるらしく、わざわざ清少納言のほうに近づいてきた。定子は清少納言に、斉信の朗詠が、この場の状況にふさわしいことを称賛した。清少納言も、「私も、まさにそのことを申し上げたくて、ここまで参りました」と返事した。その場にはほかの女房たちもいたが、中宮と清少納言の二人だけが、斉信が漢詩句朗誦に籠めた追悼の気持ちに気づいた。その心の紐帯（ちゅうたい）を、確認し合って、喜んだのである。

定子は清少納言に、「お前は斉信から好意を寄せられているので、格別に、彼の振る舞いを素晴らしく思うのでしょうね」と冗談を口にした。父の死という大きな悲しみの中にあって、定子は心のこわばりを見せず、軽やかな微風を纏（まと）っている。

＊宮廷人の社交の美学

第四章で述べたように、斉信は、道隆の没後は道長に急接近した。そして、清少納言を道長側に引き込もうと画策して、清少納言と秘密の語らいを持ちたがっている節（ふし）があった。清少納言は、斉信の漢詩句朗誦を称賛するものの、彼との接近は巧みに断り続ける。二人が繰り広げる「言葉の応酬」は、知性と優雅に包まれている。これが、宮廷貴族と宮廷女房の社交の美学なのだろう。

先ほど引用した原文の続きは、かいつまんで評訳的に解説しよう。

いつぞやのことだが、斉信は清少納言に、「あなたはどうして、私と親密な関係になってくれないのですか。私たちは疎遠なままで終わってよいものでしょうか。私は今、頭の中将という役職ですから、仕事の関係であなたと会話できます。けれども、任期が変わったら、あなたとは逢（あ）えなくなります。その時、私は何をあなたの思い出にしたらよいのでしょう」などと、優雅な言葉を清少納言に投げかける。

それに対する清少納言の切り返しが、見事だった。「もしも、私たちが夫婦のような仲になったならば、私は誰に対しても、特に一条天皇に向かっては、あなたのことを誉められなくなってしまいます。だから、あなたとは今以上には仲良くなりたくないのです」。

こうまで言われても、斉信は、退却しない。「女性は、自分と深い仲になった男を、誉めるのではないですか」。清少納言は、再び斉信を斥ける。「私は、自分と深い仲の男を、平然と他人に向かって誉めるような女性が不愉快なのです。男も女も、自分に近しい人の肩を持ち、他人が少しでも、自分と深い仲の人の悪口を言えば、腹を立てる。そういう浅薄な人たちの生き方が、私は面白くないのです」。ここには、清少納言の強い「気概」と「誇り」がある。

斉信は、これ以上の無理押しはせずに、「頼もし気無の事や」、つまり、「あなたは私にとっては頼み甲斐のない人だった、というわけですね」と言った。そのことを、清少納言は「をかし」と書いて、この話の締め括りとしている。

＊会話の作法

書き出しの漢詩句朗誦の風雅で終わらないところに、『枕草子』の真髄がある。斉信と清少納言の、嘘とも真ともつかぬ、丁々発止、打てば響くような言葉のやり取りこそは、宮廷文化の華であろう。成熟した宮廷人同士の会話の作法は、「社交」の領域である。『枕草子』に続く時代に書かれた『源氏物語』が「恋愛」をテーマとするのと、趣を異にしている。『枕草子』と『源氏物語』は、同時代の同じ環境から生まれて、文学の両極を究めた。そこに、一条朝文化の達成がもたらされた。

4．藤原行成と清少納言

＊逢坂の関は許さじ

第百三十八段は、清少納言と藤原斉信が、互いに本心を巧みに隠して、言葉のキャッチボールを楽しむ、宮廷人としての嗜みが書かれていた。連続する第百三十九段「頭の弁の、職に」では、清少納言が藤原行成と、打てば響く言葉の応酬を繰り広げて爽快である。第百三十八段と第百三十九段は、教養ある宮廷人の振る舞いと教養を描く点で、一対の章段となっている。

この段も、漢文の素養が下敷きにある。『小倉百人一首』に選ばれて、清少納言の代表作となった和歌は、行成との交遊から誕生した。その経緯を詳しく書いた第百三十九段の前半を、読もう。

頭の弁の、職に参り給ひて、物語など、し給ふに、夜、いと更けぬ。（行成）「明日、御物忌なるに、籠もるべければ、丑に成りなば、悪しかりなむ」とて、参り給ひぬ。翌朝、蔵人所の紙屋紙、引き重ねて、（行成）「『後の朝』は、残り多かる心地なむ、する。夜を通して、昔物語も、聞こえ明かさむとせしを、鶏の声に、催されて」と、いと、いみじう、清気に、裏表に、事多く、書き給へる、いと、めでたし。御返りに、（清少納言）「いと夜深く侍りける鶏の声は、孟嘗君の、にや」と聞こえたれば、立ち返り、（行成）「『孟嘗君の鶏は、函谷関を開きて、三千の客、僅かに去れり』と言ふは、逢坂の関の事なり」と有れば、

（清少納言）「夜を籠めて鶏の空音は謀るとも世に逢坂の関は許さじ

> 心賢き関守、侍るめり」と聞こゆ。立ち返り、
> （行成）「逢坂は人越え易き関なれば鶏も鳴かねど開けて待つとか」
> と有りし文どもを、初めのは、僧都の君の、額をさへ衝きて、取り給ひてき。後々のは、御前にて。然て、（中宮）「逢坂の歌は、詠み圧されて、返しもせず成りにたる、いと悪ろし」と、笑はせ給ふ。

ここには、行成から清少納言への手紙、清少納言から行成への返事、行成から清少納言への手紙、清少納言から行成への手紙（和歌）、行成から清少納言への手紙（和歌）というように、頻繁な手紙のやり取りが書かれている。

　行成からの最初の手紙は、男女が共寝した翌朝に、男から女へ贈られてくる「後朝の文」の体裁で届いた。行成は、内裏の外にある「職の御曹司」まで来て、夜遅くまで清少納言と話をしていたが、「明日は一条天皇の物忌なので、私は丑の刻（午前二時頃）までに宮中に戻らなくてはなりません」と言って去ったのに、手紙の文面には、まるで清少納言と一緒に夜を明かしたかのように、「『後朝』は、心残りが多いですね。朝の訪れを告げる鶏の声に、気が急かされまして戻ったのが惜しまれます」、と書かれていた。

　それを読んだ清少納言は、「三蹟」の一人に数えられる行成の名筆に感心しつつも、中国の「鶏鳴狗盗」の故事を踏まえて反論した。行成が「鶏の声」という言葉を用いていた箇所を、反論の手がかりとしたのである。「あなたは昨夜、まだ夜深いのに、大急ぎで帰りましたね。あの孟嘗君が、部下に、偽って鶏の鳴き真似をさせて、函谷関の関守を騙して関所を開けさせたように、あな

たも、すっかり夜が開けたと騙されたのですか」。

『史記』によれば、孟嘗君は三千人とも言われる食客（居候）を抱えていたが、その中に鶏の鳴き声の名人がいた。彼に鶏の鳴き声の真似をさせると、本物の鶏も鳴き出したので、函谷関の関守が門を開き、孟嘗君たちは難を逃れた。

行成の「後朝」という和歌的・物語的な言葉を捉えて、清少納言は漢籍へと切り替えたのである。ただちに、行成から、第二の手紙が来た。「あなたは孟嘗君の鶏の故事に言及したけれども、昨夜の私たちに関しては、函谷関ならぬ逢坂の関が開いた、ということですよね。私はあなたと逢って一夜を過ごしました」。逢坂の関を越えるのは、和歌では男女の逢瀬を意味している。

清少納言は、反論の和歌を行成に贈った。「夜を籠めて鶏の空音は謀るとも世に逢坂の関は許さじ」。ここは、中国の函谷関ではなく、日本の逢坂の関所です。誰あろう、心賢い関守であるこの私が厳しく関所を守っているので、まだ暗いうちに偽りの鳴き声をしても、決して奸計に騙されて門を開けたりはしませんよ。

ところが、またもや行成から、第三の手紙が届いた。しかも和歌だった。「逢坂は人越え易き関なれば鶏も鳴かねど開けて待つとか」。この歌の意味は、「逢坂の関所は、越えやすい関所なので、夜明けを告げる鶏の声がしなくても、もともと関所を開けて待っているのではありませんか」という意味になり、何とも、失礼な内容だった。

定子は、清少納言から行成の手紙を譲り受けたあとで、「逢坂の関の歌の贈答は、行成に言われっぱなしで終わったのは、よくない」と言って、笑った。定子も内心では、清少納言の機知と教養を誉めていたのだろう。だが、相手のペースに乗せられたままでなく、一矢を報いて言い返すべきであると諭した点に、定子の負けん気の強さがよく表れている。

名筆家として知られる行成から来た都合三通の手紙は、最初の手紙は定子の弟の「僧都の君」（隆円）が譲り受け、残りの二通は定子が譲り受けて、珍重した。

ここまでが、『小倉百人一首』に選ばれた清少納言の和歌が詠まれた経緯である。宮廷で生きる男女の機知に富んだ言葉の応酬であるが、さらに、その続きがある。

＊「逢坂の関」の和歌の後日談

第百三十九段の後半は、その後の二人の言葉のキャッチボールを書き記している。

行成は、清少納言から来た和歌を、殿上人たちに見せた。「鶏鳴狗盗」の故事を和歌に詠んだ、清少納言の才智に感心したからだろう。

これに対して清少納言は、本心と正反対のことを口にする。「あなたが私に好意的であることが、わかりました。私の手紙に素晴らしい和歌が書いてあったという事実は、私に好意的な人物が口にしなければ、世間には知られずに、残念な結果になります。私の名歌を、殿上人に披露して下さり、ありがとうございました。でも、私は、あなたの手紙は筆蹟がたいそう見苦しかったので、それを隠して、他人には決して見せたり譲ったりしませんでした。あなたの好意と、私の好意はよく釣り合っています」。

この手紙に対して、行成もまた、本心と正反対のことを口にした。「下手な字で書いた私の手紙を、誰にも見せず、他の人々の目から隠したことは、私にとっても嬉しいことです。もし、他人に見せたり、譲ったりしていたら、私の下手な字が世間に知られ、どんなにか辛かったでしょう。これからも、あなたを信頼しますよ」。

二人は、心で思っていることと正反対の言葉を口にしながら、互いに相手の心をよく理解し合っている。これが、宮廷に生きる、大人同士の会話の作法であり、会話術である。優雅と辛辣とユーモアが入り交じっているのが「宮廷文化」であり、その精髄が、ここに在る。

『枕草子』は、人間認識の深まりによって、批評意識も深まっている。それにしても、斉信や行成と清少納言との交遊・交渉を読むと、『枕草子』には言葉として書かれたことよりも、言葉にならなかったことも多いことが見えてくる。中の関白家の没落にしても、それとなく掠(かす)められているだけである。清少納言の思いを汲み上げつつ、『枕草子』を読み進めよう。

引用本文と、主な参考文献

・『本朝文粋』（巻十四　願文下、四二二「為謙徳公報恩修善願文」、菅三品。新日本古典文学大系、大曾根章介・金原理・後藤昭雄校注、岩波書店、一九九二年）

・『和漢朗詠集』（懐旧、菅三品。新編日本古典文学全集、菅野禮行校注・訳、小学館、一九九九年）

発展学習の手引き

・本章で取り上げた『枕草子』の長谷寺詣でと、『蜻蛉日記』や『更級日記』に描かれた長谷寺詣での違いがどこにあるか読み比べて、三者三様の書き方に触れてみよう。

・第百三十六段や第百四十段にも、行成のことが出てくるので、読んでみよう。第百四十段は、「此の君(こきみ)」が竹の異名であることを清少納言が知っていたことに、男性貴族たちが驚いたという記述である。

8 子どもの情景と、「かわいい」の発見

《目標・ポイント》『枕草子』の随所に描かれる子どもたちの姿に着目し、それらに通底する、かわいいものに価値を置く清少納言の美意識を、その後の日本文化の展開や、現代人の価値観の先駆として捉える。

《キーワード》子どもの情景、『たけくらべ』、愛し、かわいい、美意識、複眼的な思考様式

1．子どもの情景

＊心を繋ぎ止めた一言

第百四十六段は「故殿など、御座しまさで、世の中に、事、出で来」と始まり、道隆の没後、定子の置かれている状況が暗転したことが語られる。清少納言は里下がりを続けているが、その背景には、定子に仕える女房たちが清少納言を道長派だと噂していることがあるようだ。

そのような時に、清少納言を信頼することの篤い定子から、清少納言に早く再出仕するように、という便りが届いた。紙には、梔色の山吹の花びら一枚が包まれていて、「言はで思ふぞ」とのみ書かれていた。清少納言は、この言葉が古歌の一節だとわかったものの、歌の全体が思い出せない。すると、清少納言に仕えている「小さき童」（少女）が、「下行く水の」という言葉を教えてく

れた。『古今和歌六帖』に載る、「心には下行く水の湧き返り言はで思ふぞ言ふに増される」という和歌を、定子は清少納言に示したのだった。

「梔」は、和歌では「口無し」の掛詞として用いられる。心の中では、強い感情が渦巻いていても、それを言葉にしないでじっと我慢するのが、本当の思いなのだ、という意味である。定子は、「私があなたを信用していることは、言葉にしなくてもわかっているでしょう」と、清少納言に諭し、帰参を促したのである。

もしも、清少納言がこの古歌を、どうしても思い出せなくて失念したままであったなら、清少納言自身も定子との心の繋がりが途切れたような寂しさを感じ、定子サロンの一員に戻る決心がつかなかったかもしれない。少女の一言によって、この歌の全体を明確に思い出し、定子の心をしっかりと理解できたことが、何よりも大切であった。次の第百四十七段に、少年と少女たちの明るい情景が呼び込まれてくるのも、第百四十六段の「小さき童」からの自然な心の流露であろう。

＊桃の木のまわりの少年少女

第百四十七段「正月十日、空、いと暗う」は、行事に使う桃の枝を、少年少女たちが切り取ってはしゃぐ正月の情景を、生き生きと描く段である。全文を示そう。

> 正月十日、空、いと暗う、雲も、厚く見えながら、さすがに、陽は、いと気清かに照りたるに、似非者の家の後ろ、荒畠など言ふ物の、土も、麗しう直からぬに、桃の木、若立ちて、いと、細枝勝ちに、差し出でたる、片つ方は、青く、今片枝は、濃く、艶やかにて、蘇枋の様に見えたるに、細やかなる童の、狩衣は、掛け破りなどして、髪は美しきが、登りたれば、又、

紅梅の衣、白きなど、引きはこえたる男子、半靴、履きたる、木の下に立ちて、「我に、良き木、切りて。いで」など請ふに、又、髪、をかしげなる童べの、衵ども、綻び勝ちにて、袴は、萎えたれど、色など良き、打ち着たる、三人・四人、「卯槌の木の、良からむ、切りて、下ろせ。此処に、召すぞ」など言ひて。下ろしたれば、走り交ひ、取り分き、「我に、多く」など言ふこそ、をかしけれ。

黒き袴、着たる男、走り来て、請ふに、「待て」など言へば、木の下に寄りて、引き揺るがすに、危ふがりて、猿の様に、掻い付きて居るも、をかし。梅などの、生りたる折も、然様にぞ有るかし。

新春の一月十日、空は厚い雲に覆われているが、さすがに新春のこととて、日の光がはっきりと照っているのを感じる日和である。庶民が暮らす貧しげな家の裏手には、手入れも行き届いていないような畠に、桃の木の細い枝が何本も長く伸びている。片側の枝は青々として、もう一方の枝は色が濃くて、紫がかった紅色の蘇枋色のように見える……。

天候のことと言い、桃の細枝の色合いと言い、清少納言の観察力が冴える書き出しである。正月十日という日付が明記されているのは、正月の最初の卯の日に、桃などの枝を、「卯の日の杖」、「卯杖」と言って贈答し合い、邪気を祓う風習があるからである。「卯槌」も贈答する。

ほっそりとした体つきの少年が、あちこち引っかけて破れている狩衣を着て、桃の木に登る。するとまた、紅梅の衣や白い着物を重ね着している男の子が、短い靴を履いて、桃の木の下に現れる。その男の子は、木に登った少年に向かって、「良い木の枝を切っておくれよ」と頼む。そのうちにまた、髪の様子がかわいらしい女の子たちが、着ているものは綻びがちで、袴もぱりっとしていないけれど、色などはよい衣を着て、三人か四人やって来る。彼女たちは、「卯槌に使うのに良さそうなのを、切って、下ろしてちょうだい。ご主人が、欲しいんですって」などと言う。

木の上から少年が、枝を切って落とすと、少女たちが、一斉に集まって、枝を取り分けては、「私にたくさん頂戴よ」などと言い争っている。子どもたちが着ている物や髪型、仕種や会話などを印象的に描き取っている。

清少納言がその光景を面白く眺めていると、黒い袴を着た男が走ってきて、桃の枝をほしいと頼む。木の上の少年は、「もうなくなったから、待ってよ」などと言う。男は、それが小癪で、木の下に寄って、幹を引いたり押したりして、ぐらつかせる。木に登っている少年が、危ながって猿のように必死にしがみつく。それもまた、清少納言にとっては、面白くてならない。

このような場面にたまたま行き合って、これほどまで的確に描写できたのも、清少納言自身が、面白がっている心の弾みがあるからだ。桃の木を揺すぶられて、少年が猿のようにしがみつく、という比喩表現もふさわしいと思うが、清少納言自身は、このような猿の姿を、いったい、いつ、どこで見たのだろうか。

この段の末尾は、こういう光景は、正月だけでなく、梅の実が生る頃にも繰り返されるだろう、と、結ばれる。目撃譚だけで終わらせずに、その先のことまで視野に入れている所に、清少納言の記述の広がりが感じられる。

＊時代を超えて『たけくらべ』へ

樋口一葉の『たけくらべ』は、少年と少女たちの姿を描いた近代小説である。美登利が信如に、高い枝に咲いている花を取ってほしい、と頼む場面がある。その部分を読んでみよう。

（前略）美登利はさる事も心にとまらねば、最初（はじめ）は藤本さん藤本さんと親しく物いひかけ、学校退けての帰りがけに、我れは一足はやくて道端に珍らしき花などを見つくれば、おくれし信如を待合して、これ此様（こんな）うつくしい花が咲てあるに、枝が高くて私には折れぬ、信さんは背が高ければお手が届きましよ、後生折つて下されと一むれの中にては年長（としかさ）なるを見かけて頼めば、流石に信如袖ふり切りて行すぎる事もならず、さりとて人の思はくいよ〱愁（つ）らければ、手近の枝を引寄せて好悪（よしあし）かまはず申訳ばかりに折りて、投つけるやうにすたすたと行過ぎるを、さりとは愛敬の無き人と惘（あき）れし事も有しが、（後略）

（『たけくらべ』（七）より）

『たけくらべ』の信如は、清少納言の『枕草子』第百四十七段の無邪気な子どもとは違って、既に近代人の自我が芽生え始めている少年である。だが、『たけくらべ』の（七）に出てくる場面は、先ほどの『枕草子』第百四十七段と似ていて、興味深い。

『枕草子』では、少年が桃の木に登ってその枝を切る様子や、木の下で少年や少女たちが争って受け取る様子や、木を揺すぶられて木の幹にしがみつく様子などが子どもらしく、ありありと目に浮かぶ。このシーンを樋口一葉が読んで、印象深く心に刻（きざ）み、『たけくらべ』の中で、高い木の枝を折り取る場面に活（い）かしたのではないだろうか。その際に、一葉は、信如と美登利の心の中の気持ちを加味することを忘れなかった。一葉は、歌塾「萩の舎（はぎのや）」で、和歌だけでなく古典も学び、『枕草子』の内容と表現を、みずからの和歌や小説の中に摂取している。その一例として、この場面も数えることができるのではないか。

＊第六十二段の「愛し」

「子どもの情景」は、『枕草子』の中で第百四十七段で初めて出現したのではなく、それ以前にも描かれていた。たとえば、第六十二段「人の家の前を渡るに」を読んでみよう。

人の家の前を渡るに、侍めきたる男、土に居る者などして、男子の、十ばかりなるが、髪、をかし気なる、引き延へても、捌きて垂るも、又、五つ・六つばかりなるが、髪は、頸の許に、掻い包みて、面、いと、赤う、膨らかなる、怪しき弓・笞立ちたる物など、捧げたる、いと、愛し。車、止めて、抱き入れまほしくこそ有れ。又、然て、往くに、薫物の香の、いみじく香へたる、いと、をかし。

この段は、『枕草子』全体の中で、あまり注目されることはないようだが、清少納言が通りすがりに見た子どもの情景が、詳しく書かれている。清少納言は、牛車に乗って移動している途中で、目に見える外の様子を、詳しく観察している。

清少納言は、ある家の前を牛車に乗って通る時に、その家に仕える侍のような男や、もっと身分の低い従者たちが、主人の子どもと一緒にいる光景を見かけた。子どものいる情景に、特別に心が惹かれたのである。この第六十二段では、「いと、愛し」という評語が、子どもたちの姿に関して使われている。

形容詞の「うつくし」は、本来は、妻や子や孫、時には老母などに対する親密な愛情を表す言葉だったが、幼い者や小さい物を慈しむ気持ちも表すようになった。「愛し」は、現代語では「かわいい」である。

十歳ほどの男の子が、おでこを出して、後ろに髪をまとめているのは、かわいい。髪を真ん中から分けて、左右に垂らしているのも、かわいい。五つか六つくらいの子どもが、髪の毛を首のところでまとめて着物の中に入れて、顔がとても赤くてふっくらしているのも、かわいい。

子どもたちが、その家の侍や従者のような大人たちに作ってもらったのだろうか、玩具のような弓や笞を、両手に持って捧げるように、高く上げている。そんな光景を牛車の中からふと見つけると、車を止めて、この子どもたちを抱き入れたくなる。また、そうして一旦、牛車を止めてから、再び牛車を進めている時、ふと、どこかそのあたりから、たいそうよい薫物の香がかすめるのも、とてもよい。

第六十二段は短く、何気ない段であるが、末尾の薫物の香も含めて、清少納言が感じた、日常の中の「生きる喜び」に満ちている。小さき者への清少納言の細やかな眼差しが、微かな香まで気づかせてくれるのだ。

2.「かわいい」の発見

＊清少納言の価値観

第六十二段の「愛し」は、子どもの「かわいらしさ」を書いていた。子どもに限定せずに「愛し」が本格的に論じられるのは、第百五十五段である。

第百五十五段の前後には、列挙章段が続く。第百五十段「恐ろしき物」、第百五十一段「清しと、見ゆる物」（清々しい美しさが見える物）、第百五十二段「汚気なる物」（見るからに汚らしい物）。ここまでが『春曙抄』の巻七で、次の第百五十三段「賤し気なる物」から巻八に入る。第百五十四段「胸、潰るる物」（心配のあまり、胸が潰れるほど、どきどきする物）の次が、第百五十五段「愛しき物」となる。このあたりは、否定的なニュアンスの列挙章段が多い中で、第百五十一段「清しと、見ゆる物」は、清少納言の美意識に適う物を列挙している。

清しと、見ゆる物、土器。新しき金鋺。畳に刺す薦。水を、物に入るる透き影。新しき細櫃。

これが、第百五十一段の全文である。清々しさを感じさせる物が五つ、列挙されている。その中に、水を透き通った容器に入れた時の透明感を挙げているのが、いかにも清少納言らしい。清少納言は、肯定的であれ、否定的であれ、価値観がはっきりしている。それらはとりわけ、清少納言の美意識と密接に繋がっている。

第百五十五段の「愛しき物」は多くの項目が挙げられている長い章段である。この段の原型となるような列挙章段として、第四十九段「貴なる物」が既に書かれている。本書の第三章で、動植物の列挙章段を取り上げた際に、「鳥は」と「虫は」の間に位置している段なのだが、そこでは触れなかった。

けれども、本章の流れの中で、第百五十五段とは離れているが、清少納言の美意識に繋がる価値観がよく表れているので、ここで「貴なる物」の段を読んでおきたい。

＊「貴なる物」という美意識

第四十九段「貴なる物」は、上品なものを列挙した段である。全文を示そう。

貴なる物、薄色に、白襲の汗衫。雁の子。削り氷の、甘葛に入りて、新しき鋺に入りたる。水晶の数珠。藤の花。梅の花に、雪の降りたる。いみじう愛しき児の、覆盆子、食ひたる。

上品なものとして、具体例が七つ、列挙されている。

①　薄紫色の上衣に、表も裏も白の汗衫を着た童女の装い。
②　うす黄色をした軽鴨の卵。
③　削った透明な氷の塊が、甘い「あまずら」の汁の中に浮かんでいて、新しい銀色の器に入れてあるもの。
④　水晶の数珠。
⑤　藤の花。
⑥　梅の花に、雪が降りかかっている景色。
⑦　たいそう可愛らしい幼児が、苺を食べている様子。

七つの例を見ると、美しい淡い色の、繊細な調和が際立つ。新しい鋺（金鋺）のことは、第百五十一段「清しと、見ゆる物」にも出ていたし、幼児の可愛らしいしぐさは、「子どもの情景」でもある。清少納言の価値観や美意識は、色彩感と輝きへの明確な好みが基盤となっている。それらを統合して、よりいっそう明確に提示したのが、第百五十五段である。

第百五十五段「愛しき物」の全文を掲げよう。なお、書き出しは、現代では主流となっている「三巻本」などでは、「愛しき物、瓜に描きたる、児の顔」だが、『春曙抄』は「瓜」となっている。『日本国語大辞典』では、「ふり」の用例に『春曙抄』の本文が示されている。『広辞苑』でも、「ふり」は「ウリの古語」であると記載されている。

愛しき物、瓜に描きたる、児の顔。雀の子の、鼠鳴きするに、躍り来る。又、紅粉など付けて、据ゑたれば、親雀の、虫など、持て来て、含むるも、いと、労たし。三つばかりなる児の、急ぎて、這ひ来る道に、いと小さき塵などの、有りけるを、目聡に見付けて、いと、をかし気なる指に捕らへて、大人などに見せたる、いと愛し。尼髪に削ぎたる児の、目に、髪の覆ひたるを、掻きは遣らで、打ち傾きて、物など見る、いと愛し。襷掛けに結ひたる、腰の上の、白う、をかし気なるも、見るに、愛し。

大きには有らぬ殿上童の、装束き立てられて、歩くも、愛し。をかし気なる児の、あからさまに抱きて、慈しむ程に、掻い付きて、寝入りたるも、労たし。

雛の調度。蓮の浮き葉の、いと小さきを、池より、取り上げて、見る。葵の小さきも、いと愛し。何も、何も、小さき物は、いと愛し。

いみじう肥えたる児の、二つばかりなるが、白う、愛しきが、二藍の薄物など、衣、長くて、襷き上げたるが、這ひ出で来るも、いと愛し。八つ・九つ・十ばかりなる男の、声、幼気にて、書、誦みたる、いと愛し。

鶏の雛の、足高に、白う、をかし気に、衣、短なる様して、ぴよぴよと、囂しく鳴きて、人の後に立ちて、歩くも、又、親の許に、連れ立ち歩く、見るも、愛し。雁の子。舎利の壺。撫子の花。

この第百五十五段は、その配列が興味深い。全体的に、「子ども」と「赤ちゃん」の具体例が圧倒的に多い。動物の「子」も目立つ。順に、見てゆこう。清少納言は、何を「かわいらしい」と感じているのだろうか。

① 姫瓜に描いてある、子どもの顔。女児は、小さな姫瓜に人間の顔を描き、玩具にして遊ぶ風習があった。描かれている子どもの顔もかわいらしいが、それで遊ぶ少女たちもかわいい。

② 人間が口で、ちゅうちゅう鼠鳴きすると、雀の子が喜んで、跳んでやって来る。また、雀を捕らえて、紅粉などを付けて愛玩していると、親雀がやって来ては、小雀に虫などを口移しで食べさせる。「雀の子ども」の小ささや仕種が、かわいいのだ。

③ 三歳くらいの子どもが、一生懸命に急いで、這い這いしてやって来る途中で、小さな塵などが落ちていると、それを目ざとく見つけて、小さな指でつまみ、大人たちに見せる仕種。また、おかっぱ頭に切り揃えた髪形の子どもが、目に前髪が掛かるのを、手でちゃんと払わずに、ちょっと小首をかしげて、何かを見たりする仕種。そういう年頃の子どもが、袂が邪魔にならないように、白い紐で襷掛けにして腰の上に大きな蝶結びしている姿。少年少女のさまざまな仕種が、目に浮かぶような描写である。

④ まだ幼い殿上童が、きれいに着付けしてもらって、歩き回る様子。また、赤ちゃんを抱っこして、あやしていると、すがりついて、いつのまにか寝入ってしまう様子。これも、日常生

活の中でふと目に止まった、少年や幼児のかわいらしさを描き出している。

⑤ 雛祭の調度品は、子どもの遊び道具である。蓮の小さな浮き葉や、葵の小さな葉もかわいい。これらは「動物の子ども」と対応する、言わば「植物の子ども」なのだろう。そして、清少納言はここまで書いてきて、自分が「かわいい」と思う物の共通項を発見し、「何も、何も、小さき物は、いと愛し」と宣言した。この「かわいい宣言」が、第百五十五段の主題である。さらにその後も、「かわいい宣言」と合致するさまざまな物を、列挙してゆく。

⑥ 太った、二歳くらいの赤ちゃんで、色白でかわいい子が、紅花と藍で染めた二藍の薄衣の丈がとても長いので、襷掛けにしているのが、這い這いして出てくる様子。また、八、九、十歳くらいの男の子が、幼い声を張り上げて漢文を読んでいる様子。少年と赤ちゃんのかわいらしさを、改めて確認している。

⑦ 鶏の雛が、まるで衣が短いような格好で、鳴きながら、人間の後に付いて歩く様子。親鶏が、ひよこたちを引き連れて歩く様子。カルガモの卵。これらも「動物の子ども」の用例である。仏舎利を入れる壺。撫子の花。「撫子」は、花の姿だけでなく、「子どもを撫でる」という名前それ自体が、かわいいのだろう。「仏舎利を入れる壺」は、子どもでも赤ちゃんでもないが、「何も、何も、小さき物は、いと愛し」という基準に合致している。直前の「雁の子」（カルガモの卵）との形状の類似からの連想でもあろうか。

＊日本文化の本質の発見

『枕草子』第六段「大進生昌が家に」については、第二章で「于公高門」の故事を中心に解説した。その段に、定子の幼い脩子内親王（修子とも。当時三歳）の食事の際に、生昌が「ちうせひ折敷」や「ちうせひ高坏」を用意しましょうか、と相談する場面がある。「ちうせい」と表記した写本もある。これは、「小さき」「小さい」という言葉を「ちうせひ」（発音はチュウセイ）と訛ったのだろうと解される。その訛りが面白かったので、早速、清少納言は生昌をやりこめ、定子から、やり過ぎを注意されている。

幼い子どものために、かわいらしい食器を用意することは、『紫式部日記』にも書かれている。寛弘五年（一〇〇八）、一条天皇の中宮彰子は敦成親王（後の後一条天皇）を出産した。『紫式部日記』には、誕生に伴う儀式が何度も行われたことが記録されているが、若宮（敦成親王）の前には、まるで雛遊びの道具のような食器が据えられていた、という。

これらの風習と、『枕草子』第百五十五段の「かわいい宣言」は、意義が異なる。第百五十五段は、小さい物、かわいらしい物に格別の価値を置く、意識的な美意識の宣言だからである。王朝・中世・近世・近代と日本文化は展開していったが、箱庭や根付などの精巧な工芸品は、「かわいい」日本文化を代表するものである。

たとえば、和歌は三十一音、俳句は十七音の短詩形文学である。最小の詩形の中に、宇宙の森羅万象をどのように包含させるか。ハイクが世界的に流行しているのも、「カワイイ」文化の意義と価値が理解されている一環だろう。

庭園造りにおいても、全国各地の歌枕や、遠い中国の名所を写す「縮景」の技法が愛用された。江戸時代に柳沢吉保が駒込に造営した六義園では、「八十八境」と称される、多くの名所が作られていた。この大名庭園の傑作は、広大な空間を凝縮しただけでなく、六義園を一周すれば、悠久の和歌の歴史が辿れるように工夫されていて、無限の時間もまた凝縮されていた。

3. 物語文学に見る子どもの情景

＊『竹取物語』のかぐや姫

清少納言は子どもの情景を魅力的に描き、そこに小さなかわいらしさを発見した。それでは、物語文学では幼児や少年少女たちはどのように描かれているのだろうか。

「物語の出で来始めの親」である『竹取物語』では、翁がかぐや姫を発見する場面が印象的である。翁は根元が光る竹を見つけた。竹筒の中を見ると、「三寸ばかりなる人、いと愛しうて居たり」、「愛しき事、限り無し」。三寸（約九センチ）くらいの小さな、愛しい、つまり、かわいい姿であった。けれども、かぐや姫は、わずか三か月で大人に成長した。そして、多くの男性たちから求婚され、人間世界の苦しみを体験することになった。

＊『伊勢物語』の筒井筒

『伊勢物語』で「子どもの情景」が印象的なのは、第二十三段である。筒井筒のもとで仲良く遊んでいた幼なじみの少年少女が、互いの思いを遂げて結婚できた。ところが、その後、女の家が貧しくなるや、男は裕福な女のもとへ去ろうとする。大人の世界になると、純粋無垢な子どもの心は保たれないのだろうか。それが、まさに、『竹取物語』が描いた世界でもあり、樋口一葉の『たけくらべ』のテーマなのでもあった。

＊『源氏物語』の紫の上と薫

文学に描かれた少女と言えば、『源氏物語』の紫の上が思い浮かぶ。若紫巻で、北山に赴いた光源氏は、幼い紫の上を見初めた。「いみじく生ひ先見えて、愛し気なる容貌なり」というのが、紫の上の第一印象だった。光源氏は、「いと愛しかりつる児かな」と感動する。このかわいらしい少女こそ、光源氏が心から愛している藤壺の姪なのだった。

その後、二人は結ばれる。大人になった紫の上が、光源氏との夫婦生活でいかに苦しんだかは、『源氏物語』のその後の展開で、詳しく語られている。

横笛巻には、幼い薫が筍を食べる場面がある。自分が、柏木と女三の宮の密通によって生まれた罪の子であることなど知る由もなく、薫は無邪気に筍を食べ散らかしている。それを眺める光源氏の心は、複雑だった。「いと愛し」と書かれている薫だが、光源氏は食欲が旺盛な薫を見て、大人になった後の女性問題を予見するのだった。恐ろしいような冷徹さではないか。宇治十帖では、薫の苦悩に満ちた恋愛が語られている。

＊『枕草子』の定子像

物語文学を概観すると、まるで約束事のように、純真無垢な子どもの心は、大人になると失われてゆく。そのことの悲しみや切なさが、「恋愛」を大きなテーマとする物語文学の骨格だった。『枕草子』は、物語文学ではない。清少納言が『枕草子』で描きたかったのは、「愛し」（かわいい）という少女の本質を、最後まで失わなかった定子への讃美の念ではなかったろうか。父の道隆が没したあと、中の関白家は凋落し、道長の時代になってゆく。

その苦難の中にあってなお、一条天皇に支えられて、定子は純真な心を持ち続けた。現実の世界を生きる定子の存在を、自分の目でしかと見届けた清少納言は、「愛し」の美学の体現者である定子の姿を通して、風化し凋落することのない、永遠の現在として『枕草子』を書いた。

美しさは変化しない。小さなものこそかわいい。清少納言の無敵の美意識は、生き方の美学となり、『枕草子』は、「生きる喜び」の文学となった。

4．もう一つの「子どもの情景」

*清少納言の批評精神

第百五十五段で「かわいい」宣言を行った清少納言は、その直後の第百五十六段では、一筋縄ではゆかぬ老獪さを見せる。

第百五十六段は、「人戯へする物」（人前で調子づいて、どうにも止まらなくなる物）という列挙章段である。高貴な人の前で緊張する時に限って、止まらなくなる咳などの用例は、確かにそうだと、読者にも納得できる。ただし、清少納言は、あれほど子どもたちの姿や仕種に共感していたにもかかわらず、子どもたちのやりたい放題の仕種に対しては、毅然たる態度を取る。

親から甘やかされた、四、五歳のいたずら盛りの子どもが、清少納言の家にまで入り込んで、部屋に置いてある物を取り散らかして、壊したりする。その子どもの母親が遊びに来ていたりすると、最悪である。母親は子どもに、口先だけで「いけませんよ」と言うばかり。そんな親までが憎らしい。清少納言は親に対してははっきり言ってやりたいのだが、遠慮して、ただ見ているだけである。その気持ちは、どうにも収まらない。

*複眼的な思考様式

このように、「かわいい」宣言の直後に、「かわいくない」子どもたちの姿が描かれている。良きにつけ、悪しきにつけ、清少納言は「子どもの情景」を描き切っているのである。

列挙章段でも、「絵に描きて、劣る物」（第百十九段）の次に「描き増さりする物」（第百二十段）

を書き、「徒然なる物」（第百四十二段）の次に「徒然、慰むる物」（第百四十三段）を書き、「近くて、遠き物」（第百七十段）の次に「遠くて、近き物」（第百七十一段）を書く。それが、清少納言のバランス感覚である。

『枕草子』は断定・断言の爽快さに満ちているが、複眼的な思考様式も同時に存在している。清少納言は、稀に見る知的な教養人だった。

引用本文と、主な参考文献

・『樋口一葉全集』第一巻（筑摩書房、一九七四年）、『たけくらべ』所収。
・島内裕子『樋口一葉の世界』（放送大学教育振興会、二〇一三年）。『たけくらべ』を論じている。

発展学習の手引き

本章では、『竹取物語』『伊勢物語』『源氏物語』などの物語が少年少女をどのように描いたかを略述したあとは、紙数の関係もあり、近代の樋口一葉となった。王朝後期の物語や、室町時代の御伽草子、江戸時代の浄瑠璃・歌舞伎などを読んで、「子どもの情景」がどのように描かれているかを確認してほしい。

また、小さい物を重視する造型芸術として、箱庭や根付、庭園の縮景などの用例を挙げたが、美術・建築・音楽などでのさまざまな用例を探してほしい。

9　多様化する文体

《目標・ポイント》定子に仕える女房たちの大内裏・内裏の散策、清少納言の住まいの美学、雪に触発された宮廷の情景などの記述から、清少納言の初出仕の思い出が語られるまで、『枕草子』執筆の機微と自然な展開性に注目する。

《キーワード》庭園散策、住まいの美学、雪の日の情景、初出仕、回想章段

1．女房たちの散策

＊記述スタイルと文体の多様性

『枕草子』における清少納言の記述スタイルは、思いつくままに次々と、さまざまなことを書くことにあった。けれども、『枕草子』の流れを大きく把握すると、ゆるやかな繋がりを持ちつつ、「宮廷章段」と「列挙章段」が交互に顕れてくる、という特徴もまた、はっきりしてくる。その「宮廷章段」にしても、内容に即して、さらに細かい区別も見られてくるし、「列挙章段」の記述スタイルにも多様性が出てくる。それは、清少納言の執筆態度がさらに自在になり、文体にも多様性が生まれているからである。

＊「朝所」での自由な振る舞い

本章では、定子に仕える女房たちが、大内裏の中の太政官庁の庭園を自由に散策する、第百六十五段「故殿の御服の頃」から取り上げよう。「中の関白」道隆が九九五年に亡くなった後、定子が一年間の喪に服している時期のことである。闊達な「女房気質」を描く「宮廷章段」である。ここに描かれているのは、一般の女房論ではなく、定子に仕える女房たちの気質である。

冒頭部は、「故殿の御服の頃、六月晦日の御祓と言ふ事に、出でさせ給ふべきを、職の御曹司は、方、悪し、とて、官の司の、空いたる所（朝所）に、渡らせ給へり」と書き出される。

定子は、内裏を出て、大内裏の中にある「職の御曹司」に移った。夏の終わりの「六月祓え」（夏越の祓え）に向かうには方角が悪いので、中宮たちは「方違え」のために、さらに移動した。そこは、貴族の参議以上の人々が食事をしたり政務を行ったりする「朝所」（アイタンドコロ、とも）である。この朝所は、太政官庁の中にある。

＊太政官庁の庭園散策と時司

この朝所を起点として、女房たちの楽しい散策が始まる。まずは、太政官庁の庭園、さらには、太政官庁の向かいにある陰陽寮の「時司」の鐘楼へと及んだ。そのあたりの原文を引用しよう。

> 女房、庭に、下りなどして、遊ぶ。前栽には萱草と言ふ草を、籬結ひて、いと多く、植ゑたりける。花、際やかに、重なりて咲きたる、宜々しき所の前栽には、良し。
>
> 時司などは、唯、傍らにて、鐘の音も、例には似ず聞こゆるを、懐しがりて、若き人々、二十余人ばかり、其方に行きて、走り寄り、高き屋に登りたるを、此より見上ぐれば、薄鈍の

> 裳、唐衣、同じ色の単襲、紅の袴どもを着て、登り立ちたるは、いと天人などこそ、え言ふまじけれど、「空より下りたるにや」とぞ見ゆる。同じ若さなれど、押し上げられたる人は、え交じらで、羨まし気に見上げたるも、をかし。

女房たちが下り立つ太政官庁の庭には、籬（垣根）が作ってあって、萱草（忘れ草）が植えてある。その濃い橙色の花が際やかで、重々しい職務の太政官庁にふさわしいと書いている。陰陽寮の「時司」の役所が近いので、時の鐘の音が普段とは違って聞こえる。好奇心の旺盛な若い女房たちが二十人あまりも、その近くまで行き、高い鐘楼に登った。清少納言が彼女たちを見上げると、まだ服喪中なので、薄鈍色の裳と唐衣、薄鈍色の単襲、紅の袴を着て、高楼に登って立っている姿は、派手な色合いではないので天人とまでは言えないけれども、まるで「空から天下ってきたのだろうか」とさえ思われた。位が高い女房は、鐘楼に登るなどという大胆で、はしたない行動は取れないので、羨ましそうに見上げるばかり。それもまた、清少納言には面白い。

ここには、思いがけない女房たちの活発な行動力を言葉に写し取る文体が躍動している。

なお、『紫式部日記』では、中宮彰子に仕える若い女房たちが、若い貴族たちと池で舟遊びする情景が描かれる。彼女たちは、彰子のお産に伴い、白い衣裳を着ていた。それが月に照らされて美しかった。それを、年輩の女房たちが羨ましそうに眺めている。また、『源氏物語』でも、若い女童や女房が庭に下り立って遊んでいるのを、行動が自由にならない大人の女房たちが羨ましく思う、という場面が散見する。それらの記述に先行するのが、『枕草子』のこの段である。

＊女房たちに手を焼く役人たち

さて、『枕草子』第百六十五段に戻ると、身分の高い女房たちも、人目の少ない夜には、大胆な行動に出た。その部分の、原文を読もう。

> 日、暮れて、暗紛れにぞ、過ぐしたる人々、皆、立ち交じりて、右近の陣へ、物見に、出で来て、戯れ騒ぎ、笑ふも有ンめりしを、（宿直）「斯うは、せぬ事なり。上達部の、着き給ひし、などに、女房ども登り、上官などの居る障子を、皆、打ち通し、損なひたり」など、苦しがる者も有れど、聞きも入れず。

明るい時間帯にはおとなしかった、位の高い女房たちも、日が暮れるや、若い女房たちと一緒になって、内裏の月華門の中にある近衛府の「右近の陣」まで見物に出かけて、大騒ぎした。女房たちの振る舞いを傍若無人だと感じ、見るに見かねた宿直人が、必死に制止したが、彼女たちの耳には届かない。道隆の没後、定子は悲しいことが多かった。けれども、清少納言を始めとする女房たちは、どこまでも明るく振る舞っている。

朝所は古い建造物で、屋根が瓦葺きのためか、猛烈な暑さだった。「古き所なれば、蜈蚣と言ふ物、日一日、落ち掛かり、蜂の巣の、大きにて、付き集まりたるなど、いと恐ろしき」と、書かれている。一時的な滞在としても、ここでは随分不自由な暮らしだったと思うが、殿上人たちも、頻繁に訪れては女房たちと会話したので、その不自由さを補って余りある自由さもあった。

夏の末に行われる「六月祓え」の外出のために朝所へ移った彼女たちは、秋の「七夕」が近くなって、職の御曹司へと戻った。季節の推移を感じさせる頃であるが、六月末から七月七日までの宮廷行事に挟まれた一週間ほどのことであった。

『枕草子』には、既に第五章で取り上げた第百五段のように、時鳥を聞くために郊外を散策することが語られることもあった。ここでは大内裏（内裏）の中で、ふだん足を運ぶことのない場所での滞在と冒険を書き記していた。第百六十五段は、一種の「滞在記」であり、「散策記」でもあるという、珍しい内容である。

＊ムカデと蜂

ところで、「朝所（あいたどころ）」には、ムカデや蜂が棲んでいたという記述について、少し視野を広げて考えてみたい。『枕草子』第五十段「虫は」には、蠅や蟻は挙げられているが、ムカデや蜂は出てこない。神話や昔話で、ムカデは悪虫として登場する。『古事記』では、大国主（オオアナムヂの命（みこと））が根（ね）の国（くに）で、スサノオから「ムカデと蜂」が棲息している部屋で寝るようにという、試練を与えられた。その危機は、スセリビメの援助で乗り切った。

あえて深読みすれば、道隆という後ろ盾を失った後、定子は苦難の連続だった。その時に、定子の心の支えとなったのは、意識的に明るく振る舞う女房たちであり、それを明晰な文体で言語化する能力に秀でた清少納言の存在だった。定子と清少納言の心の絆は、大国主とスセリビメの関係にも対応するものだったのではないか。第百六十五段には、定子は直接には登場しないけれども、女房たちの行動に心を癒されていたことだろう。

＊宮廷人たちとの社交の顛末

次の第百六十六段は「宰相（さいしやう）の中将（ちゆうじやう）・斉信（ただのぶ）、宣方（のぶかた）の中将（ちゆうじやう）と、参（まゐ）り給（たま）へるに」という書き出しで、藤原斉信と源宣方が登場する。漢詩文の教養や、朗詠の仕方などをめぐる、清少納言と男性貴族たちの交遊が書かれている。前段に、女房と男性貴族たちとの交流を書いたことからの、自然な連想によるのだろう。ただし、末尾で、宣方との絶交に至る経緯も書いている。このような書き方は第四章で取り上げた、清少納言と則光の交際が途絶した話（第八十七段から第八十九段までの連続章段）と相似形を見せている。

『枕草子』の記述の流れは、前後の章段が連想で繋がり、連続して書かれる面と、段を隔てた場所に、似た内容が書かれることの両方が相俟って、全体としては自然な流れを形作っている。

＊「列挙章段」の配列にみる変化

第百六十七段から第百七十五段までは、それ以前の一連の宮廷人に関わる話題から、列挙章段へと展開する。このあたりに配列されている列挙章段は、「昔覚えて、不用なる物」「頼もし気無き物」／「経は」／「近くて、遠き物」「遠くて、近き物」／「井は」／「受領は」「宿の官の、権の守は」「大夫は」、という順に書かれている。内容のまとまりを示すために「／」を入れた。

特に注目すべきは、「近くて、遠き物」「遠くて、近き物」のワンセットである。

第百七十段「近くて、遠き物」は、神社関係のお祭、気持ちが通じ合わない兄弟や親族、鞍馬の九十九折り、そして十二月の晦日と正月朔日の間、という四例が書かれている。これだけでも面白いが、それに続く、第百七十一段「遠くて、近き物」の全文は、「極楽。舟の道。男・女の仲」である。項目の立て方が対称性を持ち、二段でワンセットとなると、さらに輪郭が明確な現実認識が姿を現す。このような「ワンセット章段」は、以前にも存在したが、今挙げたワンセット章段は、さらに的確で、意表を衝く書き方である。

「井は」（井戸ではなく、水が湧き出る泉）の段は、前後との繋がりは見られないが、その後の「受領は」から「大夫は」までは、官位に関わる列挙章段である、さらに連続して、「六位の蔵人」（百七十六段）、「女の、一人住む家などは」（百七十七段）、「宮仕へ人の里なども」（百七十八段）までを含めて、宮廷関係の列挙章段と見做すこともできる。

列挙章段は、多くの場合、何段も連続して書かれるが、その中でも、より緊密な繋がりが見られる場合がある。その具体例として、「六位の蔵人」以下の連続三章段を取り上げよう。

2．住まいの美学

*連続章段の展開性

『枕草子』の第百七十六段から第百七十八段までは、「住まいの美学」をテーマとする住居論であり、住まいの良し悪しを明確に述べる批評文となっている。第百七十六段では「男性の住まい」、第百七十七段では「女性の住まい」、そして第百七十八段では「理想の住まい」がテーマである。共通するテーマによる記述の展開性に着目しながら読んでみよう。

*男の住まいの良し悪し

第百七十六段は、「六位の蔵人、思ひ掛くべき事にも、有らず」と始まる。「六位の蔵人」は、天皇に近侍して秘書のような役割を果たす花形の職務だが、望んでなるものではない、というのである。それは、蔵人を終えて五位に昇進したとしても、家が広くなる展望が開けないからである。

清少納言は、彼らの住まいのマイナス・ポイントを列挙してゆく。板葺屋根の狭い家である。きちんとした土塀ではなく、檜を薄く削った板を編んだ「檜垣」でもなく、簡略で低い「小檜垣」しか作れない。牛車を入れる車宿はあるが、牛を繋ぐ場所がない。そのため、庭の木に牛を繋ぎ、その周辺の草を牛に食べさせている。

その反面、彼らは室内のインテリアには気を使い、洒落た感じにして暮らしている。けれども、「不用心だから、門をしっかり閉めて置くように」などと、使用人に厳しく命令する。ようやく手に入れた現状を維持するのに汲々としているのだ。余裕の感じられない、ぎすぎすした住まい方をする男たちを、清少納言は大いに批判する。

それでは、男は、どういう住まい方をしたらよいのか。批判するだけでなく、その理想を提示する。このような書き方は新しい。批判と理想を、いわばワンセットにする文体である。

> 親の家、舅は、更なり、伯叔父・兄などの住まぬ家、其の、然るべき人の無からむは、自づから、睦ましう、打ち知りたる受領、又、国へ行きて、徒らなる、然らずは、女院、宮ばらなどの、屋、数多有るに、官、待ち出でて後、何時しかと、良き所、尋ね出でて、住みたるこそ、良けれ。

親の家や舅の家、伯叔父や兄の家など、自分の親族の家で、誰も住んでいない広い家があれば、そこに住まわせてもらえばよい。身近に、広い屋敷を貸してくれる人がいなければ、親しくしている受領が遠い国に赴任して空き家になっていたり、女院や皇族など、邸宅を複数所有している人物から借りて、そこに住むのがよいと、清少納言は具体的に列挙しながら書く。

清少納言は、狭苦しい自宅の内部を整備することが気に入らないのである。そうではなくて、仮住まいの方がゆったりと暮らせる、と述べている。身分の高い人から、自分のライフスタイルに合う空き家を借りられるくらいの人脈がないと、将来の展望は開けない、と考えているのだろう。

＊女の住まいの良し悪し

このように、第百七十六段は、男の住まいの良くない例を挙げてから、理想を書いていた。第百七十七段では、まず、女の住まいの理想を先に書いて、その後で、良くない例に話題を移行するスタイルである。連続章段ではあるが、書き方を変えている。第百七十七段の全文を読もう。

> 女の、一人住む家などは、唯、甚う荒れて、築地なども、全からず、池などの有る所は、水草、居、庭なども、いと、蓬、繁りなどこそせねども、所々、砂子の中より、青き草、見え、寂し気なるこそ、哀れなれ。
> 物賢気に、なだらかに修理して、門いたう堅め、際々しきは、いと、うたてこそ覚ゆれ。

冒頭の形式段落は、一続きの長い一文からなる。ふと目に止まった住まいの築地（土塀）を見て、そこから視線は邸の内部に進み、池とそのまわりの庭まで、注意深く観察している書き方である。移動してゆく視線の動きを如実に反映している文体である。意味的には、末尾の「寂し気なるこそ、哀れなれ」が眼目である。女性が、一人暮らしをする家は、整い過ぎていないのがよく、むしろ「荒廃美」を称揚している。

ちなみに、ここまで読み進めてきた『枕草子』の美意識は、明るさや華やかさ、かわいらしさに価値を置いていたので、ここに書かれている廃園めいた住まいへの共感は珍しく感じる。文学史を貫く「廃園の美学」の中に『枕草子』の記述も含まれるのは、興味深い。

女性が一人で住む邸は、荒れ果て、土塀も崩れ、池の表面を水草が覆っているのがよく、庭にも蓬が繁り放題とまではゆかなくとも、所々、砂地の中から青い草が見え、寂しげなのが、哀れ深いと言う。それに引き続いて、逆に、こういう住まい方は良くないという例を挙げる。小賢しげに、見た目をきれいに修理して、門をしっかり閉めて、万事につけ、きびきびした様子が見て取れる住まいは、情緒も美学も感じられない。そういう住まいは、機能的で、経済力を誇示しているように見えてしまうからだろう。

前段とこの段を通して、清少納言が「住まい」に注ぐ眼差しは、住まいの描写を通した「住まい方」への批評であり、ひいては「生き方」を問うているのである。

兼好も、『徒然草』第十段で、清少納言の住居観と一脈通じる住居観を書いている。第十段の前半部を引用してみよう。

家居のつきづきしく、あらまほしきこそ、仮の宿りとは思へど、興有る物なれ。

良き人の、長閑に住み成したる所は、差し入りたる月の色も、一際、しみじみと見ゆるぞかし。今めかしく、きららかならねど、木立、物古りて、態とならぬ庭の草も心有る様に、簀子・透垣の縁をかしく、打ち有る調度も、昔覚えて安らかなるこそ、心憎しと見ゆれ。

多くの匠の、心を尽くして磨き立て、唐の、大和の、珍しく、えならぬ調度ども並べ置き、前栽の草木まで、心のままならず作り成せるは、見る目も苦しく、いと侘びし。然てもやは、永らへ住むべき。また、時の間の煙とも成りなむとぞ、打ち見るより思はるる。

大方は、家居にこそ、事様は推し量らるれ。

ここに書かれている兼好の住居観もまた、住まいの良し悪しを通して、人間の生き方を問うている。「大方は、家居にこそ、事様は推し量らるれ」という言葉は、『枕草子』の記述にもそのまま通じる、格言のような一言である。

＊理想の住まい

さて、男性の住まいと女性の住まいのそれぞれの理想を書いてきた清少納言は、それに留まらず、さらに住まいの理想を追求する。次に書かれるのは、自分自身の住まいの理想である。第百七十八段は、「宮仕へ人の里なども、親ども、二人有るは、良し」という書き出しである。宮仕えしている女性の実家は、両親が二人とも健在なのがよい、というのだ。清少納言は、宮仕えをしている自分自身の体験を踏まえて、理想の住まいについて語る。

ところが、第百七十八段は、親が健在なほうがよいと始まったものの、親がいたら、女の家にやって来る男性は気づまりだろう、と展開してゆく。自在な思索の変化を反映した文体である。この段の結論は、次の部分である。

夜中・暁とも無く、門、いと、心賢くも無く、何の宮、内裏辺りの殿ばらなる人々の、出で合ひなどして、格子なども、上げながら、冬の夜を、居明かして、人の出でぬる後も、見出だしたるこそ、をかしけれ。有明などは、増して、いと、をかし。笛など、吹きて、出でぬるを、我は、急ぎても寝られず、人の上なども言ひ、歌など、語り聞くままに、寝入りぬるこそ、をかしけれ。

自分の家では、自由に、いろいろな人と、時間を気にせずに接したい。これが、清少納言の本音である。夜中や暁といった区別もせず、門も、きっちり戸締まりしない。貴顕の殿方が、家までお越しになったならば、格子戸（こうしど）を上げたままで、冬の夜を過ごす。そのお方が帰った後も、そのまま後ろ姿を見送っているのが、よい風情（ふぜい）である。それが、有明（ありあけ）の頃だったら、さらに素晴らしい。横笛を吹きながら、その人が帰ってゆく。その音色を聞きながら、すぐには寝つかず、ほかの人たちの噂話をしたり、和歌などを語り合っているうちに、いつの間にか寝入ってしまう……。そのような生き方が、清少納言の理想だというのだ。

家を訪れる人と、もてなす人。双方に対して目配りがあるので、記述には膨らみがある。このような記述の広がりが『枕草子』の魅力である。散文であるがゆえに、思索のプロセスを詳しく書いてゆくことが可能になる。時には、相反する立場からの思索も可能である。『枕草子』の達成の一つは、思索の自在な深化を保証する文体の獲得にあったのだと思われる。

そのような、『枕草子』が開拓した散文批評のスタイルは、途絶えることなく続いている。たとえば住まいに焦点を絞った作品として『方丈記』が描かれる。その『方丈記』以降、「住まいの文学」が明確な文学ジャンルとして認定されてくる。住まいと文学については拙著『方丈記と住まいの文学』を参照していただければ幸いである。

なお、この段は、『春曙抄』と三巻本とでは、表現の異同が多い。ここでは、江戸時代以降の読者たちとの作品理解を共有できる『春曙抄』の解釈に沿った。

さて、この段には、「冬の夜を、居明かして」という表現があった。その言葉に導かれたかのように、次の段からは雪の情景となる。

3．雪の日の情景

＊雪の夜の語らい

第百七十九段は、「雪の、いと高くはあらで、薄らかに降りたるなどは、いとこそ、をかしけれ」と始まる。定子サロンの雪の日の一齣が、魅力的に写し取られている。

雪が降り積もった夕暮に、清少納言は気の合う女房仲間たちと、二、三人で火鉢を囲み、おしゃべりしていた。部屋の中には燈も点してないが、そのあたり全体に雪が光って、ほの明るい。すっかり夜になったと思う頃、雪の中をやって来る男性の沓の音がする。その人は、こんな折に、思いがけなく訪ねてくる習慣のある人で、「今日の雪を、如何に、と思ひ聞こえながら、何でふ事に、障り、其処に、暮らしつる」と口にした。雪が降る今日、清少納言がどうしているかと思いながらも、公務多忙で、今になりました、と言うのである。清少納言と風流を共に味わいたい、という風雅な心の持ち主である。

彼は、片方の足は縁側に乗せているが、もう一方の足は地面に付けたままで、部屋に上がってこようとはしない。そんな状態で、すっかり夜が明けきらない、まだ薄暗い時間帯まで、話し込んだ。男は「もうお暇しましょう」と言って、「雪、何の山に満てる」、雪が、何々山をすっかり覆っている、という漢詩句を吟誦した。

女房たちだけの会話でなく、知的で奥ゆかしい男性が加わったことで、雪の日の情景に風雅な時間が流れ始める。それが、定子サロンの素晴らしさである。

なお、男が朗誦した漢詩について、『春曙抄』は、「暁、梁王の苑に入れば、雪、群山に満てり」（『和漢朗詠集』）だと指摘している。この男性が誰だったのか知りたいところだが、諸注でも、名前は挙げられていない。

＊村上天皇と「雪月花の時」

第百七十九段で雪の日の漢詩朗誦を書いたことからの連想で、次の第百八十段も雪の日の情景が描かれる。雪と漢詩にまつわる話題であることも共通する。『枕草子』における連続章段は、清少納言のおのずからなる意識の流れによって、次々と優雅な扉が開かれるように、綴られてゆく。

第百八十段は「村上の御時、雪の、いと高う、降りたりけるを」と始まる。村上天皇（在位九四六～九六七）は、一条天皇の祖父なので、この段は清少納言が目撃した出来事ではない。けれども、定子サロンで共有されてきた記憶の優雅さが、時代を超えて生き続けている。

雪が積もっていたので、村上天皇は雪を器に盛り上げさせて、その上に梅の花の枝を挿させた。月の美しい夜だった。「これにふさわしい歌を詠むように」と天皇は命じた。すると、兵衛の蔵人という女蔵人が、「雪月花の時」と申し上げた。天皇は、「こういう状況で、和歌を詠むのは普通のことだが、状況にぴったりの漢詩を口にするのは、誰にでもできることではない」と誉めた。

兵衛の蔵人が口にしたのは、白楽天の「雪月花の時、最も君を憶ふ」という漢詩の一節である。目前の雪・梅の花・月の光をすべて取り込み、「最も君を憶ふ」という句をあえて言わずに、言外に置き、むしろその言葉を強く印象付けた。「君」は、言うまでもなく村上天皇その人のことである。この女性の機知と真心を、村上天皇は「いみじう、愛で」られたのだった。

このあと、第百八十段は、村上天皇と兵衛の蔵人をめぐるエピソードを、もう一つ紹介している。殿上の間に置いてあった炭櫃に、蛙が飛び込んで焦げ、煙を出していたという、にわかには信じがたい出来事である。私はこの場面を読んだ時、松尾芭蕉を連想した。

「古池や蛙飛び込む水の音」という名句を詠んだ松尾芭蕉は、北村季吟の弟子であり、『春曙抄』を通して『枕草子』の内容を知っている。「曙はまだ紫に時鳥」という芭蕉の句は、石山寺で、紫式部が『源氏物語』を執筆したと言われる「源氏の間」を見て詠んだとされるが、表現的には『枕草子』第一段を踏まえている。その芭蕉が「炭櫃に飛び込んだ蛙」の段を読んで可哀想に思い、閑寂な古池に蛙を飛び込ませた……。これは、あくまでも私の幻想の中の蛙の姿なのだが。

4．清少納言の初出仕

＊初出仕の回想

第百七十九段・第百八十段と、連続して「雪」が話題となっていたことからの自然な連想で、第百八十二段でも「雪」にまつわる思い出が書かれる流れが生じた。ちなみに、第百八十一段に雪は出てこない。ある女官が、可愛らしいお人形を作って中宮に差し上げ、定子が愛玩したという、ごく短い段である。強いて言うならば、定子サロンの優雅で親密な雰囲気が、ここにも漂っている。

さて、第百八十二段は、「中宮に、初めて参りたる頃」と始まる回想章段である。清少納言の初めての出仕の時の記憶は明瞭である。『春曙抄』は、この段から巻九に入っている。つまり、北村季吟は、この段が巻九の巻頭にふさわしいと考えたのである。心憎い配慮である。

けれども、清少納言が定子に仕えるようになったのは、正暦四年（九九三）頃かと考えられているので『枕草子』の冒頭部に位置してもよいと思うが、ここになってようやく初出仕のことが書かれたのは、清少納言が時間の流れよりも、執筆内容の繋がりを重視していることを物語っている。

雪の降る冬の季節だったことが重要なのである。緊張している清少納言に、定子は優しく語りかけた。清少納言は定子のことを、「限り無く、めでたし」、「如何は、斯かる人こそ、世に御座しましけれ」と、感嘆するばかりだった。

初出仕から間もない頃、兄の伊周が、妹の定子を訪れた。ここ一両日は大雪だった。清少納言は、この日、初めて伊周を間近に見た。伊周は、当時大納言であった。伊周の着用している直衣と指貫はどちらも紫色で、雪の白さに映えて美しかった。高貴な兄と妹の対面を、清少納言は几帳（移動式の帳）の隙間から垣間見た。その時の、伊周と定子の会話の部分を引用してみよう。発話や心内語の冒頭には、人名を入れた。

> （伊周）「昨日・今日、物忌にて侍れど、雪の、甚く、降りて侍れば、覚束無さに」など宣ふ。（定子）「『道も無し』と思ひけるに、如何でか」とぞ御答へ、有ンなる。打ち笑ひ給ひて、（伊周）「『哀れ』ともや御覧ずる、とて」など宣ふ御有様は、此よりは、何事か増さらむ。（清少納言）「物語に、いみじう、口に任せて言ひたる事ども、違はざンめり」と覚ゆ。

伊周は、「雪が思いのほか降ったので、妹のあなたのことが心配で、物忌にもかかわらず参上しました」と挨拶した。定子は、「こんなに雪が積もると『道も無し』ですのに、どうやってここまで来られましたか」と言った。すると、伊周はにっこり笑い、「わたしが伺えば、あなたが私を『哀れ』と思ってくださると考えまして」と返した。二人は、平兼盛の「山里は雪降り積みて道も無し今日来む人を哀れとは見む」（『拾遺和歌集』）という和歌を踏まえ、知的で風雅な言葉を交わしていたのである。

その光景を目のあたりにした清少納言は、物語の中に描かれている理想の貴公子が現実世界にも存在するのかと驚嘆し、自分までもが物語の中に紛れ込んだ気持ちになるのだった。

＊伊周の振る舞い

そういう清少納言の気配に気づいた伊周は、「几帳の後ろに隠れているのは誰なのか」と周囲の女房に尋ねた。聞かれた女房は、「あの者は清原元輔の娘でございまして、『清少納言』という名前で出仕したのです」と教えた。伊周は、何と、清少納言の近くまでやって来て、話しかけた。あなたの評判を聞いていたので、早く逢いたかったと、社交辞令ではあろうが言った。

恥ずかしさと緊張感で冷や汗が流れる清少納言が、必死に扇を捧げ持って顔を隠していると、その扇さえ伊周は取り上げた。伊周は、清少納言から取り上げた扇を楽しそうに翫んで、「この扇の絵は、誰が描いたのか」などと戯れた。

宮仕えに慣れていない清少納言の苦衷を察した定子が、助け船を出した。伊周に、自分の扇を示し、「こちらをご覧なさい」と言ってくれたのである。それでも、伊周は清少納言のそばから、なかなか離れない。そこへ、今度は、定子と伊周の父親である道隆が、雪見舞いを兼ねて参上した。

> 同じ直衣の人、参らせ給ひて、此は、今少し華やぎ、猿楽言など、打ちし、誉め、笑ひ興

> じ、我も、「何某が、と有る事、掛かる事」など、殿上人の上など、申すを聞けば、（清少納言）「猶、いと、変化の者、天人などの、下り来たるにや」と覚えてしを、（後略）

道隆は、伊周と同じ紫色の直衣を着ていた。全身から明るい雰囲気を発散させながら、気軽な冗談を口にして、笑い興じていた。道隆が殿上人の誰彼の話題を、愉快そうに話しているのを聞いた清少納言は、「こんなに多士済々の方々が集っている宮中という場所は、いったい、どういう変化の者や天人などが天下ってきているのだろうか」と思ったものだった。

「けれども、今、当時のことを振り返ってみればこそ、そのように感じていたのだけれども、今となっては、宮廷にもすっかり慣れて、それらのことは、何ということもない、たわいないやりとりや振る舞いであったのだ、と思うばかりであるのだが」……。

これが、初出仕の頃のあらましと、それを振り返っての清少納言の感想だった。明るい道隆。物語から抜け出てきたような貴公子の伊周。清少納言を温かく見守る定子。中の関白家の幸福な家族の肖像の中に、清少納言が自分の姿を描き入れた第百八十二段。それは、回想章段ではあるが、今現在も清少納言の心に息づくものであり、その思いの強さが、生気に満ちた人々を現前させるのであろう。

一つの「文化」が生成し成熟するためだけならば、百年あれば足りる。だが、そのような文化が蓄積し、千年経った時、一つの「文明」が姿を顕す。そのことを明確に教えてくれる『枕草子』と『源氏物語』が、文字通り踵を接して顕れ出たのが、一条天皇のこの時代だった。

『枕草子』と『源氏物語』が書かれてから千年経った現在という時代の、かけがえのなさを思う。

引用本文と、主な参考文献

・『古事記』（新編日本古典文学全集、山口佳紀・神野志隆光校注・訳、小学館、一九九七年）
・『方丈記と住まいの文学』（放送大学叢書、島内裕子、左右社、二〇一六年）

発展学習の手引き

本章の最後に取り上げた初出仕のことを、吉田健一は『昔話』（講談社文芸文庫、二〇一七年、解説・島内裕子）の第五章の冒頭で言及している。伊周の振る舞いに、文化と文明の洗練を見ている。参照していただければ幸いである。吉田健一は、『枕草子』の世界をヨーロッパの宮廷文化と響き合わせている。

10 批評の論理と、季節の美学

《目標・ポイント》 人間観察や季節の美意識などについて、清少納言の個人的な思いが「筆の遊び(すさび)」として、次々に連想されて書き進められることに注目する。そこに「批評の論理」や「季節の美学」を読み取り、併せて、「連続読み」が有効性を発揮することを確認する。

《キーワード》 人間心理、風の情景、筆の遊び、響映読み、初夏の情景、生きる喜び

1.「地位」に連動する人間心理

＊「したり顔」なる物

『春曙抄』は、初出仕の時のことを書いた第百八十二段から、巻九に入っている。この巻九になると、『枕草子』の列挙章段が一つの到達点に達していることが明瞭に感じ取れる。

第百八十二段は、優雅な宮廷絵巻だったが、次の第百八十三段は、列挙章段である。「したり顔(がほ)なる物(もの)」、つまり、得意げに、「どうだ」と言わんばかりの振る舞いをする人たちが、列挙されている。その中に、「受領(ずりょう)＝国司」になった人の得意満面な振る舞いが、次のように批判されている。人間心理への辛辣な批評精神が表れている。

除日に、其の年の、一の国、得たる人の、喜びなど言ひて、「いと賢う、成り給へり」など、人の言ふ答へに、「何か。いと異様に、亡びて侍るなれば」など言ふも、したり顔なり。

その年の人事異動で、最も実入りがよいと評判の「一の国」の受領（国司）に決まった人が、周囲から、「本当に、よくまあ、立派な大国の受領になられましたなあ」と祝福されている。その返事として、「いやいや。自分は都に留まって、宮廷でのお勤めができませんで、落ちぶれて地方へ赴任する次第です」などと言っている。口先では謙遜しているものの、莫大な収入が期待できるので、その言葉とは裏腹に、内心の得意を顔に隠せない。「してやったり」という意味の「したり顔」の語義解説の見本になるような場面である。そういう人々を見る清少納言の目は、厳しい。受領になって得意げな男への批判は、なおも続く。

有り有りて、受領に成りたる人の気色こそ、嬉し気なれ。僅かに有る従者の、無礼気に侮るも、「妬し」と思ひ聞こえながら、「如何、せむ」とて、念じ過ぐしつるに、我にも増さる者どもの、畏まり、唯、「仰せ、承はらむ」と、追従する様は、有りし人とやは、見えたる。女房、打ち使ひ、見えざりし調度・装束の、湧き出づる。

受領したる人の、中将に成りたるこそ、元、公達の、成り上がりたるよりも、気高う、したり顔に、いみじう思ひたンめれ。

待ちに待って、ようやく念願の受領（国司）になった人に対しては、周囲の人の態度も一変する。

受領になる前は、数少ない従者たちが、主人である自分を侮って無礼な態度を取っても、「憎らしい」と心の中で思いながら、「どうしようもない」と諦め半分で、我慢し続けてきた。それが、晴れて受領になったとたんに、従者はおろか、自分よりも地位も財力も増さっている者たちが、自分に対して畏まり、お追従を言うようになる。当然、受領本人にも変化があり、これが受領になる以前にはぱっとしなかったのと同じ人物か、と思うほどである。

財が得られたので、これまで召し仕えなかった女房を、何人も使うようになる。以前にはなかった家具や調度品、衣類などの贅沢品も、どこから湧き出たのかと思うほど家中に満ち溢れている。

また、家柄がそれほど高くはなかった人が、受領の地方回りの境遇を経たうえで、そこから脱し、宮中で重きをなす中将に昇進した場合には、もともと公家の家柄に生まれた公達が、当然のようにして中将の位に昇進した場合よりも、はるかに得意げな顔をしている。自分を「いみじ」、つまり、「自分も偉くなったものだ」などと、内心では思っているのだろうと、清少納言は、「したり顔」をしている人間を、痛烈に批判している。

人間心理の情けなさ、滑稽さ。それは、清少納言が生きた時代だけでなく、いつの時代にも通じる普遍的な人間像であろう。この段は、清少納言によって実に生き生きと描かれた、「したり顔」の気質の典型例であった。だが、何と、この「したり顔」という言葉は、紫式部によって、清少納言を象徴する人物評、すなわち肖像画（ポートレート）として、『紫式部日記』の中で、名前を特定して、「清少納言こそ、したり顔に、いみじう侍りける人」と書かれるに到る。紫式部のこの書き方は、先ほど引用した『枕草子』の原文の末尾の、「したり顔に、いみじう思ひたンめれ」と似ている。清少納言と紫式部の人間認識は、共通している、ということであろうか。

＊「地位」とは何か

第百八十三段は、「したり顔なる物」という列挙章段であったが、それを執筆しているうちに清少納言の心に湧き上がってきた批評精神・批判精神が、次の第百八十四段となった。つまり、第百八十四段自体は列挙章段ではないが、直前の列挙章段から生み出された派生章段である。『春曙抄』は、第百八十三段と第百八十四段を、一続きのものと理解している。むろん、密接に関連する内容ではあるが、ここでは「列挙章段から派生してきた章段」として、第百八十四段を捉えたい。

さて、第百八十四段は、「位こそ、猶、めでたき物には有れ」と始まっている。「地位」というものぐらい結構なものはない、というのだ。ただし、清少納言の本心は、そうではない。人間というものは、自他共に、人間を地位によって判断する。清少納言は、その具体例として、さまざまな例を挙げる。たとえば、「大夫の君」とか「侍従の君」などと呼ばれていた時には、世間から軽んじられていた人間が、「中納言」「大納言」「大臣」などの公卿の位に昇進すると、世間からはもうこれ以上はないくらい素晴らしい人物だと評価される。同じ人物のはずなのに、どうしてこのような歴然たる評価の違いになるのだろうか。

清少納言は、「受領＝国司」についても触れる。大国の国司になると、立派に見える。大国の国司を歴任しているうちに、筑紫の大宰府の次官である大弐になったり、五位止まりの受領から抜け出して四位に昇進したり、遂には上達部（公卿）になったりすることもある。すると、地位が上がったことで、おのずと貫禄が付いてきて、重々しい人物に見えてくる、と書いている。そのことを不思議がっているのである。

＊受領の娘たち

王朝文学を担った女性たちは、「受領の娘」だった。紫式部の父である藤原為時（ためとき）も、越前守、越後守を経験している。紫式部は越前に同行したし、越後には弟（一説には兄）の惟規（のぶのり）が同行し、惟規は現地で没している。

清少納言の父は、清原元輔（もとすけ）である。元輔は、河内権守（ごんのかみ）、周防守（すおう）、肥後守を歴任している。清少納言は、父と一緒に周防の国（山口県東部）に下向したのであろうか。ちなみに、『枕草子』の第二百九十段「打（う）ち解（と）くまじき物（もの）」（気を許してはいけない物）に、舟旅の恐ろしさを描いた部分がある。瀬戸内海を舟旅した実体験の反映と思えるようなリアリティがある。

清少納言は「受領」を身近に見てきたからこそ、受領の苦しみも、受領の喜びも、双方を実感したであろう。このような「人間章段」とも呼べる批評的な論述は、ある個人の個性を描くのではなく、具体的な個人名は出さずに、ある集団に共通する振る舞いや言動を「気質（カラクテール）」として抽出することによって、一気に普遍化する。そこに、『枕草子』の「批評の論理」の一端が見えてくる。

2. 風の美学

＊風のさまざま

清少納言の緻密な人間観察は、自然現象に対しても向けられる。次の連続する二段では「風の情景」を描き、『枕草子』の中でも屈指の名場面となった。第百八十五段は、「風（かぜ）は」と始まる列挙章段である。春夏秋冬すべての季節の風に触れており、短いながらも「風の歳時記」の趣がある。全文を読んでみよう。書き出しからして魅力的である。

風は、嵐。木枯。三月ばかりの夕暮に、緩く吹きたる花風、いと哀れなり。

八月・九月ばかりに、雨に交じりて、吹きたる風、いと哀れなり。雨の脚、横様に、騒がしう吹きたるに、夏、通したる綿衣の、汗の香など、乾き、生絹の単衣に、引き重ねて着たるも、をかし。此の生絹だに、いと暑かはしう、捨てまほしかりしかば、「何時の間に、斯う、成りぬらむ」と思ふも、をかし。

暁、格子・妻戸など、押し開けたるに、嵐の、颯と、吹き渡りて、顔に沁みたるこそ、いみじう、をかしけれ。

九月晦日、十月朔日の程の空、打ち曇りたるに、風の、甚う吹くに、黄なる、木の葉どもの、ほろほろと零れ落つる、いと哀れなり。桜の葉、椋の葉などこそ、落つれ。

十月ばかりに、木立多かる所の庭は、いと、めでたし。

ひとくちに「風」と言っても、さまざまな風がある。その中から、季節を問わず吹く強い「嵐」と、晩秋から初冬にかけて吹き、木の葉を散らす「木枯」が、まず挙げられる。木枯も、強い風である。このように「強い風」で始まったものの、すぐに一転して、晩春の夕暮に吹く「ゆるい風」の「花風」を挙げる。ゆるい風でも花が散ってしまう、その光景が「哀れ」なのである。

なお、「花風」とある箇所は、『春曙抄』でも「雨風」という異文の存在を紹介している。能因本の系統はすべて「花風」だが、三巻本の系統では「雨風」となっている。けれども、美しく雅びやかな「花風」という言葉に注目したい。「嵐」が強い風であることから、「木枯」という言葉が連想され、「木枯」が木の葉を散らせるところから、花びらを散らせる風、すなわち「花風」が連想されたという、意識の流れを味わうべきだろう。『日本国語大辞典』にも『広辞苑』にも、能因本『枕草子』を典拠として、「はなかぜ（花風）」という項目を立てている。

この後は、季節を追って進んでゆく。旧暦八月・九月の、秋も次第に深まり、晩秋に向かってゆく頃に、季節の移ろいを感じさせるのが、雨交じりに吹く風である。雨と風の音が入り交じるので、心が落ち着かない。そんな日に、夏中、ずっと着ていた薄い綿入れの衣から、ほのかに夏の残り香が漂ってくる。普段は、こんな季節の変化は、気にも留めないのだが、雨交じりの風の日には気づかされるのである。

夜明け方に、格子や妻戸などを開ける時、嵐に伴う風が、さっと、外から部屋の中に吹き入ってくる。顔に、その冷たい、強い風が沁み込んだように感じるのは、とても思いがけないことではあり、あっ、と思わず身を縮めるほどである。

清少納言は、自分自身の生活と密接に結びついた場面で感じる風の美学を、散文で写し取っている。秋と冬が入れ替わる九月下旬か十月上旬の頃の空も、風がとても強く吹く。すると黄色く色づいた木の葉が、木の枝から離れて、ほろほろと、零れ落ちる。桜の葉や椋の葉などが、ちょうどこの頃、風に吹かれて落ちるのが、とりわけ目に立つ。

そして、この第百八十五段が、「十月ばかりに、木立多かる所の庭は、いと、めでたし」と結ばれたことから、その連想の糸で、次の第百八十六段が紡ぎ出され、そこでは野分に焦点が絞られて、さらに精妙な描写が続く。

近現代の文学においても、永井荷風は短編随想「落葉」を書き、森茉莉は小説『枯葉の寝床』を書いている。清少納言は、それらに先んじて「落葉の美学」を平安時代の散文で書き記した。

＊「野分」の美学

第百八十六段は、直前の第百八十五段の「風は」と「連続読み」するのがふさわしい内容である。第百八十六段は列挙章段ではないが、直前の第百八十五段の「列挙章段」から自ずと引き出されてきた清少納言の思いが述べられている。

第百八十五段が散文詩のようであったのに対し、この第百八十六段は、映像メディアを先取りしているかのような動画的な視覚性がある。それは、野分の翌朝、庭を眺める女性の姿を描き、その女性の心の内面の動きまでも写し取っているように感じさせるからであろう。季節の美学は、前段からさらに深まり、心の時間までも表現できる文体を獲得した。心の底に流れる時間を表現化できたことで、絵画的と言うよりも、映像表現に近づいたのである。

それでは、第百八十六段「野分の又の日こそ」の前半の原文を読んでみよう。

> 野分の又の日こそ、いみじう哀れに、覚ゆれ。立蔀・透垣などの、伏し並みたるに、前栽ども、心苦し気なり。大きなる木ども、倒れ、枝など、吹き折られたるだに、惜しきに、萩・女郎花などの上に、蹌踉ひ、這ひ伏せる、いと思はずなり。格子の壺などに、颯と、際を、殊更にしたらむ様に、細々と、吹き入れたるこそ、荒かりつる風の仕業とも覚えね。

「野分」は、台風のことであり、野の草を分けるように強く吹く風である。『源氏物語』には「野分」という巻があり、松尾芭蕉には「芭蕉野分して盥に雨を聞く夜かな」「吹き飛ばす石は浅間の野分かな」という句があり、夏目漱石にも『野分』という小説がある。

清少納言は、野分が吹き過ぎた「台風一過」の翌朝の情緒に、美を感じている。庭に置いてある目隠しのための立蔀や、まばらに結ってある垣根が、昨夜の台風の風で横倒しになっている。庭に植えてある前栽も、強風に吹かれて乱れ伏し、見るからに可哀想なほどだ。大きく育った庭の樹木が強風で倒れ、枝が折れてしまうのさえ惜しいのに、それらの樹木の枝や幹が、萩や女郎花などの、か弱い草木の上に倒れかかり、落ちかかっているのを見た時には、「何てことを」と、やりきれない気持ちになる。

大木が倒れ、枝が折れるのは、大風の常套表現だが、可憐な草花の上に、大木の枝や幹が落ちている状況を痛ましく思う感受性は、「散文」ならではの個性である。『春曙抄』は、清少納言の個性的な感想や随想が溢れている場面を、「筆の遊び」「筆遊び」などと呼んでいる。「いと思はずなり」という個人の感想が書けること、それが「筆の遊び」としての散文の力である。

清少納言の個性的な美意識は、なおも続く。彼女は、ふと、格子に目を留める。すると、碁盤目のように細かな木枠が縦横に走っている格子の、一つ一つの仕切りに、驚くべき自然の妙が発見できた。どの仕切りにも隙間もないくらい、隅々まで、きっちりと、木々の葉が吹き入っているではないか。荒々しかった野分の風の仕業とも思えぬほど、その色合いは細緻で精妙である。しかも、色とりどりの木々の葉が、仕切りの中に一緒に入れてあるのも絶妙だった。

第百八十六段は、このあと、室内にいる、一人の女の姿を描写する。

> いと濃き衣の、表曇りたるに、朽葉の織物、薄物などの小袿、着て、実法しく、清気なる人の、夜は、風の騒ぎに、寝覚めつれば、久しう、寝起きたるままに、鏡、打ち見て、母屋より

少し、膝行り出でたる、髪は、風に吹き迷はされて、少し、打ちふくだみたるが、肩に掛かりたる程、真に、めでたし。

視点を室外から室内へと移すと、実直らしくさっぱりとした、感じのいい女房が描かれる。彼女は、昨夜の野分で幾度も眠りが中断されてしまい、よく眠れなかったのであろう。朝になっても、なかなか起きられず、身支度も終わらないけれども、外の様子を見ようとしている。するとく昨夜の野分の余波の強い風が吹きつけ、髪全体がふわりとふくらむ。髪の中に風が入ったようだ。ふくらんだ髪が肩に掛かっているのが、まことに素晴らしく見える。普段なら、こんな姿は決して見せない人であるだけに……。

さらに、この後、原文の引用は省略するが、少女と言うには少し年上だが、大人とも見えぬ風情の若い女房や女童の姿も、映し出す。さらには、庭に下り立って、昨夜の野分で荒れた草木を手直ししている人々の姿も描き出される。

このように、野分の庭と、それを眺めやる女性たちの後ろ姿に、さまざまな年代の女性の人生の遠景が重なっている。それらを観察し、描写する清少納言本人の「心」の動きも、明確に書かれている。もの古りた庭園に佇む女性たちを描いた、フランス十八世紀のヴァトーの雅宴画を思わせる。雅びやかで繊細な文明が、時代も東西も超えて、確かに存在した。その一つが、『枕草子』に描き取られた平安朝の宮廷人なのだった。

このように、第百八十五段と第百八十六段は「連続読み」すると、味わいが増す。また、美意識に関する章段では、近現代文学や西洋美術と響き合わせる「響映読み」によって、『枕草子』の普遍性が浮かび上がる。上田敏の翻訳詩集『海潮音』には、「朽葉色に晩秋の夢深き君が額に」という、マラルメの絶唱「嗟嘆」の一節や、ヴェルレーヌの「落葉」がある。森鷗外の次女・小堀杏奴のエッセイ「朽葉色のショオル」には、焦茶に朱色や緑も交じった毛糸で、母が編んだ朽葉色のショオルが描かれる。『枕草子』を読む読者の心には、それらの文章も揺曳する。風をめぐる散文詩のような第百八十五段と、まるで映像を見るかのような第百八十六段の世界は、『枕草子』の「季節の美学」を代表するものと言える。

＊燦めく列挙章段群

第百八十七段から第二百三段までは、合計で十七段にもわたって、列挙章段が続いている。その脈絡を、各段の冒頭部の列挙によって示そう。

第百八十七段「心憎き物」（良いなあ、と心惹かれる物）。第百八十八段「島は」。第百八十九段「浜は」。第百九十段「浦は」。第百九十一段「寺は」。第百九十二段「経は」。第百九十三段「書は」（漢詩文の書物と言えば）。第百九十四段「仏は」。第百九十五段「物語は」。第百九十六段「野は」。第百九十七段「陀羅尼は」。第百九十八段「遊びは」（楽器の演奏）。第百九十九段「遊び業は」（遊戯は）。第二百段「舞は」。第二百一段「弾物は」（絃楽器は）。第二百二段「笛は」。

美学・歌枕・仏教・文学・音楽というように、多彩なテーマが次から次へと展開している。まるで万華鏡の燦めきを見ているかのようである。第二百三段は節を改める。

3．初夏の情景と生きる喜び

＊賀茂祭（葵祭）の情景

第二百三段は、「見る物は」（見物し甲斐があって、素晴らしい物）という列挙章段である。「見る物は、行幸。祭の帰さ。御賀茂詣。臨時の祭」と書き始められる。その内容をかいつまんで紹介しよう。

観客として最も見物して楽しいのは、天皇のお出ましである。その次には、賀茂祭の翌日、斎院（斎王）が紫野にある斎院御所まで帰って行く行列。また、賀茂祭の前日に、摂政や関白が賀茂神社へ参詣する「御賀茂詣」の行列。「葵祭」とも言われる四月の賀茂祭だけでなく、十一月に行われる賀茂神社の「臨時の祭」も素晴らしい。

こう述べた清少納言は、賀茂の臨時の祭や、天皇の行幸に触れた後で、「祭の帰さ」の楽しさを詳しく語り始める。

斎院のお住まい（斎院御所）は、紫野にあった。現在の櫟谷七野神社のあたりである。賀茂祭の翌日、斎院は上賀茂神社から紫野までお戻りになる。これが、「祭の帰さ」であり、見物のし甲斐がある、と清少納言は絶賛するのである。

＊「祭の帰さ」の余韻と時鳥

賀茂祭の当日は、旧暦四月の中の酉の日ということもあり、見物人が乗っている牛車にも初夏の日差しが差し込み、かなり暑く感じられる。翌日の「祭の帰さ」では、たくさんの牛車が、行列の通り道になる雲林院や知足院の前に場所を取って、見物のために待機している。どの牛車にも葵や桂の葉が飾ってあるが、一日経ったので萎れている。

「こんなにもたくさん、時鳥がいるものなのか」と驚くほど、時鳥の鳴き声が谺している。すると、鶯までが、春の初音以来、ずっと鳴き嗄らした老声で、「自分も、時鳥のように人々から称賛されたい」と言わんばかりに、時鳥に交じって鳴くのは、憎らしくもあるが、面白い。

斎院のお戻りの車は、なかなか姿を現さない。清少納言がやきもきしていると、ほどなく、行列がやって来た。人々の行列姿が素晴らしい中にあって、蔵人所に務めている面々が、青色の上衣に、白襲の裾をほんの申しわけ程度に帯に引きかけて参加している。季節柄、白い卯の花が咲いている緑の垣根がそこにあるかのようで、その中に時鳥が隠れていそうに思えた。

ところが、斎院の行列が通り過ぎた後で、それまで見物していた牛車が、大慌てで動き出したので、清少納言は興醒めがする思いだった。

その後に、清少納言自身の雅びな体験が書かれている。原文を読もう。

少し、良ろしき程に、遣り過ごして、道の、山里めき、哀れなるに、「卯木垣根」と言ふ物の、いと荒々しう、驚かし気に、指し出でたる枝どもなど、多かるに、花は、未だ、良くも開け果てず、蕾勝ちに見ゆるを、折らせて、車の、此方彼方などに、挿したるも、桂などの、萎みたるが、口惜しきに、をかしう、覚ゆ。遠き程は、えも通るまじう見ゆる行く先を、近う、行き持て行けば、然しも、有らざりつるこそ、をかしけれ。男の車の、誰とも知らぬが、後に、引き続きて来るも、「唯なるよりは、をかし」と見る程に、引き別るる所にて、「峰に別るる」と言ひたるも、をかし。

　ほかの牛車を先に通させてから、清少納言は自分の牛車を、ゆっくり進ませる。山里めいた道は、初夏の趣が深い。「卯木垣根」と言うのだろう、伸び放題に卯木の生垣が伸びている。卯の花はまだ開花しきってはいず、蕾がちである。その長い枝を折らせて、牛車のあちこちに、挿して飾る。葵祭の牛車の飾りに挿していた桂の葉も、今日は萎んでしまっているが、蕾の付いた卯木の枝をたくさん挿したのが風流で、見映えが良くなった。

　ふと気づくと、誰とも知らないが、男性の乗っている牛車が、清少納言の牛車の後に、ずっと付いて来る。「他の車がいないよりは、後続の車がある方が、面白い」と、その牛車の様子を見遣っていたが、二つの牛車が別れる岐路に差しかかった。すると、相手の男車が、「峰に別るる」という歌の一句を詠み上げた。「風吹けば峰に別るる白雲の絶えてつれなき君が心か」（『古今和歌集』壬生忠岑）という歌である。まことに風雅なことだった。自分が乗っていたこの女車も、その男性の目には魅力的に見えたのだろうか、と清少納言は余韻に耽った。

＊自然観察と人間観察の融合

　この第二百三段は、スタイルとしては、「見る物は」という列挙章段なのだが、清少納言の自然観察と人間観察が融合して、「筆の遊び」とも言える軽快な筆致である。時鳥と鶯との対比、卯の花（卯木）の枝など、繊細で鋭敏な季節感に満ちているが、見物人たちの態度に対する批評眼は辛辣である。最後の小さなエピソードまで含めて、『枕草子』らしさが横溢している。生きる喜びを謳歌する、清少納言の心の弾みが感じ取れる段である。

＊散策の喜び

　列挙章段だった第二百三段は、いつのまにか「筆の遊び」に変わっていた。続く第二百四段からは、真の意味での「筆の遊び」である。第二百三段と連続読みしたい。

　五月ばかり、山里に歩く、いみじく、をかし。沢水も、実に、唯、いと青く見え渡るに、上は、つれなく、草、生ひ繁りたるを、長々と、直様に行けば、下は、えならざりける水の、深うは有らねど、人の歩むに付けて、迸り、上げたる、いと、をかし。
　左右に有る垣の、枝などの掛かりて、車の屋形に入るも、急ぎて、捕らへて、折らむと思ふに、ふと、外れて、過ぎぬるも、口惜し。蓬の、車に押し拉がれたるが、輪の、舞ひ立ちたるに、近う、香かへたる香も、いと、をかし。

五月の頃に山里を歩くのは、とは言っても、牛車に乗って散策するのだが、とても爽快で楽しい。ずっと向こうの、沢辺の水が青く見渡せる。その水面は、水が流れているのも見えないくらい、草が繁っている。そこをどこまでも、真っ直ぐに牛車を進めてゆく。すると、草の下には思いがけないくらい、とてもきれいな水が流れていて、牛車が進むのにつれて、バシャバシャと跳ね上がる。それが、たいそう面白い。

山道を進む牛車の左側にも右側にも、生垣がある。その垣根の枝が長く伸びていて、牛車に触れる。清少納言が乗っている牛車の中にも差し入ってくる。それを急いで摑んで、折り取ろうとしても、枝は手元をはずれて、さっと行き過ぎてしまう。何とも口惜しい。けれども、車輪に押し拉がれた蓬が、牛車の車輪が回るのにつれて、清少納言が座っているすぐそばで、香り立ってくる。この香りもまた、山里ならではの興趣である。

前段からの連想で、夏の山里逍遥の楽しさが語られている。真夏の水の燦めき、青々とした草、蓬の香、道端の垣根の長く伸びた枝。視覚・嗅覚・触覚が全開して、印象派の風景画のような明るさである。『枕草子』は「生きる喜び」を書いた文学である。

＊残り香と、水の燦めき

続く第二百五段では、牛車の牛の尻に掛けてある革紐の匂いと、牛車の前に燈してある松明の煙の香りが語られる。

次に続く第二百六段から第二百八段までの三つの章段は、どれもごく短い段であるが、清少納言の非常に繊細な感覚が示されている。第二百六段では、五月五日の端午の節句で用いた菖蒲が、秋や冬が過ぎる頃になっても香りが残っている、と語られる。第二百七段では、数日前に薫きしめた香りの「残り香」が語られる。「香り」の連鎖で、これらの段は滑らかに紡ぎ合わされている。

第二百八段は、嗅覚に関わるものではないけれども、川を渡る時の水の燦めきが、美しい文章で簡潔・的確に描写されている。

美意識や批評精神の鋭さに支えられた季節感は、『枕草子』に留まらず、王朝文学の達成域として認識し、位置づけることができよう。

なお、本章で取り挙げた季節章段は、主として初秋から晩秋、そして初冬に至る季節であった。最後に取り上げた諸段は夏の情景である。その間に多彩な列挙章段を挟んでいるので、両者の位置が少し離れているが、季節の素晴らしさの全体像を余すことなく描いている。章段配列を大きく把握することによって、『枕草子』の記述の深まりが理解できる。

引用本文と、主な参考文献

・森茉莉『薔薇くい姫・枯葉の寝床』（講談社文芸文庫、一九九六年）
・上田敏『海潮音』（新潮文庫、一九五二年）
・小堀杏奴『朽葉色のショオル』（旺文社文庫、一九八二年）

発展学習の手引き

「風は」「野分の又の日こそ」の連続章段で書かれている、野分や落葉の描写や季節の風情と遠く繋がる夏目漱石・永井荷風・森茉莉の作品名を挙げたが、それ以外にも堀辰雄の『風立ちぬ』などもある。漱石や堀辰雄の作品は文庫本で読める。

荷風の「落葉」は、『明星』大正十一年一月号に掲載された。荷風は、二十四歳の時にアメリカに渡り、落葉に感激したと言う。ヴェルレーヌの詩を読んだのも、ちょうどその頃だった。鵯が餌をあさりながら落葉を踏み歩く音は、古池の水に蛙の飛び入る響きにも劣らないだろう、と書いている。

11 論評する清少納言

《目標・ポイント》『枕草子』の記述は、鋭い観察眼と簡潔明晰な表現力が際立つが、次第に、人間の心の奥に分け入る章段が多くなってくる。清少納言の人間を見る目の実態に迫る。

《キーワード》祭見物、定子との心の絆、宮廷人の聴覚、硯、筆、手紙、蟻通明神、巫女、乳母、蔵人所の雑色

1. 祭見物の振る舞い

＊祭見物と牛車

本章では、『枕草子』における人間観察の具体例を見てゆきたい。全十二巻からなる『春曙抄』で言うと、巻九の後半から巻十に当たる部分を読みながら、清少納言が宮廷生活で培った人間観察の深まりを確認しよう。

前章で取り上げた第二百三段では、「祭の帰さ」の見物人たちが、行列が通り過ぎた途端に牛車を我先に動かす姿勢を、清少納言は批判している。清少納言が祭見物に際して得た人間観察は、少し段を隔てた第二百十四段にも書かれている。

第二百十四段は、「万の事よりも、侘びし気なる車に、装束、悪ろくて、物見る人、いと、もどか

し」と始まる。何にも増して、一番非難したいのは、見た目のよくない牛車に、粗末な装束で祭見物をしている人である、と言う。一方的な断定のように聞こえるが、すぐに続けて、説経を聞きに行く時なら、それでも許せる、と言葉を補っている。

清少納言本人は、祭見物する際には、牛車も下簾も特別に新調して、誰から見られても恥ずかしくない準備をしてから出かける。ただし、もっと立派な牛車を見つけると、自分の準備不足を痛感して落ち込んでしまう。自分自身、自分よりも心がけが劣った人、自分より心がけが優れた人、というう三つのランクが明確に設定されている。

清少納言の目は、祭見物するための牛車同士の場所取りにも向けられる。

　其の前に、立てる車は、いみじう制するに、「何どて、立つまじきぞ」と、強ひて立つれば、言ひ煩ひて、消息など、するこそ、をかしけれ。

自分の牛車の前に、別の牛車があると見物の邪魔なので、「除けてくれ」などと強く申し入れる人がいる。だが、相手の方は、「どうして、ここに私の牛車を停めてはいけないのか」と、動かずにいる。従者に言わせるだけでは駄目だと思った主人が自ら、前に居座った牛車の主人に申し入れたりする。そういう交渉も、晴れやかな祭の場面らしくて面白いと、清少納言は牛車同士のやりとりに目を止めている。

さらに、清少納言の観察は続く。立錐の余地もなく、牛車が何重にも立て混んでいる所へ、上流貴族の牛車や、それに従う者たちの乗った副車が、数多くやって来た。清少納言が、「あれだけの数の牛車を、どこに停めるのだろうか」と観察していると、牛車の先駆けをしている者たちが、馬から次々に下りて、既に停まっていた牛車を、一方的に、どれも所払いしてしまった。それで、貴人の牛車も、お付きの者たちの牛車までも、すべて空いた場所に停めることができた。

それを見た清少納言は、「煌々しきなどをば、え然しも、推し拉がずかし」と述べている。華やかで上品な牛車が先に停まっていたのなら、いくら貴人といえども、無理矢理に場所を移動させたりはできないだろう、というのである。

ここで、第二百十四段の冒頭の「万の事よりも、侘びし気なる車に、装束、悪ろくて、物見る人、いと、もどかし」という言葉が活きてくる。押しのけられても文句の言えない牛車で、祭見物に出てきてはいけない。清少納言の非情とも言える判断は、身分秩序の固着化を増進させる、人間味に欠けた判断のように思えるかもしれない。だが、それは、相手に対して引けを取らない態度を示す、内面の靭さに価値を置く生き方の美学の表明なのでもある。どんなことが起きても、その場で即座に対応できる心の持ち方に、清少納言は価値を置いている。苛酷な宮廷世界を生き抜く清少納言自身の心意気であり、誇りなのでもあろう。

＊『源氏物語』の車争い

ちなみに、『源氏物語』葵巻では、先に場所を占めていた六条御息所の牛車が、葵の上一行の牛車に力ずくで押しのけられる屈辱が語られている。有名な「車争い」である。清少納言は、排除する側の視点に立ち、紫式部は排除される側の視点に立っている。その対照が興味深い。

なお、もう一つ付け加えるならば、『徒然草』の第百三十七段、「花は盛りに、月は隈無きをのみ見るものかは」で始まる長編章段の中間部は、祭見物の人々の振る舞いの良し悪しを述べている。

兼好は、祭の行列を見ようとする見物人たちが、行列を待つ間は、桟敷（さじき）から降（お）りて奥の建物で飲食したり、双六をしたりして時間をつぶし、いざ行列が来ると、慌てて桟敷に登って、身を乗り出して見物するが、行列が通り過ぎてしまうと、また桟敷から降りて好きなことをするという、人々の慌ただしい動作を批判する。三者三様の視点が明確に表れている。

2．定子との心の絆

＊連歌問答

第二百十五段と第二百十六段では、二段一対と言ってもよいような、定子と清少納言の交流の深さが描かれる。まず、第二百十五段では、二人で、「連歌（れんが）」を完成させている。女房たちが、清少納言をめぐって、「細殿（ほそどの）に、便無（びんな）き人（ひと）なむ、暁（あかつき）に、笠（かさ）、差（さ）させて、出（い）でける」と噂していた。定子がお住まいの登華殿（とうかでん）の細殿に、本来ならば立ち入ってはならない身分の男が出入りしていて、まだ暗いうちに従者に笠を差させて出て行くのを見た、というのである。宮中の細殿には、女房たちの局（つぼね）があった。

もしかしたら、清少納言の局に、夫の橘則光（のりみつ）あたりが出入りしていたのだろうか。窮地に陥った清少納言に、定子から手紙が届いた。大きな笠の絵と、「三笠山（みかさやま）山の端明（はあ）けし朝（あした）より」という五七五が書かれていた。

「三笠山の山（やま）の端（は）から、次第に夜が明けて、明るくなって朝になりますね」というのが表の意味である。そのほかに、清少納言の局から、男性が「笠」を差して帰って行った、という裏の意味が重ねられている。定子は、「噂は本当ですか。嘘でしょう」と問いかけたのである。

清少納言は、恐縮しつつ、大降りの雨の絵と、「雨ならぬ名の降りにけるかな」という七七で返事した。「降る」は、時が「経る」、「古る」との掛詞である。「雨は空から降るものですが、その雨ならぬ、根も葉もない浮き名が私に降り懸かって、その噂も今では、広まってから時間が経ったので、世間ではどんなに言い古されたことでしょう」という意味になる。清少納言は、「噂は濡れ衣です」と定子に伝えたのである。

三笠山山の端明けし朝より　／　雨ならぬ名の降りにけるかな

こうして定子と清少納言が合作して、五七五七七の「連歌」が完成した。その背景には、清少納言を貶めようとする女房たちの存在があった。けれども、それを察知した定子は「笠」となって、清少納言を庇ったのである。『枕草子』には「定子章段」と名付けたい章段が点在するが、この第二百十五段では、定子の素晴らしさもさることながら、定子と清少納言との打てば響く相互理解が描かれている。清少納言は、定子の存在を讃仰している。それだけでなく、清少納言にとっての定子、そして定子にとっての清少納言、というダブル・ポートレートになっている点こそが、『枕草子』の一つの達成だと感じられる。その思いは、次の段を読むとさらに強くなる。

＊定子の変わらぬ心

連歌問答が記されていた第二百十五段は、「登華殿」とあるので、定子が宮中で幸福に暮らしていた、つまり道長の娘彰子が入内する以前の出来事だったことがわかる。ところが、次の第二百十六段は、「三条の宮に御座します頃」と始まる。彰子の入内後、定子は中宮から皇后に祭り上げられた。出産のために大進生昌の屋敷に移ったことは、第二章で触れたが、その頃である。幸福が失われつつあった定子を、清少納言は懸命に支えた。ただし、第二百十六段には悲劇の翳はない。五月五日の端午の節句のための「菖蒲の輿」を、近衛府の役人が定子に届けてきた。薬玉も献上された。それらの贈り物の中に、定子の幼い子どものために、「青刺」というお菓子があった。青麦を煎って臼で挽き、細く捩ったお菓子である。

清少納言は、その「青刺」の原料である「麦」からの連想で、「籬越しに麦食む駒のはつはつに及ばぬ恋も我はするかな」（『古今和歌六帖』）という和歌を思い出した。第三句を「遥々に」とする本文もある。清少納言は、青い薄様の紙を硯の蓋に敷いて、その上にお菓子の青刺を乗せ、「あの『籬越し』の歌ではありませんが、垣根越しに、これを渡されましたので、お目に入れます」と、定子に差し上げた。清少納言は、自分が定子に「及ばぬ恋」をしている、と伝えたのである。すると、定子は、紙の端に、自作の歌を書いて、清少納言に示した。

皆人は花や蝶やと急ぐ日も我が心をば君ぞ知りける

定子は、自分の心の真実を知っているのは清少納言だけだ、と認めているのである。

3. 宮廷人の聴覚

＊声を聞き分ける達人

第二百十八段と次の第二百十九段は、ここも二段一対になっている。どちらも、宮廷人の聴覚のことが書かれている。

第二百十八段「成信の中将こそ」には、源成信という人物が出てくる。村上天皇の孫に当たる人物で、後に道長の猶子となった。第十段「今内裏の東をば」では、身長の高かった定澄僧都をめぐって、清少納言と楽しい冗談を言い合っている。この第二百十八段では、女性たちの声だけ聞いて、それが誰の声なのかを間違えることなく言い当てた異能の持ち主として、成信の名前が挙げられている。

ちなみに、第十段と第二百十八段の、それぞれ少し前の第八段と第二百十六段に、五月五日の端午の節句のことが書かれている。清少納言には、端午の節句に触れると、なぜか成信を思い浮かべるという、連想の糸があるのだろうか。

＊小さな声まで聞き取る達人

第二百十九段「大蔵卿ばかり」では、どんな小さな声までも聞き分けた「耳疾き人」として、藤原正光（マサテル、とも）が登場する。「真に、蚊の睫毛の、落つる程も、聞き付け給ひつべくこそ有りしか」という清少納言の比喩表現は面白い。清少納言の人間観察の独自性が、このような比喩にも反映している。清少納言は、宮廷で知り合った男性貴族たちを観察し、その個性を見抜いた。

ちなみに、『紫式部日記』では、道長邸で催された法要の後、若い男性ばかりが乗った舟に、間違えて乗ってしまった老人として、正光が登場している。正光は当時の宮廷で注目される人物だったのだろうか。

4．文房具と手紙

＊汚れた硯と欠けた水指

清少納言の論評は、日常生活と深く関わる身近なものにも及ぶ。

「硯、汚気に、塵ばみ」と始まる第二百二十段は、「硯」と「硯を使う人」がテーマである。見るからに汚い硯や、くたびれた筆を平気で使う人が、清少納言には理解できない。男性の場合でも、文字さえ書ければ、文房具が良かろうが、悪かろうが同じことなのだと考えている人は、信用できない。「さあ、これを使いなさい」と言って勧められた水指が、青磁で出来ていて、亀の形をしているのはよいが、その注ぎ口が欠けていて、水の出る穴しか見えない。こんな水差しを平気で他人に貸す人が、宮廷の中にもいたのである。

＊お気に入りの筆を勝手に使われて

次の第二百二十一段「人の硯を引き寄せて」は、直前の第二百二十段と「硯・文房具」からの繫がりである。『春曙抄』では、前段とこの段を、一つにまとめている。

清少納言が愛用している硯や筆を、勝手に借用して使う人がいる。さすがの清少納言も、口に出して「止めてほしい」とは言えないことを見越しての振る舞いである。清少納言が、自分の使い勝手が良いように使いこんだ筆で、「こ・は・も・の・や・や・り」などと、意味不明の仮名文字を、試し書きをしたあげく、ぽんと、筆を投げたままにしておく。どことなくユーモラスな仮名文字の連なりは、何とも面白い。意味はないだろうが、確かに、試し書きにふさわしい文字の列である。

また、字を書いている人の横にいると、いかにも邪魔だと言わんばかりの言葉を掛けられるのも心外だ、と清少納言は書いている。

ところで、この段は、「思ふ人の事には有らずかし」、つまり、これは自分の恋人から言われたことではないと、わざわざ断っている。これは、他人の目を意識しているのだろうか。それとも、この一言によってユーモアを生じさせ、怒りを緩和しているのだろうか。

硯や筆などの文房具は、それを使っている人の心を示すものであり、一人一人の個性を反映している。清少納言や紫式部がどのような硯や筆を用いて『枕草子』や『源氏物語』を書いたのか、興味が湧く。ちなみに、石山寺には紫式部が愛用していたと伝えられる硯が残っている。

＊手紙の素晴らしさ

続く第二百二十二段は、「硯・筆」からの連想で、「文=手紙」というテーマが浮上してくる。原文を引用してみよう。

> 「珍し」と言ふべき事には有らねど、文こそ、猶、めでたき物なれ。遥かなる世界に有る人の、いみじく覚束無く、「如何ならむ」と思ふに、文を見れば、唯今、差し向かひたる様に覚ゆる、いみじき事なりかし。我が思ふ事を、書き遣りつれば、彼処までも、行き着かざるらめど、心行く心地こそ、すれ。文と言ふ事、無からましかば、如何に、いぶせく、暮れ塞がる心地、せまし。万の事、思ひ思ひて、其の人の許へとて、細々と書きて置きつれば、覚束無さをも慰む心地するに、増して、返り事、見つれば、命を延ぶべかンめる、実に、理にや。

この段に書かれているのは、手紙の効用をめぐる非常に細やかな分析である。不思議なほどの変幻自在さを持つ手紙の本質が、認識されている。言葉を補いながら、丁寧に文脈を追ってゆこう。

「手紙ほど素晴らしいものはない」というのが、この段の中心テーマである。テーマを宣言した後は、手紙の美点を次々に挙げ、まるで列挙章段のようなスタイルを取っている。遥か遠くに別れて暮らしていても、その人から届いた手紙を読むと、目の前にその人がいて、まるで差し向かいで話をしているように思える。また、自分の思いの丈を手紙に書けば、その相手の所に手紙が届く前から、心の寂しさが払拭された気になる。逆に、手紙というものがなかったとしたら、遠くにいる相手が、どんなにか気懸かりで、不安や寂しさに苦しめ続けられることだろうか。さまざまのことを心に思い描いて、その人に読んでもらいたくて手紙に書いておけば、心の不安が慰められる。まして、相手からの返事が来て、それを読めば、ほっとして寿命も延びる気がする。手紙ほど、素晴らしいものはない。

このように、手紙というものの素晴らしさを、論じ尽くしたような文章である。

ところで、鎌倉時代の『無名草子』は、我が国初めての物語評論書とされているが、そこに、『枕草子』のこの段へのオマージュがある。

> この世に、いかで斯かる事ありけむと、めでたく覚ゆる事は、文こそ侍れな。『枕草子』に返す返す申して侍るめれば、事新しく申すに及ばねど、猶、いとめでたき物なり。

『無名草子』の著者は不明だが、一説では、藤原俊成の女（俊成卿女）かとされる。俊成の孫だが、養女となった。俊成の子が藤原定家である。定家の周辺で、『枕草子』は読まれ、高い評価を受けていたことが窺える。

この第二百二十二段で『春曙抄』巻九が終わり、次の巻十は、連続する列挙章段から始まる。ここでも、巻の始めが列挙章段になっていることが多いという、『春曙抄』の特徴が見られる。『枕草子』を連続的に読み進めてゆくと、内容的には「宮廷章段」が多いことに気づくが、それと同時に、列挙章段も一まとまりとなって、『枕草子』のあちこちに書かれる、という特徴も明確になってくる。

5．列挙章段の書き方の変化

*蟻通明神

『春曙抄』の巻十は、第二百二十三段「駅は」から始まり、以下、「岡は」「社は」というように、列挙章段が連続している。

第二百二十五段は、「社は、布留の社。生田の社。龍田の社。花淵の社。美久理の社」と始まる。ここまでは、神社の名前を挙げただけで、まさに「列挙」である。それに続く「杉の御社、験、有らむと、をかし。任事の明神、いと頼もし。『然のみ聞きけむ』とや言はれ給はむ、と思ふぞ、いと、をかしき」という部分では、神社の名称に清少納言のコメントが加わっている。

「杉の御社」は、『古今和歌集』で「我が庵は三輪の山本恋しくは訪ひ来ませ杉立てる門」と詠まれた三輪神社のことだとされる。「任事の明神」は、遠江の歌枕「小夜の中山」（佐夜の中山）の都側の登り口にある神社で、王朝和歌や中世紀行文学でも和歌に詠まれている。

清少納言は、「杉の御社」と、「任事の明神」にコメントを付けたことから、次の「蟻通の明神」

に関しては、紀貫之の和歌だけでなく、棄老説話を詳しく書き記すことになった。四十歳を超えた老人を棄てさせていた天皇が、中国の皇帝から課された難問を、こっそり生き延びていた老人の知恵で解決し、以後、老人を大切にするようになった、という長大な説話である。

清少納言の心の中の何かが弾けたような印象すら感じられる。列挙章段には名詞のみが記される場合が多いが、それぞれの名詞にも、実際には書かれなかっただけで、清少納言の心の中には長大なコメントが秘められているのだろう。

＊空の気色

第二百二十五段の「社は」の後も、第二百二十六段「降る物は」以下、「日は」、「月は」、「星は」、「雲は」の第二百三十段まで、空の気色の列挙章段が続く。これらは、どれも短い段で、詳しい説明はない。だが、雪・霰・霙・時雨・霜・入日・月・星・雲など、名称だけを順に切り出してここに並べても、美しい。清少納言は、折に触れて空を見上げることが多かったのではないかと思う。単語の列挙自体が、詩的言語になるという、『枕草子』に散見するスタイルの素晴らしさを、ここでも感じる。第二百二十九段「星は」の全文を読んで、解説を加えよう。

　　星は、昴。彦星。明星。夕星。流星、尾だに無からましかば、増して。

星、と言えば、まず昴。昴は、プレアデス星団のことである。「すばる」は「統べる」で、王者のシンボルである。七夕の彦星。明星。その明星の中でも、「宵の明星」と呼ばれる夕星。「よばい星」は流れ星のことで、尾を引いているように見える。その名前にも「よばい」などという変な尾ひれが付いていなければ、もっとよい。星の名前を列挙して、最後に一言、批評が入る。

近代文学では、ロマン派の文学運動の拠点の一つが、与謝野鉄幹・晶子の『明星』だった。その廃刊後に、新たに発刊された文芸誌が『スバル』である。命名は、森鷗外による。『明星』も『スバル（昴）』も、清少納言の文学の清新さと響き合う。

＊巫女たちの振る舞い

第二百三十四段「賢しき物」は、スタイルとしては、列挙章段である。「賢しき物、今様の三歳児」と始まる。いかにも小賢しげで、見るからに小癪で、忌々しいものの筆頭に、当世の三歳児が挙げられている。いつもは温かい目で「子どもの情景」を見守る清少納言ではあるが、そのマイナス面もはっきり書いている。

だが、子どもも子どもなら、子どものために祈禱する巫女たちも小賢しい、と批評の対象が移ってゆく。この部分の描写が詳しい。原文を読んでみよう。

> 児の祈り・祓へなどする女ども。物の具、請ひ出でて、祈りの物ども、作るに、紙、数多、押し重ねて、いと鈍き刀して、切る様、一重だに、断つべくも見えぬに、然る、物の具と成りにければ、己が口をさへ、引き歪めて、押し、切目多かる物どもして、掛け、竹、打ち切りなどして、いと神々しう仕立てて、打ち振るひ、祈る事ども、賢し。
>
> 且つは、「何の宮の、其の殿の若君、いみじう御座せしを、掻い拭ひたる様に、止め奉りしかば、禄、多く、賜りし事。其の人々、召したりけれど、験も無かりければ、今に、女をなむ、召す。御徳を見る事」など語るも、をかし。

巫女たちの動作や言葉が、具体的に描かれているので、清少納言が「賢(さか)し」という言葉に込めたニュアンスが、読者にも明瞭に伝わってくる。

巫女たちは、祈禱(きとう)に必要な御幣(ごへい)を作るための道具や材料を、その家の人から借りて、その場で作る。紙を何枚も重ねて小刀で切ろうとするが、切れ味が悪くて、うまく切れない。それでも、この小刀で切るしかないと決め込んで、口を歪(ゆが)めて力を入れ、結局は切って、御幣を作ってしまう。切れ目が入った木綿(ゆう)などで木綿垂(ゆうしで)を作り、竹を切り割って、神々(こうごう)しい垂(しで)をこしらえあげる。彼女たちが、そうやって完成した道具を振り回して祈る様子は、見るからに賢(さか)しげで、忌々(いまいま)しい。

巫女たちが口にする言葉も、清少納言の癪に障る。「どこそこの宮様の若君や、どこそこの殿様の若君の具合が悪かった時、この私がお祈りして、たちどころに治したのですよ。私が祈禱する前には、別の陰陽師(おんみょうじ)や祈禱師たちが招かれていたのですが、ちっとも効果がありませんでした。今でも何かあると、この私が呼ばれます」などと、自慢げに吹聴する。笑止千万である。清少納言は、三歳児の批判から、三歳児の祈禱をする巫女たちへの批判へと展開し、この後は、ほんの短く、身分の低い家の女主人のことを挙げている。

「賢(さか)しき物(もの)」は、列挙章段ではあるが、ここに書かれた三つの例は、記述の面から言えば、最初と最後は短く、中間部の巫女の部分が特に詳しいのが、ややバランスを欠く。だが、第二百二十五段の「社(やしろ)は」で、蟻通明神のことだけが長大化していたことと共通している。列挙章段の書き方の新しいスタイルである。

なお、紫式部も加持祈禱する陰陽師に対して、辛辣な和歌を詠んでいる。清少納言の巫女に対する辛辣な書き方と通じる面があるので、紹介したい。

弥生の上旬、河原に出でたるに、傍らなる車に、法師の紙を冠にて、博士だち居るを憎みて、

祓戸の神の飾りの御幣にうたても紛ふ耳挟みかな（『紫式部集』）

これは、上巳のお祓いである。紫式部は、仏教と神道が混じり合った民間祈禱に対する嫌悪感を感じて、「憎みて」と、強い言葉で非難している。

＊別人になったかのように見える人

『枕草子』には、身分社会である宮廷の縮図とも言うべき官職名を列挙する章段が多い。第二百三十五段「上達部は」の段に始まって、第二百三十六段「公達は」、第二百三十七段「法師は」、第二百三十八段「女は」、第二百三十九段「宮仕へ所は」まで、一連の列挙章段が、次々に官職名を挙げつつ、宮廷社会を俯瞰している。清少納言の視野の冴えが光る。

第二百三十八段は、「女は、典侍。内侍」。これが全文である。女性であるからには、宮中で重きをなす女官になりたい。「典侍」は、三種の神器の一つである宝鏡を管理する内侍所という役所の次官である。その下で働くのが、「内侍」である。男性も、女性も、宮中に出入りする僧侶も、厳しい身分秩序の中で生きている。

ただし、この後の第二百四十段は、少し趣が変わっている。やはり、列挙章段であるが、それぞれの項目で、清少納言の批評が入っており、清少納言の人間認識が窺われる。前半と後半に分けて、原文を挙げて読解してみよう。先ず前半は、「乳母」のことである。

身を替へたらむ人などは、斯くや有らむ、と見ゆる物、唯の女房にて候ふ人の、御乳母に成りたる。唐衣も着ず、裳をだに、用意無く、白衣にて、御前に添ひ臥して、御帳の中を、居所にして、女房どもを呼び使ひ、局に、物言ひ遣り、文、取り次がせなど、して有る様よ。言ひ尽くすべくだに有らず。

これまで見てきた列挙章段の書き出しは、一つの単語によって、「山は」「淵は」「鳥は」「虫は」「月は」「星は」という書き出しだったり、あるいは「凄まじき物」「憎き物」「愛しき物」などといった書き出しであった。ところが、この第二百四十段の「身を替へたらむ人などは、斯くや有らむ、と見ゆる物」という書き出しは、立身出世した本人の出世の前後、そして、周囲の人々の対応の違いという、時間の経過を伴う変化を問題にしている。新しい視点である。

冒頭で、「人間が生まれ変わったら、かくもあろうかと見える人」というテーマを掲げているので、その具体例をいくつか挙げてゆくのであろうという予想は、はずれてしまう。ここでは、「普通の女房として宮仕えしていた人が、誕生したばかりの一の宮や春宮の乳母になった時」に絞って、論じているからである。宮廷に仕える女房は、目上に対する礼装として、唐衣を着て、必ず裳を付ける決まりである。それが、乳母になったとたんに、唐衣ではない白衣の姿で、裳も着用せず、宮様にお乳を上げるので、天皇や皇后の御前にもかかわらず、横になって臥している。

なお「白衣」は『春曙抄』の本文に従ったが、「しろきぬ」のことだろう。

しかも、宮様の御寝所を、自分の居場所のようにして、他の女房たちを呼び寄せては、いろいろと指示している。自分の局にいる下女への指図を、女房たちに言いつけたり、手紙の取り次ぎなども、他の女房にさせる。その威勢は、女主人そのものであり、以前には使われる側の女房だったことなど想像もできない。同じ人物なのに、高貴な宮様の「乳母」になった途端に、一変してしまって、言い尽くせないほどである。

清少納言の辛辣な人間観察の目は、男性にも向けられる。第二百四十段の後半部分を読もう。

> 雑色の、蔵人に成りたる、めでたし。去年の霜月の臨時の祭に、御琴、持たりし人とも見えず。公達に連れて歩くは、何処なりし人ぞ、とこそ覚ゆれ。外より成りたるなどは、同じ事なれど、然しも、覚えず。

男性の場合で言うと、蔵人所の雑事をする「雑色」が、晴れて「六位の蔵人」に昇進するのは、まことにめでたい。これが、前の年の十一月、賀茂神社の臨時の祭の時に、琴を運んでいたのと同じ人物だとは見えない。上流貴族の子弟たちと一緒に歩いている姿は、それまでと見違えるようだ。ただし、蔵人所の雑色ではない人が蔵人に昇進した場合には、それほどの変貌ぶりはない。

蔵人所の下級職員である「雑色」の定員は八名である。「六位の蔵人」に欠員が生じた場合には、「非蔵人」（四〜六名）から優先して選ばれるが、『枕草子』に書かれているように「雑色」から抜擢されることもあった。

身分秩序がほとんど固定した宮廷社会でも、男女を問わず昇進する機会があるのだ。紫式部の『源氏物語』でも、帚木巻の「雨夜の品定め」では、「上の品」「中の品」「下の品」の三つのランクは、上昇することもあるし、下降することもある、とされている。

第十章で取り上げた第百八十三段にも、受領になった人の「したり顔」が書かれていたが、このあたりには、「地位」に関する、さらに広い範囲での具体例が書かれ、普遍化している。

『枕草子』は、清少納言が思いつくままに自由に書き進めたように感じられる作品であるが、注意して読んでゆくと、あるテーマの広がりと深化が、段を隔てて出現していることがわかる。それも、『枕草子』の特徴である。テーマごとに分類する読み方ではなく、連続的に読み進めることで明確になってくるものがある、ということであろう。

引用本文と、主な参考文献

・『紫式部日記』（新編日本古典文学全集、中野幸一校注・訳、小学館、一九九四年）
・『無名草子』（新編日本古典文学全集『松浦宮物語　無名草子』所収、久保木哲夫校注・訳、小学館、一九九九年）

発展学習の手引き

第二百十六段に、「菖蒲の輿」という言葉が使われていた。『春曙抄』の頭注には、南殿（紫宸殿）の東西に立てて、時の花（季節の花）を折り添えて置く、と説明している。端午の節句の「菖蒲の輿」の形状は、江戸琳派の画家・酒井抱一の「五節句図」（大倉集古館蔵）の中の「菖蒲輿」が参考になる。小さな屋根が付いた、丈の高い棚が二つ並び、それぞれに菖蒲の束が置かれている。美術書などで、この絵を見て、『枕草子』の記述と読み比べてみよう。

12 『枕草子』の長編章段

《目標・ポイント》 『枕草子』の章段は簡潔なものが多いが、時にはかなり長く書かれている段もある。清少納言が受けた定子からの寵遇と、中の関白家の人々の親密さを、連続して記述している二つの段を取り上げて考察する。

《キーワード》 陸奥国紙、御階の許、積善寺供養、場面構成、中の関白家の親密さ

1. 長編章段とは

＊基本は短い章段

『枕草子』の特徴は、簡潔な表現にある。人間の心も、人間が作り上げた社会も複雑きわまりないが、清少納言は「私は、こう思う」「私は、これが好き」「私は、これが嫌い」と断言して、最も美しい一面や、最も情けない一面を直截的に切り出してくる。

その意味で、近代の芥川龍之介と似通っている。芥川は短編小説の名手だった。また、『侏儒の言葉』などのエッセイは、辛辣な筆致で、人間と社会の本質を抉りだしている。『侏儒の言葉』には、鋭い警句や箴言（格言・金言）が目立つが、『枕草子』もそうである。ちなみに、『徒然草』も同様である。短い断章をいくつも繋ぎ合わせる散文批評のスタイルが、『枕草子』『徒然草』『侏儒の

言葉』で共通している。

＊定子への溢れる思い

このように、『枕草子』には短編章段が多い。けれども、時として長編章段が出現することがある。これまで取り上げる機会はなかったが、「職の御曹司に御座します頃、西の廂に、不断の御読経、有るに」と始まる第九十二段は、『春曙抄』巻四の後半を飾る長編章段であった。

雪の日に作った雪山が、いつまで消えずに残っているか、清少納言の予言が実現するかしないか、ミステリーを読むような緊迫感が張り詰めている。怪しげな老尼や、長年にわたって賀茂の斎院を務め、文化サロンを作り上げた選子内親王からの便りがあったりして、長編化したのである。

定子と自分との関わりを書こうとすると、清少納言の心に渦巻く思いが氾濫して、短編という起承転結の明瞭な枠組が融け始め、長編化してしまうのかもしれない。

2. 定子からの寵遇

＊第二百五十八段から第二百五十九段へ

定子の思い出を語る第二百五十九段は、長編章段とまでは言えないけれども、かなり長い。その第二百五十九段が、『枕草子』の中で最大の長編章段である第二百六十段を呼び出してくる。

実は、第二百六十段を呼び出した、その第二百五十九段も、直前の第二百五十八段が呼び出している。一つの言葉や一つの文章が、定子との大切な出来事を清少納言に思い出させ、次なる章段の執筆に繋がるのである。

さて、第二百五十八段は、「嬉しき物」という列挙章段である。その第一番に、「未だ見ぬ物語の、多かる。又、一つを見て、いみじう懐しう覚ゆる物語の、二つ、見付けたる」こと、すなわち、まだ読んだことのない物語が、たくさん残っていることと、第一巻を読んで面白かった物語の第二巻を見つけた時である、と書いている。

後の時代の『更級日記』の作者が、『枕草子』のこの部分を読めば、我が意を得たりと頷くことだろう。けれども、清少納言は、「心劣りする様も、有りかし」、つまり、実際に物語を読んでみたら、期待ほどではなくてがっかりすることもある、と書いている。実際の読書体験としてありがちなことであり、こういったごく短い一言を、さっと差し挟むのが、『枕草子』の切れ味のよさである。菅原孝標の女は、次から次へと物語を読み、『源氏物語』は一の巻から通読して、魅了されるばかりで落胆することはなかった。そして、自分も物語作者へと成長した。

さて、第二百五十八段「嬉しき物」の冒頭部では、この他にも、人が破り捨てた手紙の続きを見つけた時とか、夢を見て吉凶を占う「夢合わせ」（夢解き）をしたところ、心配しなくて良いと言われた時、病状を心配していた人が快復したという知らせの手紙が来た時、勝負事に勝った時、知ったかぶりする男性を凹ませた時、何かの出典や和歌を知っていた時など、清少納言にとって、いろいろな嬉しいことを書いている。

その中に、「良き人」（身分の高い人）、つまり定子を囲んで、大勢の女房たちが集まっている時に、定子が、特に自分の目を見ながら話して下さる時は嬉しい、と書いている。さらに、遅れて中宮の御前に参上して、後ろの方に畏まっていると、こちらに来なさいと定子が呼んで、皆が、さぁーっと道を空けてくれて、お側近くに行くことができた時の嬉しさを書いている。

こういった「嬉しき物」は、定子サロンでの嬉しい出来事や、文学や知識・教養に関わることが多い中で、「陸奥国紙、白き色紙、直のも、白う、清きは、得たるも、嬉し」という、短い一文があることに、注目したい。平安時代に紙は貴重品だった。「陸奥国紙」は「みちのくがみ」とも言うが、檀の木の皮で作った上質の厚手の和紙である。和歌や手紙などを書く際に用いられた。『源氏物語』では、末摘花が愛用している。その陸奥国紙や、白い色紙、たとえ普通の紙であっても、何も書かれていない、白くて綺麗な紙をもらったのは嬉しい、というのである。

白い紙には、書きたいことが何でも書ける。『徒然草』第百五十七段には、「筆を取れば、物書かれ」とあるが、そのためには「紙」がなければならない。森鷗外も、「文机の塵はらひ紙のべて物まだ書かぬ白きを愛でぬ」と詠んでいる（「塵うちはらひ」とする本文もある）。白い紙を目の前に広げて、何を書こうかと、自分の心の中を覗き込む時のときめきが詠まれている。清少納言の感じたときめきは、白い紙に書かれた『枕草子』となった。

さて、第二百五十八段に出てきた「陸奥国紙」という一言が、次の第二百五十九段を呼び込んでくる。

＊「白い紙」と、生きる希望

第二百五十九段は、かなり長い段である。この段は、場面がいくつも変わって、話題が展開してゆく。冒頭部分の原文を読んでみよう。清少納言は定子に向かって、自分の生き甲斐を披露する。

御前に、人々、数多、物、仰せらるる序でなどにも、（清少納言）「世の中の、腹立たしう、難かしう、片時、有るべき心地もせで、何処も、何処も、行き失せなばやと思ふに、直の紙の、いと白う、清らなる、良き筆、白き色紙、陸奥国紙など、得つれば、斯くても、暫し、有りぬべかりけり、となむ、覚え侍る。又、高麗縁の畳の筵、青う、細かに、縁の紋、鮮やかに、黒う、白う、見えたる、引き広げて見れば、何か、猶、更に、此の世は、え思ひ放つまじと、命さへ、惜しくなむ成る」と申せば、（定子）「いみじく、儚き事も、慰むなるかな。姨捨山の月は、如何なる人の、見るにか」と、笑はせ給ふ。候ふ人も、（女房）「いみじく易き、息災の祈りかな」と言ふ。

定子の御前に、大勢の女房たちが集まっている時に、清少納言は自分のことを語った。「私は、どんなに世の中が嫌になって、これ以上生きられないと落ち込むことがあっても、普通の紙であっても、白くて綺麗な紙が手に入れば、生きる希望が湧いてきます。書きやすそうな良い筆、上等な白い色紙、陸奥国紙などをもらえば、もう少し生きてみようか、という気持ちになります。また、素晴らしい畳表の敷物を大きく広げると、気分も清々しくなります」。

　これを聞いて定子は、清少納言が些細な物で心が慰められることを知って、『古今和歌集』に「我が心慰めかねつ更級や姨捨山に照る月を見て」と詠まれたような嘆きとは無縁のようね、と笑った。周りの女房たちも、清少納言が世の中に絶望することがあると言いながら、あまりにも手近な物で気持ちが晴れてしまうのに、呆れたのだった。

「高麗縁」は、白地に黒の、花や雲の模様を織り出した綾である。『日本国語大辞典』の「こうらいべり」の項には、『春曙抄』のこの箇所の本文が、用例として載っている。

　その後、清少納言は思うところがあり、しばらく里下がりしていた。理由は書かれていないが、中の関白家の凋落と、定子の女房たちから清少納言が「道長派」と目されたことなどが背景にあったようである。失意の清少納言に、定子から紙が届けられた。原文を読もう。

> 然て、後に、程経て、漫ろなる事を思ひて、里に有る頃、めでたき紙を二十包みに、包みて、賜はせたり。仰せ事には、（定子）「疾く、参れ」など、宣はせて、（定子）「此は、聞こし召し置きたる事、有りしかばなむ。悪ろかンめれば、寿命経も、え書くまじ気にこそ」と仰せられたる、いと、をかし。

定子から、素晴らしい紙が二十束も届けられた。使者は、定子からの言葉を、次のように伝えた。「早く戻ってくるように。この紙の束を授けるのは、以前、良い紙を見ると長生きしたくなると言ったことを覚えているからです。でも、この紙は上等ではないので、気に入らず、この紙に『寿命経』を書いて、長生きしようは思わないかもしれませんね」。定子は、このような冗談まで使者に伝言させて、清少納言の気持ちを解きほぐそうとしている。清少納言はどれほど嬉しく、かつ、恐縮したことだろう。

発言した清少納言本人でさえ、おそらくは忘れていたことを、定子ははっきり記憶していたのである。清少納言は、「掛けまくも畏き神の験には鶴の齢に成りぬべきかな」というお礼の和歌を詠んだ。「神」と「紙」の掛詞である。恐れ多くも女神様のような定子様から授かった紙の力で、自分も「鶴の齢」、つまり千年も長生きできましょう。本当にありがとうございます、という心からの感謝を込めた和歌である。

清少納言は、早速、定子から頂戴した紙を綴じて冊子を作った。「真に、此の紙を、草子に作りて、持て騒ぐに、難かしき事も、紛るる心地して、をかしう、心の中も覚ゆ」と書いている。思い付いたことを書き付けることに没頭していると、辛い苦しみも、いつの間にか紛れる気がする。それが、我ながらおかしい、と言うのである。

　このような清少納言の心情は、兼好が「徒然なるままに、日暮らし、硯に向かひて、心にうつりゆく由無し事を、そこはかとなく書き付くれば、あやしうこそ物狂ほしけれ」と書いた『徒然草』の序段へと、時空を超えて一直線に繋がる。真っ白な紙に、文字を書き付けてゆく。すると、自分でも気づかなかった自分の心が、少しずつ形を取り始める。それが、思いがけない感興を、心の中に湧き上がらせる。執筆行為に対する認識が、清少納言と兼好で不思議なほどに共通している。

　第二百五十九段では、先ほどの引用文に続けて、その二日後、高麗縁の畳が届いたことも書いている。贈り主は不明だが、おそらく定子だろうと、清少納言は推測した。そして、定子に自分の心を伝える手紙を書いて、使者に届けさせた。この段の末尾は次のように結ばれている。

　文、書きて、又、密かに、御前の高欄に置かせし物は、惑ひしほどに、やがて、掻き落として、御階の許に、落ちにけり。

　定子が名乗らずに畳を届けたので、清少納言も差出人が誰だかわからないようにして、手紙を書いた。それを使者に持たせて、定子の部屋の前の渡り廊下の欄干に置かせたのだが、使いの者があわてて退散したので、肝腎の手紙は、階段の下に落ちてしまった。その結果、手紙が誰の目にも触れなかったのは残念だった、と締め括っている。「掻き落とし」にはぴったりの訳が思い付かないが、『春曙抄』は「取り落とす」の意味だと述べている。

ただし、この書き方は、あえて物語の結末めいた書き方にしたのであろう。この一連の定子とのやり取りを、夢のような大切な出来事として、「その後、手紙の行方は誰も知らない」という余韻の中に封じ込めたのではないだろうか。

けれども、ここに見える、「御階の許」という言葉が、次なる第二百六十段の大長編章段を、清少納言の記憶の中から釣り上げてくる。このあたり、自然な流れで進んでゆくように見えて、その背景には必然性がある。清少納言の執筆過程を垣間見ることができる、貴重な箇所である。

3. 積善寺供養と、中の関白家の人々の親密さ

＊第二百五十九段から第二百六十段へ

第二百六十段は、あまりにも長く、『春曙抄』では巻十では終わらずに、次の巻十一にまで跨がっている。これは一つには、『春曙抄』では綴じた紙の丁数（枚数）を各巻で平均化させているためであろう。『春曙抄』はこの長編章段を、一区切りついた場面で巻十と巻十一の二つの巻に分割して載せているが、本書では一つの長編章段として読み解きたい。

正暦五年（九九四）二月十日、道隆は父である兼家の法要を催した。『栄花物語』では、正暦三年に、この法要を準備していたとあるが、月日は明記されていない。なお、「二月十日」という日付は、『春曙抄』の本文である。「三巻本」の本文では、「二月二十一日」のこととする。ただし、当時の記録では、正暦五年二月二十日が正しいとされる。

兼家は、九九〇年七月二日に没している。道隆が没したのは、法要の翌年の九九五年だった。清

少納言は、道隆が没した後で、その全盛期の輝かしい日々を、この段で回想している。

舞台となった法興院(ほうこういん)(ホコイン、とも)の積善寺(しゃくぜんじ)(サクゼンジ、釈泉寺とも)は、兼家の旧宅の中に建てられた。隣接する敷地には道隆も住み、定子の住まい「二条の宮」も建てられた。

この供養には、兼家の次女で、円融(えんゆう)天皇の中宮となり、一条天皇の母となった詮子(せんし)(東三条女院(ひがしさんじょうにょういん))もお越しになった。これが、道隆生前の最後の「盛儀(せいぎ)」となった。

第二百六十段の冒頭近くに、「桜(さくら)の、一丈(いちぢやう)ばかりにて、いみじう咲(さ)きたる様(やう)にて、御階(みはし)の許(もと)に有(あ)れば」という一文がある。この桜は、見事な造花だった。ここに、「御階(みはし)の許(もと)」とある。第二百五十九段の末尾に「御階(みはし)の許(もと)」と書いたことで、清少納言は積善寺供養の記憶が鮮烈に蘇り、第二百六十段を、この場面から書き始めたのではないだろうか。ただし、そのことで、第二百六十段の時間軸が混乱することになった。

＊第二百六十段の場面構成

物語は、場面と場面を繋ぎ合わせて構成される。時間の連続性が断たれたり、登場人物が入れ替わったりすると、場面が転換する。複数の場面は、密接に関連する場合もあるし、無関係な場合もある。長編章段である第二百六十段を、物語を分析するように、いくつかの場面に区分しよう。

Ⅰ　二月上旬(一日頃)　法要のため、定子、二条の宮に入る。

①　定子、女房たちと共に、二条の宮に入る。

②　翌朝、清少納言は、庭に植えられた見事な桜の造花を見て驚く。

③　定子のもとに、道隆が来て、冗談を言う。

一条天皇からの手紙が届く。伊周(これちか)、定子の母、妹たちも、顔を見せる。

④ 雨の降った早朝、汚れた桜の造花を、道隆が従者に取りのけさせる。
それを見た清少納言は、「花盗人(はなぬすびと)」の者たちを咎める。

⑤ 道隆が来て、造花の処分現場を清少納言に見られたことを話題にして、定子も加わり、楽しく会話する。

Ⅱ 二月八日・九日 清少納言、里に下がる。

⑥ 清少納言、法要の準備などのため、二条の宮を退出して、里で過ごす。

⑦ 定子から、早く戻るようにと促す手紙が来る。

Ⅲ 二月上旬、定子と共に二条の宮に入った時の回想。(ここまで、『春曙抄』巻十)

⑧ 時間は溯って、宮中から二条の宮に移る際に、女房たちがどのような順序で牛車に乗るかで混乱があった。

Ⅳ 二月十日 法要の当日(ここから、『春曙抄』巻十一)

⑨ 法要の前夜、清少納言は二条の宮に戻る。

⑩ 当日の朝、清少納言を含む女房たちが牛車に乗り込むのを、伊周と隆家が指図。

⑪ 詮子一行の十五台の牛車が積善寺に向かう。兼家の子である道隆・道兼・道長が奉仕。

⑫ 定子一行の二十台の牛車が積善寺に向かう。

⑬ 定子一行、奏楽に迎えられて積善寺に到着。伊周と隆家の指図で、女房たちは牛車を下りる。清少納言は、定子の近くまで連れて行かれる。

⑭ 清少納言、最高の場所から、法要の一部始終を見届ける。

⑮ 道隆、僧侶たちへの禄（ろく）をめぐり、伊周も交じり、清少納言に冗談を言う。

⑯ 法要の後、定子、清少納言たち女房と共に、宮中に戻る。

⑰ 翌朝、宮中に戻ったことを知らず、二条の宮に残っていた従者を、清少納言が叱る。

Ⅴ　二月十一日　法要の翌日

⑱ 雨となる。道隆、昨日の法要が好天に恵まれたことを喜ぶ。

『春曙抄』は、ここまでであるが、「三巻本」の系統には、短い後日譚（ごじつたん）が加わっている。

⑲「されど、その折（をり）、めでたしと見奉（みたてまつ）りし御事（おんこと）どもも、今（いま）の世（よ）の御事（おんこと）どもに見奉（みたてまつ）り比（くら）ぶるに、すべて、一（ひと）つに申（まう）すべきにもあらねば、物憂（ものう）くて、多（おほ）かりし事（こと）どもも、皆（みな）、留（とど）めつ」。

『春曙抄』で読めば明らかなように、この第二百六十段は、道隆の権力に支えられた定子の幸福の絶頂を、定子のすぐそばで見届けた清少納言が書き留めて、永遠のものとすることに主眼があった。たとえ、その栄華が翌年に失われたとしても、清少納言は「中の関白家」に関わる絶望感や無力感を『枕草子』では書かない。それが、清少納言が自らに課した執筆のルールだった。

「三巻本」に書かれている後日譚は、「⑲」として紹介したが、道隆の満面の笑みが広がる『春曙抄』の末尾（「⑱」）こそが、ふさわしい。そうであってこそ、この長大な段に時間が流れる。この⑱以後のことを末尾に入れた瞬間に、それまで流れていた時間は静止し、停止し、消滅する。繰り返し語られる道隆の冗談も、皆の楽しげな笑い声も、虚しく響くばかりとなろう。

＊場面構成から見えてくるもの

①〜⑱の構成を見て最初に気づくのは、⑧の部分が時間軸の流れに添っておらず、時間が遡っていることである。もしも、清少納言が積善寺供養の一部始終を書くために、第二百六十段を書き始めたのであれば、この⑧が、①となったはずである。

前に述べたが、清少納言は、直前の第二百五十九段で、「御階の許」という言葉を書いた。その言葉によって、彼女の脳裏には、二条の宮の「御階の許」で絢爛と咲いていた桜の花が実は造花だったという情景が、鮮やかに浮かんだ。だからこそ、そこから書き始めたのであって、⑧が後回しになったことに不自然さはない。

ならば、⑧は書かずともよかったはずだが、二条の宮から積善寺へ牛車で向かうのを、伊周と隆家がてきぱきと差配し、清少納言を定子のそばまで連れて行ってくれた⑩と⑬との接続を考えて、⑧はこの場所に書かれたのではないだろうか。

そもそも、清少納言は、中の関白家の盛儀の「目撃者」と「記録者」の役割を忠実に果たそうとしたのであろうか。『枕草子』をここまで読み進めてくると、とてもそのようには思えない。ちなみに、紫式部も、道長の栄華の目撃者と記録者の役割を期待されて、『紫式部日記』を書いた。『紫式部日記』には、敦成親王（後一条天皇）の誕生に伴う数々の儀式が詳細に記録されている。ただし、紫式部の筆は、栄華の記録だけでなく、宮仕えすることの苦しみや、女房仲間たちへの辛辣な人物批評にも及んでいる。清少納言もまた、『枕草子』の中で、中の関白家の栄華の日々を顕彰したいという気持ちは大きかったろうが、辛辣な観察に基づく人間批評や、心に思い浮かんだことを自由に展開させる「筆の遊び」（随想）や、列挙章段を書き綴った。

自分の思うままに書き、自分の好き嫌いを書き、自分の目に止まり、自分の心に浮かんだことを、そのつど書いてゆく自由。それがあってこそ、おのずと、中の関白家の優雅も笑いも描き切ることが可能となる。

場面構成から見えてくるもう一つは、積善寺供養の中心であるはずの⑭に関して、具体的な記述が省略されていることである。『紫式部日記』には、繰り返される儀式の詳細が記録されている。だが、『枕草子』第二百六十段には、法要（供養）の儀式自体はカットされ、その前後が詳しく書かれている。つまり、道隆、定子、伊周たちの生き生きとした姿が描かれる。

清少納言に期待されていた「目撃者」と「記録者」という役割は、道長が紫式部に期待したものとは違っていた。積善寺供養という「盛儀」そのものの記録ではなく、盛儀を主宰した道隆の闊達な人間像と、定子の教養に満ちた優しい人柄や、伊周や隆家の颯爽とした貴公子ぶり。それらを清少納言が心から素晴らしいと感じたことが、この長大な「積善寺供養」章段を成り立たせた。

そのような視点から見て、この長編章段の中心となる場面は、先ほどの場面番号で言えば、⑤が重要であろう。

＊花盗人は道隆

道隆と定子と清少納言の心の繋がりが窺われる⑤の場面を読んでみよう。

殿、御座しませば、（清少納言）「寝腐れの朝顔も、時ならずや御覧ぜむ」と、引き入らる。御座しますままに、（道隆）「彼の花、失せにけるは。如何に、斯くは、盗ませしぞ。寝汚かりける女房達かな。知らざりけるよ」と、驚かせ給へば、（清少納言）「然れど、『我より先に』とこそ、思ひて侍るめりつれ」と、忍びやかに言ふを、いと疾く、聞き付けさせ給ひて、（道隆）「然、思ひつる事ぞ。世に、異人、出でて、見付けじ。宰相と、其処との程ならむ、と推し量りつ」とて、いみじう、笑はせ給ふ。

道隆が、定子の部屋にやって来た。彼は、雨で萎れた桜の造花を取りのけさせた「花盗人」の中心人物なのだが、作業現場を女房の誰かから見咎められたという報告を受けている。自分の容姿に自信のない清少納言は、「自分の乱れた髪で、起き抜けの朝の顔（朝顔）を御覧に入れたら、季節外れの朝顔の花が咲いていると、変に思われるだろう」と思い、奥に引っ込んでいた。

道隆は、来るやいなや、何食わぬ顔をして、「驚いた。あの桜の木が、消え失せておるではないか。どうして、こんなに易々と、花を盗ませたのか。女房たちが、揃いも揃って眠りこけ、庭で何が起こっているのか知らなかったわけだ」などと演技して、驚いたふりをする。清少納言は、和歌でよく詠まれる「我より先に」という言葉を思いついた。それで、「朝寝坊の私どもですが、道隆様は、桜の造花に起きた事態を『我より先に』ご存じかと思います」と、小声でつぶやいた。

道隆は、清少納言の言葉を耳敏く聞きつけた。「やはり、お前は気づいていたか。宰相の君とお前の二人くらいしか、朝早く部屋から出て、桜の木を取り払った一部始終を見たりしないだろうとは、予想していた」と言って、おかしそうに笑った。

＊定子のとりなし

清少納言の機知が、道隆の朗らかな性格を際立たせている。そこに、定子が言葉を挟んできた。原文を読もう。

（定子）「然り気なる物を、少納言は、春風に負ほせける」と、中宮の御前に、打ち笑ませ給へる、めでたし。（定子）「空言を、仰せ侍るなり。今は、山田も作るらむ」と、打ち誦ぜさせ給へるも、いと、艶めき、をかし。（道隆）「然ても、妬く、見付けられにけるかな。然ばかり、戒めつるものを。人の所に、斯かる痴れ者の、有るこそ」と宣はす。（道隆）「春風は、空に、いと、をかしうも、言ふかな」と、誦ぜさせ給ふ。（道隆）「徒言には、煩く、思ひ寄りて侍りつかし。今朝の様、如何に侍らまし」とて、笑はせ給ふを、小若君、（道雅）「然れど、其れは、いと疾く見て、（清少納言）『雨に濡れたりなど、面伏せなり』と、言ひ侍りつ」と申し給へば、いみじう、妬がらせ給ふも、をかし。

定子は、清少納言を庇った。「この花盗人の一件は、お父様がふざけてなさったと、私はうすうす知っていましたが、清少納言はお父様ではなく、春風のせいにしたのです。『山田さへ今は作るを散る花の託言は風に負ほせざらなむ』（『貫之集』）。清少納言よ、花が散るのを、風のせいにしてはいけません。お父様なのですよ」。定子が、紀貫之の和歌を吟誦するのも、風流な心が表れていて素晴らしい。

道隆は、「清少納言に見つけられたのは、残念だ。だから、暗いうちに取ってしまえと、きつく言っておいたのに。役に立たないのは、中宮の女房たちではなく、私の従者だ」と、負けを認めた。道隆は、「春風とは、また、うまい嘘を言ったものだ」と言い、「散る花の託言は風に負ほせざらなむ」という和歌を、自分でも口ずさむ。

定子も、「清少納言が、和歌をそのまま口にして答えるのではなく、何げない会話として風のせいだと言ったのは、なかなかの才覚でした」と清少納言を誉めた。道隆が、「今朝の雨に濡れた桜の造花のありさまを、自分でも見てみたかった」と、残念そうに笑ったのは負け惜しみであろうか。

ここで、場がうまく収まったと清少納言が安堵していると、「小若君」、つまり、幼い道雅（伊周の長男）が、真相を口にしてしまう。「清少納言は、朝早く見ていたんだよ。『雨に濡れたので、お祖父様が作らせたせっかくの造花も、台無しになっていた』と言っていたよ」と暴露した。道隆は、雨で造花がみっともなくなるのを、定子にも、その女房たちにも見られないようにしたいと考えていたので、口惜しがった。それもまた、おかしいことだった。

なお、原文で「小若君」とある箇所は、『春曙抄』の注に、「伊周公の御子道雅の幼名なり」とあるのにより、それに続く発言も道雅の言葉として解説した。三巻本でも「小若君」とあるが、現代の訳注本などでは、「小若君」は道雅ではなく、「中宮付きの女房」と解釈することが多い。

＊積善寺供養の位相

道隆が娘の定子を喜ばせようと桜の造花を精巧に作ったこと、せっかくの作り花の桜が、雨に濡れて無残な姿になるのを、定子に見せまいとして、桜を取り付けていた幹ごと取り払わせた道隆の無念な気持ち。そのような父道隆の気持ちを定子も喜び、清少納言も理解している。しかも、この場面は笑いに満ちている。中の関白家の人々の親密さが、何よりもこの段の魅力である。

第二百六十段は、積善寺供養という、大規模で豪華な仏事を描くという記録文ではなかったのである。定子との心の繋がりを書き綴ってきた流れの中で「御階の許」という一言が出てきたことから、連想の矢が放たれたのである。その矢が目指した的は、儀式の詳細な再現記録ではなく、いつでも、ほんの細やかなきっかけによって、直ちに浮上してくる「心の現在」という的であった。

そのことは、この第二百六十段に限らない。千年の歳月を閲して、今私たちが読む『枕草子』は、ページを開けば、そこに生き生きと立ち上がる光景に満ちている。その光景は、清少納言が最も深く親炙した、定子を初めとする中の関白家の人々の心模様を描くことで現前する。

清少納言は『枕草子』に、風や空、日の光、露のしずくを点在させた。それらもまた、自然が織りなす自然界の心模様である。人間の心は、人間同士を繋ぎ、自然界とも繋がる。森羅万象は「心」を通して、その存在が保証される時、『枕草子』に描かれている、断章のようにも見える一つ一つの章段は、虚空に拡散することなく、読む者の「心」に蔵められ、そこに息づく。

引用本文と、主な参考文献

・『紫式部日記』（新編日本古典文学全集、中野幸一校注・訳、小学館、一九九四年）

発展学習の手引き

『紫式部日記』には、敦成親王の誕生直前の加持祈禱の具体的な記録と、誕生直後から七日置きの行事、五十日目の行事などが記録されている。『紫式部日記』における行事の参加者の官位・氏名を列挙する仕方や、儀式の描写や道長の言動、彰子の人柄などを、『枕草子』の「積善寺供養」章段と比べてみよう。

13 清少納言の自画像

《目標・ポイント》『枕草子』も終わりに近づく中で、「香炉峰の雪」として有名な話が書かれるように、清少納言自身に関わる記述が書かれている。『枕草子』が、定子とそのサロンを描くだけでなく、一歩踏み込んで、自分を主人公として描く記述が出現していることを読み取る。

《キーワード》言語論、香炉峰の雪、定子からの和歌、御仏名の夜、月の光、水晶

1. 言葉をめぐって

＊『枕草子』の章段配列

本章で取り上げる章段は、『春曙抄』の巻十一から選んだ。全十二巻からなる『春曙抄』も、終わりに近づいている。現代では『枕草子』と聞いて、ただちに「香炉峰の雪」を連想するほど、簾を捲き上げる場面は有名である。その「香炉峰の雪」は、この巻十一に位置している。『枕草子』の終わり近くになってようやく出てきた話が、なぜ『枕草子』を代表する段になっているのか、不思議と言えば不思議である。

＊言葉について

詩人のマラルメが、画家のドガに向かって、「詩は言葉で作られるものである」と言った話が、

ヴァレリーの『ドガに就いて』（吉田健一訳、筑摩書房、昭和十五年）の中で紹介されている。詩に書くべき内容（イデー）がいくら人間の内面にあったとしても、それを釣り上げるのは「言葉」しかない。だから、詩人や歌人は、言葉の用い方に自覚的になる。詩歌ではない散文でも、事情は同じである。物語も小説もエッセイも、言葉で出来ている。

『枕草子』の第二百六十六段「悪ろき物は」には、言語論とも言える論述が見られる。冒頭部を引用しよう。

悪ろき物は、言葉の文字、怪しく使ひたるこそ有れ。唯、文字一つに、怪しくも、貴にも、賤しくもなるは、如何なるにか有らむ。然るは、斯う思ふ人、万の事に優れても、え有らじかし。

「悪ろき物は」（良くない物）という列挙章段である。その第一番に書かれているのが、言葉の使い方である。言葉の使い方が正しくなく、いい加減であるのは良くない。言葉は、たった一文字の使い方次第で、上品にも、下品にもなる。とは言え、かく言う自分が、すべての面で優れているわけでもない、と謙遜もしている。ただし、主張だけで終わらずに、たった一文字の違いによる良し悪しの具体例を挙げているので、説得力がある。一字の違いを示すために、丸印を付けた。

難義の事を言ひて、「其の事、させむとす」と「言はむと言ふ」を、「と」文字を失ひて、唯、「言はむずる」「里へ出でむずる」など言へば、やがて、いと悪ろし。増して、文を書きて

　は、言ふべきにも有らず。

これが『春曙抄』の本文だが、いささか文脈が通りにくい。ここで清少納言が主張しているのは、「させむとす」「言はむとす」「出でむとす」などというように、「と」を入れて言うのが良い。「させむずる」「言はむずる」「出でむずる」などのように「と」を省略するのは良くない、という言語感覚・言語観である。

「むず」（んず）は、推量や意志を表す助動詞であるが、口語調・俗語調であって、あらたまった場面で口にするのは不適当である。そのような会話調の言葉を用いて、「文」（ここでは手紙のこと）を書くなど言語道断である、とまで述べている。

「文」には、文章という意味もある。「格式の高い、美しい言葉にこだわって『枕草子』を書く人」という清少納言の自画像も、この段には重ねられているのだろう。輝かしい中宮定子の姿、優雅な伊周の姿、その傍らにいて美しい時間を生きる人々。『枕草子』は、清少納言による、美しい言葉と正しい言葉で書かれた芸術作品なのである。

＊『徒然草』第二十二段との関連性

第二章で、『枕草子』の第四段に触れた。「異事なる物。法師の言葉。男・女の言葉。下種の言葉には、必ず、文字余り、したり」というのが、その全文である。同じ意味内容でも、人によって口にする言葉が異なる場合がある、という言語観である。

この第四段に関して、北村季吟は『春曙抄』で『徒然草』に言及し、第二十二段で言葉づかいが卑しくなってゆくのを嘆いた兼好と、清少納言の言語観の対応を示唆している。

『徒然草』第二十二段は、「何事も、古き世のみぞ慕はしき。今様は、無下に卑しくこそ成りゆくめれ」と始まる。そして、「文の言葉などぞ、昔の反古どもは、いみじき。ただ言ふ言葉も、口惜しうこそ成りもてゆくなれ」と、格式のある言葉が崩れてゆく現状を嘆いている。兼好は、良くない言葉と、正しくはこう言うべきだという実例も具体的に挙げているので、『徒然草』第二十二段の書き方は、『枕草子』の第二百六十六段に近いと言えよう。

2．香炉峰の雪

＊「香炉峰の雪」への記述の流れ

『枕草子』第二百八十一段は、寒い夜に家に帰って来た時に、暖かい火が熾きていると嬉しい、という内容である。原文の前半部を引用したい。

> 方違へなどして、夜深く、帰る。寒き事、いと理無く、頤なども、皆、落ちぬべきを、辛うじて、来着きて、火桶、引き寄せたるに、火の、大きにて、つゆ、黒みたる所無く、めでたきを、細かなる灰の中より、起こし出でたるこそ、いみじう嬉しけれ。

「方違え」などで、家をしばらく離れていて、夜遅くなってから帰る時がある。寒くて、顎もがちがち震えていても、家に帰り着いて、火桶（火鉢）を引き寄せると、炭火が大きく、少しも黒ずんだところがなくて、よく火が熾きている。灰の中からその炭を取り出せたのは、とても嬉しい。

この後には、炭の継ぎ足し方の良し悪しが書かれているが、冬の寒い日の火桶の暖かさのありがたさや、炭継ぎを書いたことからの自然な連想で、次の第二百八十二段が呼び出されてくる。

＊香炉峰の雪

第二百八十二段の全文を引用してみよう。有名な段であるが、意外に短い。清少納言は、言葉を選んで『枕草子』を書き継いでいる。炭の上に、別の炭を継ぎ足すように、絶妙の言葉の継ぎ方がなされている。暖かく、美しい、定子と清少納言との、二人の肖像画（ダブル・ポートレート）が、ここに誕生した。

> 雪、いと高く、降りたるを、例ならず、御格子、参らせて、炭櫃に、火、熾して、物語などして、集まり候ふに、（定子）「少納言よ、香炉峰の雪は、如何ならむ」と、仰せられければ、御格子、上げさせて、御簾、高く、巻き上げたれば、笑はせたまふ。
>
> 人々も、（女房たち）「皆、然る事は知り、朗誦などにさへ唄へど、思ひこそ寄らざりつれ。猶、此の宮の人には、然るべきなンめり」と言ふ。

写真や絵画が、美しい一瞬を切り出して、時間を静止させるように、この段は、短く書き納められた、その余韻と余情が、素晴らしい。

簾を、するすると捲き上げる清少納言の姿。それを見守りつつ、莞爾と微笑する中宮定子。二人の心の紐帯は、この一瞬において結晶し、日本文学を代表する「主従二人の肖像画」となった。

今、「主従」という言葉を使ったが、『枕草子』を読み進めてくると、定子と清少納言とは「主従」という身分の枠組を超えて、理解し合う二人であり、心の絆の麗しさが印象付けられる。

第二百八十二段に描かれた情景を、読み取ってみよう。

夜通し、雪が降り続ける気配があり、朝になった。おそらく、庭には雪が深く積もっているだろう。今朝は、格段の冷え込みだった。そのために、雪の降った朝は、いつもは、すぐに外の気色を見物するのだけれども、その日に限っては、まだ格子が下ろされたままだった。何よりも長火鉢に火を熾こして、暖を取るのが先決だった。時間帯は異なるが、第二百八十一段と、同じ状況である。清少納言は、第二百八十一段を執筆中に、「香炉峰の雪」の日が鮮やかに蘇ったのであろう。熾こした火に当たっておしゃべりしながら、女房たちは中宮定子の御前に集まっていた。その時である。定子が、清少納言に向かって、「少納言よ、香炉峰の雪は、今、どうなっていますか。だいぶ降り積もっていることでしょうね」と口にされたのは。

定子の言葉を聞いた清少納言は、ただちに、「遺愛寺鐘欹枕聴　香炉峰雪撥簾看」（遺愛寺の鐘は枕を欹てて聴く、香炉峰の雪は簾を撥げて看る）という、白楽天の著名な漢詩が浮かんだ。

「少納言よ、香炉峰の雪は、如何ならむ」。この言葉は、「少納言よ。香炉峰の雪は、どういうふうにして見るのでしたかね」という意味にも取れる。というのも、「例ならず、御格子、参らせて」と書かれているからである。定子は、お庭に降り積もった雪を御覧になりたがっている。けれども、それは、ただ外の雪景色を見たいということではなく、白楽天の漢詩を、今ここで再現したいのである。だからこそ、格子を「例ならず」、異例のことではあるが、下ろしたままにしておいて、他ならぬ清少納言に「簾を撥げて看」てほしかったのだ。

清少納言は、定子の意図を直ぐに理解した。白楽天の「香炉峰の雪は、簾を撥げて看る」という漢詩通りにするために、まず、女官に格子を上げさせてから、自分の手で簾を高く捲き上げて、現在の庭の様子を御覧に入れた。定子は、満足そうににっこりした。この瞬間、時間は停止し、「永遠の現在」が出現した。多くの画家たちがこの瞬間を描いてきたのは、『枕草子』の他のどの場面よりも、ここが明確な構図となることが直感でわかるからである。清少納言が定子の意図することを正確に理解したように。

第二百八十二段に戻ると、静止した時間は、やがて少しずつ流れ始める。その場に居合わせた女房たちの言葉が、交わされ始める。「私たちも教養として、白楽天の漢詩を知っています」、「けれども、知識としては知っていても、それを行動に起こせるのは別問題です。清少納言さんの振る舞いは、見事ですね。とても真似できないわ」、「私たちも、その漢詩を朗誦したり、和歌に詠むことはできるかもしれませんが、行動にまでは起こせません。清少納言さんの教養は深い」、「中宮様にお仕えする人として、清少納言さんはふさわしい方ですね」などと感想を述べ合っている。

＊『十訓抄』の描き方

『十訓抄』は、鎌倉時代中期に編纂された教訓説話集である。一の二十一に、この段と重なる内容が記されている。冒頭の「同じ院」は、一条院（一条天皇）のことである。

> 同じ院、雪、いと面白く降りたりける冬の朝、端近く、居出でさせ給ひて、雪御覧じけるに、「香炉峰の有様、いかならむ」と仰せられければ、清少納言、御前に候ひけるが、申すことはなくて、御簾を押し張りたりける。世の末まで、優なる例に言ひ伝へられける。
>
> かの香炉峰のことは、白楽天、老の後、此の山の麓に、一つの草堂を占めて、住み給ひける時の詩に曰く、

> 遺愛寺の鐘は枕を欹てて聴く　香炉峰の雪は簾を撥げて看る

とあるを、帝、仰せ出だされけるによりて、御簾をば上げけるなり。

> かの清少納言は、天暦の御時、梨壺の五人の歌仙の内、清原元輔女にて、大和言葉も、家の風吹き伝へたりける上、心様理無く優にて、折に付けたる振舞、いみじきこと多かりけり。

これが全文である。「御簾を押し張りたりける」の部分は、「押し上げ」「捲き上げ」などとする本文もある。

『十訓抄』の享保六年（一七二一）刊の版本（板本）の挿絵には、簾を捲き上げる清少納言の姿が描かれている。部屋の内側からではなく、庭の側からの視線である。途中まで簾は捲き上がっているが、清少納言の顔は簾に隠されて、よくは見えない。庭の松には、雪が降り積もっている。

『十訓抄』では、一条天皇の言葉が清少納言に簾を捲き上げさせた。『枕草子』における、定子と清少納言の心の紐帯が薄められている。その替わりに、「聖帝・賢帝」としての一条天皇の存在が強調されている。

『枕草子』で、定子が清少納言に、「少納言よ、香炉峰の雪は、如何ならむ」と言った時、その横に一条天皇がいた可能性は、少ないと思う。冷え込みの厳しい朝、炭櫃の火を熾こすことに熱中している女房たちの姿は、天皇の御前にしては緊張感がない。中宮だけだったから、女房たちは安心していたのである。

その空気を一変させたのが、定子と清少納言の絶妙な掛け合いだった。女房たちも、はっとする。その一瞬が過ぎて、再び時間が動き始める。女房たちの負け惜しみのような会話は、再び和んだ雰囲気を反映している。

なお、『十訓抄』の版本よりも早く、土佐光起(とさみつおき)(一六一七〜九一)が描いた「清少納言図」(東京国立博物館蔵)は、『十訓抄』の挿絵とほぼ同じ構図だが、簾越しに清少納言の顔が、かなりはっきり見えている。版本と肉筆画との違いであろう。

*二つの構図

ところで、上村松園(うえむらしょうえん)(一八七五〜一九四九)作の「雪月花(せつげつか)」三幅対の「雪」も、香炉峰の雪の場面であるが、簾を捲き上げる清少納言を、外側から描いている。ただし、同じ上村松園でも「清女褰簾之図(せいじょけんれんのず)」では、部屋の内側からの視線で、簾を捲き上げる清少納言を描いている。

清少納言を部屋の内側から描くと、定子の目に映った外の庭の雪が見える。簾は上まで捲き上がってはいないが、定子は座っているので、庭は見えたであろう。

清少納言を外側、つまり庭の側から描くと、清少納言のさらに奥に、庭に積もった雪を眺めている定子の存在感が感じられる。

第二百八十二段には、定子の発言と清少納言の動作、そして周りの女房たちのいろいろな発言も書きとめられている。絵画に描かれる場合は、清少納言一人の姿をクローズアップすることが多い。つまり、清少納言一人の肖像画である。だが、『枕草子』に書き留められたのは、定子との打てば響くやりとりの嬉しさ、誇らしさだった。もし清少納言が後世に描かれた絵画を見たとしたら、「画面には、定子と自分の二人を描いてほしい」と言ったのではないだろうか。

3．定子からの和歌

＊定子にたしなめられた清少納言

「香炉峰の雪」に続く第二百八十三段は、陰陽師に仕える少年が、主人の意向をすばやく察して気の利く振る舞いをする好もしさを述べている。「香炉峰の雪」の段での、自分の振る舞いからの連想からだと考えられる。その後に続く二つの章段（第二百八十四段と第二百八十五段）は、再び定子との絆に関わる内容である。とは言え、ここも清少納言自身の振る舞いが前面に出ているのは、「香炉峰の雪」の水脈が続いているためであろう。

固い信頼関係で結ばれていた定子と清少納言ではあったが、清少納言が宮仕えを始めた当初には、失敗もあった。第二百八十四段は、清少納言が物忌のために、三月の頃、しばらく定子の前から下がっていた時のことである。

清少納言は、二日目にして早くも退屈し、今すぐにでも、定子のもとに戻りたくなった。その折も折、定子から手紙が届いた。中宮付きの女房である宰相の君が、定子の歌を代筆していた。

（定子）如何にして過ぎにし方を過ぐしけむ暮らし煩ふ昨日今日かな

「清少納言がいないと、昨日は何もすることがないし、今日も、所在なく感じられてならない」という意味の歌である。定子は寂しく思っている。代筆した宰相の君は、「私個人もまた、『暮るる間は千年を過ぐす心地して待つは真に久しかりけり』（『後拾遺和歌集』）という和歌そのままの気持ちです」と書き添えていた。

感動した清少納言は、お返事の歌を差し上げた。

（清少納言）「雲の上に暮らし兼ねける春の日を所柄とも眺めつるかな
私には、今宵の程も、少将にや成り侍らむずらむ」

「私が苦しんでおります無聊は、今、物忌で訪れている家に起因する、場所柄のものと思っていました。ところが、雲の上のような宮中でも、私がいないと中宮様が退屈して暮らしあぐねておられるとは意外でした。私もすぐに戻ります」というのが、和歌の大意である。

その和歌の後に添えた文章は、少しわかりにくいが、中宮の手紙を代筆した宰相の君への挨拶である。「百夜、小野小町の所に通い続ければ思いが叶うと信じた深草の少将が、百夜まであと一夜に迫った夜に具合が悪くなり、逢えなくなった話があります。私も、そうならないかと、心配です」という意味である。

急ぎ、馳せ参じた清少納言だったが、定子から昨日の手紙の内容をたしなめられた。

暁に参りたれば、（定子）「昨日の返し、『暮らし兼ねける』こそ、いと憎し。いみじう、謗りき」と仰せらるる、いと侘びしう、真に、然る事も。

定子は、清少納言の歌の二句目の『暮らし兼ねける』という部分が良くない、と注意したのである。定子は、清少納言が、「自分が不在だから定子が苦しんでいる。自分が定子の機嫌を左右する力を持った重要人物だと、いい気になっている」と、諭したのである。「定子に仕える女房たちも憤慨している。これからは注意して、慢心しないように心がけなさい」と、定子は宮仕えの心がけを説いた。清少納言が悄気たことは言うまでもない。結びの、「いと侘びしう、真に、然る事も」という文章に、清少納言の反省がよく表れている。

なお、「いみじう、謗りき」の主語は、定子付きの女房たちとする説に従った。

中宮定子の、聡明で、優美で、輝かしい姿を言葉で書き留めつつも、自分自身の失敗談を書いているのは、『枕草子』を書き続けてきたからこその筆の流れであろう。

＊蓮の花の便り

続く第二百八十五段「清水に籠もりたる頃」は、直前の第二百八十四段とは逆に、清少納言が定子に立派な返事ができた喜びを描いている。

> 清水に籠もりたる頃、蜩の、いみじう鳴くを、哀れと聞くに、態と、御使ひして、宣はせたりし。唐の紙の、赤みたるに、
> （定子）「山近き入相の鐘の声毎に恋ふる心の数は知るらむものを。こよなの、長居や」と、書かせ給へる。紙などの無礼気ならぬも、取り忘れたる旅にて、紫なる蓮の花弁に、書きて、参らする。

定子の和歌は、終わりが、そのまま、その後の言葉に続いてゆくという趣向である。「山近き入

相の鐘の声毎に恋ふる心の数は知るらむものを」と、続けて読むと、散文になっている。

夕暮を告げる鐘の音が、何度も定子の耳に聞こえてくる。清少納言は今、その鐘の音の出所である山寺（清水寺）にいて、都で聞くよりも格段に大きな鐘の音を聞いている。だから、その鐘の音の数だけ、一人でいる私（定子）が清少納言に逢いたく思っているのだとわかっているはずなのに、いつまでも帰参しないつもりなのですか。

「早く、戻って来なさい」という和歌だった。「山寺の入相の鐘の声毎に今日も暮れぬと聞くぞ悲しき」（『拾遺和歌集』、哀傷、読み人知らず）が踏まえられている。

感動した清少納言は、すぐにでも返しの歌を差し上げたいのだが、清水寺には、上品な紙を持参していなかった。それで、手近にあった紫色の蓮の花びらに、返事を書いた。これは散華のための紙で作られた花びらである。清少納言の和歌がどういう内容だったかは、書かれていないが、風雅なやりとりを思わせる。直前の第二百八十四段のような失敗は、しなかったであろう。

定子からの便りは、「恋ふる心」という言葉と言い、歌が書かれている上質な紙の赤い色合いと言い、遊び心もあったかもしれないが、恋歌のような濃密な感情を込めている。定子から清少納言への積極的な態度を、清少納言はここに書き留めた。自分の返歌を書き留めなかったのは、一歩下がった自画像として、この話を完成させたかったからではないだろうか。

4．師走の月夜

*御仏名の夜

第二百八十二段「香炉峰の雪」、そして、第二百八十四段・第二百八十五段の連続章段における定子との和歌の贈答というように、定子から清少納言に向けられた働きかけが続いてきた。次の第二百八十六段は、「定子章段」から離れて、宮廷男性と清少納言が、深夜に牛車の相乗りをしたことが書かれている。この段は、『春曙抄』巻十一の最後から二つ目に位置している。やや長い章段であるが、場面の展開も見られるので、場面ごとに区切りながら読んでみよう。

> 十二月二十四日、宮の御仏名の、初夜の御導師、聞きて、出づる人は、夜中も、過ぎぬらむかし。里へも出で、若しは、忍びたる所へも、夜の程、出づるにも有れ、相乗りたる道の程こそ、をかしけれ。

書き出しは、歳末に行われる御仏名（仏名会）の読経が終わった後、宮中から退出する際の情景である。「初夜の読経」は、午後九時半から午後十一時まで誦みあげられるので、これから語られる牛車の「相乗り」は、真夜中に近い時間帯のことになる。

> 日頃、降りつる雪の、今朝は止みて、風などの、甚う吹きつれば、垂氷の、いみじう垂り、土などこそ、斑々、黒きなれ、屋の上は、唯、押し並べて、白きに、賤しき賤の屋も、面隠して、有明の月の、隈無きに、いみじう、をかし。銀など、押しへぎたる様なるに、「水晶の茎」など、言はまほしき様にて、長く、短く、殊更、掛け渡したると見えて、言ふにも余りて、めでたき垂氷に、

説明の都合上、文章の途中で切った。主語を明示しない日本語の特徴が、巧みに利用されていて、真冬の深夜に、誰が誰と牛車で相乗りしているのか、不明なままで文章が進んでゆく。

ここ何日も降っていた雪が止んで、風がひどく吹いたので、軒端から「垂氷＝氷柱」がたくさん垂れ下がっている。地面は、雪がむら消えになっていて、所々が黒く見える。けれども、家々の屋根の上は、見渡す限り白一色である。粗末な家も、雪の白さがみすぼらしさを覆い隠している。一片の雲もなく皎々と輝く有明の月が、空に浮かび上がっている。

ここまでの部分は、口語文で解説すると五つの文章になったが、『枕草子』の原文では、一つの文章である。古典を読む時には、長い文章を区切りながら意味を取ってゆくと、理解が早まる。

＊月光と水晶

さて、雪をかぶった屋根が月の光に照されると、まるで薄い銀箔で葺いたような美しさである。加えて、「水晶の茎」に喩えたくなる形状の氷柱が、長く、短く、わざと工夫して掛け渡したようだ、と書いていることに注目したい。軒から下がる氷柱の長さがまちまちであることに目を止めて、そこに美しい律動を感じ、「殊更、掛け渡したると見えて、言ふにも余りて」と書いたのは、非凡な表現力である。牛車に相乗りしている男女の目に映る深夜の都の情景を、流れるような映像美として再現している。

ちなみに、『枕草子』第二百八段にも、「月の、いと明かきに、川を渡れば、牛の歩むままに、水晶などの、割れたる様に、水の散りたるこそ、をかしけれ」とある。そこでは、牛車が通ると砕け散る川の水しぶきを、「水晶」に喩えていた。また、第四十九段「貴なる物」（上品な物）にも、「水晶の数珠」が出てきていた。水晶は、清少納言の美意識が引きつけられる「貴なる物」の一つだった。それならば、第二百八十六段の男女のうち、女性は清少納言自身なのだろうか。

＊それぞれの装束と、清少納言

深夜なので、牛車に相乗りしている男女を見物する人間はいない。けれども、二人の装束は、華麗である。先の引用の続きを読もう。

> 下簾も掛けぬ車の簾を、いと高く上げたるは、奥まで、差し入りたる月に、薄色、紅梅、白きなど、七つ・八つばかり、着たる上に、濃き衣の、いと鮮やかなる艶など、月に映えて、をかしう見ゆる傍らに、葡萄染の固紋の指貫、白き衣ども、数多、山吹、紅など、着零して、直衣の、いと白き、引き解きたれば、脱ぎ垂れられて、いみじう、零れ出でたり。指貫の片つ方は、軾の外に、踏み出だされたるなど、道に、人の会ひたらば、「をかし」と見つべし。

牛車は、内側の下簾も掛けず、外側の簾も高く上げている。そのため、車の奥の方にまで月の光が差し入ってくる。女は、薄色・紅梅色・白などの衣を、七、八枚ほど重ね着した上に、濃い紫色の、鮮やかな艶の上着を着ている。その紫色が、月光に映える。

女の横には男がいる。葡萄染の固紋の指貫袴を穿き、白い単衣をたくさん重ねて着て、山吹色や紅色などの衣をきちんと着ずに、わざと色の重なりが牛車の外から見えるようにしている。

一番上に着ている、白い直衣も、くつろいで紐を解いているので、牛車から外に衣装が垂れて出ている。袴の片方の足は、牛車の前に付いている化粧横木の「軾」のところまで踏み出している。自由なくつろいだ姿勢である。見物人がいたならば、「なかなかのものだ」と見るだろう。

そして、最後の場面になる。

月影の、はしたなさに、後ろ様へ、滑り入りたるを、引き寄せ、露はに成されて、笑ふも、をかし。「凛々として、氷、鋪けり」といふ詩を、返す返す、誦じて御座するは、いみじう、をかしうて、夜一夜も、歩かまほしきに、行く所の近くなるも、口惜し。

月の光に照らされて自分の顔が男にまともに見られるのを、女は恥じて、牛車の後ろの方へ、後退りする。男は、そんな女を引き寄せ、彼女の顔を月光ではっきり見えるようにして、微笑みかける。そんな二人のやりとりの様子も、「をかし」、面白いと書いている。

男は、漢詩の一節を吟唱している。「秦甸一千余里、凛凛として氷鋪けり」。「秦の都の周りは一面、氷を敷き詰めたかのように月の光に照らされている」という意味である。女は、いつまでも男と一緒に牛車に揺られていたいのだが、次第に目的地が近づいてくる。それが、女には残念に思われた……。

この男には、「御座す」（「あり」「ゐる」の尊敬語）という敬語表現が使用されているので、身分の高い貴公子であろう。相手の名前が書かれていないのは、あえてぼかして、物語の一節のようにしたのだろうか。

一方の女は、これまで、清少納言その人だと考えられてきた。『春曙抄』でも「月影の、はしたなさに」という言葉のニュアンスから、北村季吟は、「清少の自ら言へるなるべし」とコメントしている。なお、清少納言という女房名は、「清少」と省略されることがある。

＊「師走の月夜」の復権

「十二月（師走）の月夜」は、第三章で述べたように、文学史の中で「凄まじき物」の一例とされてきた言葉であった。けれども、この第二百八十六段は、まさに「師走の月夜」の出来事であるにもかかわらず、ここには限りなく美しい映像が現前している。

清少納言が理想の男性と二人で並んだ肖像画である。三人称で書かれてはいるが、「これは私自身のことなのだが」という気持ちを込めた、窮極の自画像として読みたい。

引用本文と、主な参考文献

・『十訓抄』（新編日本古典文学全集、浅見和彦校注・訳、小学館、一九九七年）
・『枕草子・紫式部日記』（新潮古典文学アルバム、鈴木日出男編集・執筆、エッセイ中村真一郎、新潮社、一九九〇年）

発展学習の手引き

『十訓抄』の版本の挿絵は、早稲田大学図書館の「古典籍総合データベース」などで見られる。また、「参考文献」に記した『十訓抄』（新編日本古典文学全集）の挿絵にも出ている。『十訓抄』の第一には、本章で引用した「香炉峰の雪」以外に、定子と関わる話が、「一ノ十一」にも出てくるので、読んでみよう。

「香炉峰の雪」に関するさまざまな図像は、これも「参考文献」に挙げた「新潮古典文学アルバム」などに掲載されているので、参照していただければと思う。

14 変容する『枕草子』

《目標・ポイント》『枕草子』の最終部を読み進めながら、記述内容や視点の変化に着目し、跋文に到るまでの変容過程を考察する。

《キーワード》写実性、説話性、打聞、伊周の振る舞い、物語の種子、散文小品の可能性

1. 新しい書き方

＊執筆の方向性の転換点

前章の最後に取り上げた第二百八十六段は、十二月（しはす）の月夜の燦（きら）めきの中、牛車に同乗する男女を描き、王朝文化の精粋とも言うべき美しい段であった。それに続く第二百八十七段「宮仕（みやづか）へする人々（ひとびと）の、出（い）で集（あつ）まりて」と、第二百八十八段「家（いへ）、広（ひろ）く、清気（きよげ）にて」の二つの章段は、ワンセットとして読める住まい論である。なお、『春曙抄』では第二百八十七段が巻十一の末尾で、第二百八十八段は巻十二の冒頭に位置するが、北村季吟も、この二段の繋がりは意識していたようで、前段の「ついでに」、この段が書かれている、と述べている。

この二つの段で、清少納言は、女房たちが集まって気兼（きが）ねなく過ごせる家がほしいと書いている。これは、第九章で読んだ、批評としての住まい論の発展形態である。ここでは、住居を一般論

として論評するのではなく、自分自身が住みたい家という観点からの理想を述べている。女房の誰かがもたらした宮廷での噂話を皆で聞いたり、誰かが詠んだ歌を皆で批評し合ったり、誰かに手紙が届けられた時は、皆でそれを読んだり、返事も皆で考えたりする。いわば、女性たちの自由なサロンを主宰する夢を清少納言は語っている。

直前の十二月の月夜の出来事が、年末の宮廷行事である「仏名」の時間帯に引き続くものであったので、大きな枠組としては、宮廷章段に含まれる。その余韻から、宮廷女房たちの共有空間としてのサロン創設が夢見られているのだろう。

夢を語る言葉がある限り、語る自由を妨げるものはない。とは言え、『枕草子』においては、同じような内容が、ずっと長く続くということはなく、前後の内容と関係性を持たない、短い章段が書かれると、それによって新たな方向性が自ずと生まれてくる。ここでは、第二百八十九段「見習ひする物」（他人を真似てしまう物）が、そのような転換点となっている。

「見習ひする物、欠伸。児ども。生怪しからぬ、似非者」というごく短い段である。このような批評的な段が差し挟まれることによって、これ以後、今まで書かれなかったような新しい転換が始まる。『枕草子』が変容してくるプロセスを、見てゆこう。

＊海の恐ろしさの写実性

第二百九十段「打ち解くまじき物」（油断して、気を許してはならない物）という列挙章段は、それまでと雰囲気が一変し、『枕草子』という舞台が暗転したかのような印象を受ける。しいて言えば、第六章で取り上げた第百二十八段「恥づかしき物」に書かれていた、心の闇への不安感に通じるものがある。気を許してはならない物の最初は、世間で悪人と言われる人を挙げているので、一般論的であるが、その次に挙げている「舟の道」は、驚くほど描写が詳しい。

> 舟の道。陽の、麗らかなるに、海の面の、いみじう長閑に、浅緑の、擣ちたるを、引き渡したる様に見えて、些か、恐ろしき気色も無き若き女の、衵ばかり着たる、侍の者の、若やかなる、諸共に、櫓と言ふ物を押して、歌を、いみじう歌ひたる、いと、をかしう、止事無き人にも、見せ奉らまほしう、思ひ行くに、風、甚う吹き、海の面の、唯荒れに、悪しう成るに、物も覚えず、泊まるべき所に、漕ぎ着くる程、舟に、波の掛けたる様などは、然ばかり、和かりつる海とも、見えずかし。

一続きの長い文章の中で、天候の変化、舟人たちの様子、自分自身の気持ちが、簡潔・明快に書かれている。この文章は、情景が目に浮かぶ具体性を持ち、写実性に富む。読めば直ちに意味が理解できる、明快な文体である。都の外に出ての舟旅の光景である。海面の穏やかな美しさ、舟の扱いに慣れていて、歌を歌いながら櫓を漕ぐ若者たち。この情景を身分の高い人たちにも見せてあげたいという、清少納言の気持ちも差し挟まれる。

ところが、天候が一転して海が荒れに荒れ始めると、これが、先ほどと同じ海かと思う。まさに「気を許せないのが舟旅」であると言う通りの、ドラマティックで、リアルな描写である。このような書き方は、災害描写と、その最中を生きる人間心理の双方を同時に描く、鴨長明の『方丈記』の前半部を思わせる。

しかも、この段は、先ほど引用した部分に続けて、「思へば、舟に乗りて歩く人ばかり、忌々しき物こそ無けれ」と、舟旅の「忌々しさ」（恐ろしさ）を書く。それは「底ひも知らず、千尋なども」あるような、底知れぬ海の深さへの恐れに根ざした、実感的な視点からのものである。舟の構造や、舟人が積荷を軽々と舟に投げ入れて満載にする様子や、それを心配する自分の気持ちを書いている。頼りなげな命綱一本で舟端に立つ舟人に対しても、「目、眩る心地」になる。このように考え合わせると、やはり身分の高い人々に舟旅は勧められない、という気持ちにもなる。論の進め方が柔軟である。この段の末尾では、さらに一段と深い観察と思索が書かれる。

＊海女の辛さ

第二百九十段は、「海」と「舟」からの連想で、「海女の潜き」へと論述の方向が進んでゆく。

（前略）海女の潜き、したるは、憂き業なり。腰に付きたる物、絶えなば、「如何が、せむ」となむ。男だにせば、然ても有りぬべきを、女は、朧気の心ならじ。男は、乗りて、歌など、打ち歌ひて、此の栲縄を、海に浮け歩く、いと危く、後ろべたくは有らぬにや。海女も、「上らむ」とては、其の縄をなむ、引く。取り、惑ひ繰り入るる様ぞ、理なるや。舟の端を抑へて、放ちたる息などこそ、真に、唯、見る人だに、潮垂るるに、落とし入れて、漂ひ歩く男は、目も奇に、あさまし。更に、人の、思ひ掛くべき業にも有らぬ事にこそ、有ンめれ。

海に潜る海女は、腰に付けた縄が命綱で、それが切れたら命が失われる。それなのに、男は舟の上で気楽そうに歌っている。海女の命綱の端を海面に浮かせ、舟をあちこち移動しているが、海面下の海女のことを不安に感じないのだろうか。海女の息が切れて、海面に上がりたい時には、海の底で自分の腰に結んだ縄を引く。その時はさすがに、男は慌てて海面に浮いている縄を繰り入れる。やっと海の上に上がってきた海女が、船端を両手で押さえて、ヒューッと息を吐く。その姿を見る清少納言は、胸が締めつけられる。それなのに、男は再び、海女を海に入れて、自分はのんびりと舟を別の場所へと移動するのだった。

清少納言は、自分の目で、この情景を実際に見たのである。見たことを写実的に描写するだけでなく、海女の苦しさや、男の憎らしいほどの悠長さや、見ている自分自身の気持ちも書き込んでいる。客観と主観、事実と推測が自在に融合した文体である。

父の清原元輔が周防の守になって着任・帰任した折に、瀬戸内海の舟旅に同行した記憶であろうか。そうだとしたら、清少納言は十歳前後である。古びない記憶のリアリティを感じさせる。ただし、この段の迫真的な描写は、清少納言が大人になってからの体験であるようにも感じられる。

＊親を海に突き落とす息子

第二百九十段の末尾に書いた「海女」からの連想であろう、次の第二百九十一段では、「父親を海に落とし入れた息子」を書いている。これまでも『枕草子』では、連想による自然な書き方が多かった。本書では、連想による書き方を、清少納言の伸び伸びとした自由な文学精神の発露として理解してきた。けれども、ここは、前段で、海女の仕事が辛く、危険を伴うことを書いていたように、世の中の底知れぬ現実と向き合う執筆態度が表れている。第二百九十一段の全文を読もう。

右衛門の尉なる者の、似非親を、持たりて、人の見るに面伏せなど、見苦しう、思ひけるが、伊予の国より上るとて、海に、落とし入れてけるを、人の、心憂がり、あさましがりける

程に、七月十五日、盆を奉るとて、急ぐを、見給ひて、道命阿闍梨、

　渡つ海に親を押し入れて此の主の盆する見るぞ哀れなりける

と、詠み給ひけるこそ、いとほしけれ。

「道命阿闍梨」の読みは『春曙抄』に従ったが、「どうみょう」と読まれることが多い。道命は、『蜻蛉日記』に登場する藤原道綱の子である。すなわち『蜻蛉日記』の作者の孫に当たる。道命は、和泉式部との恋愛伝説でも知られる。和歌の「此の」は、「子の」との掛詞である。『続詞花和歌集』では、「親を海に落とし入れたる聞こえある人の、七月十五日、親の為に盆供ふるを見て」という詞書がある。『枕草子』を簡略化したような記述である。『続詞花和歌集』と比べ読むと、『枕草子』では「見苦し」「心憂し」「あさまし」「いとほし」などの心情表現が入っていることに改めて気づかされる。客観と主観、事件と人々の感想が立体化している『枕草子』の表現には膨らみがある。

ところで、この話は、説話集である『古本説話集』（平安時代末期から鎌倉時代初期の成立）にも、「一一五　道命阿闍梨事」として、次のように収載されている。

今は昔、右衛門の尉なりける者の、似非なる親を持ちて、「人見る。面伏せなり」とて、伊予の国より上りけるが、海に親を落とし入れてけるを、人、心憂がり、あさましがりけるに、七月十五日に、盆を奉るとて急ぐを見給ひて、道命阿闍梨、

渡つ海に親を落とし入れて此の主の盆する見るぞ哀れなりける

『枕草子』第二百九十一段の表現と酷似している。『枕草子』の冒頭に「今は昔」を付けて、『枕草子』の末尾の「と、詠み給ひけるこそ、いとほしけれ」を省略すれば、『古本説話集』の表現とほぼ一致する。「見苦し」「いとほし」などの心情表現の削除など、題材を説話集に取り入れる時の方法論が垣間見られる。『枕草子』は、説話文学にも影響を与えている。

＊「打聞」のような文体

道命阿闍梨に続く第二百九十二段は、道命の祖母に当たる藤原倫寧の女、すなわち、藤原道綱の母が法華八講の法会を営んだ時に詠んだ和歌を紹介している。家系の繋がりと詠歌、という二つの点により、第二百九十一段から第二百九十二段へと展開したのだろう。

清少納言は、「此処許は、打聞に成りぬるなンめり」と述べている。このあたりの書き方は、まるで「打聞」のようになっている、と自ら認めているのである。「打聞」は、他人から聞いた話を書き留めたもので、詠まれた和歌の聞き書きのことも言う。清少納言は、自分の書いた文章を読み返して、文体が説話性に富むことを実感したのだろう。なお、平安時代後期には『打聞集』という仏教説話集も成立している。

ちなみに、先ほど紹介した『古本説話集』には、「道命阿闍梨事」の少し前に、「一二　清少納言の事」（『枕草子』第百十一段）、と「一四　清少納言清水和歌の事」（『枕草子』第二百八十五段）が収載されている。清少納言の連句や和歌が書き留められていて、清少納言自身も「打聞」の中に書き留められているのが、興味深い。

＊連続する和歌章段

なお、この後の第二百九十三段（「又、業平が母の宮の」）と第二百九十四段（「『をかし』と思ひし歌」）の段にも、和歌に関わる短い記述が書かれている。第二百九十一段から四段連続で「和歌章段」となっている。さらに、少し後の第二百九十七段（「僧都の君の御乳母の」）、第三百段（「真や、下野に下る」）、第三百一段（「或る女房の」）、第三百二段（「便無き所にて」）にも和歌が出てくる。これほど連続的に和歌が書かれているのは、今までに見られなかった。

これらの多くは、日常生活の中での即興的な和歌のやりとりを書き記している。ただし、第三百二段には、恋の雰囲気が漂う。清少納言は、おそらくは年下の男性から、「胸がドキドキするのはどうしてでしょう」と言われたので、その返事に、「逢坂は胸のみ常に走り井の見付くる人や有らむと思へば」という歌を詠んだ。「水」と「見付くる」の掛詞である。「逢坂の関の近くに『走り井の水』という勢いのよい流れがありますね。こんな所で逢っているのを見つける人がいるかもしれないと思って、胸がドキドキするのでしょう」。このまま、和歌集や打聞に入ってもよい内容であり、文体である。

2．宮廷章段の掉尾

＊宮中での椿事

「大納言殿、参り給ひて」から始まる第二百九十六段は、定子の兄の大納言伊周を主人公とする、華やかな宮廷章段である。そして、この段が、『枕草子』における宮廷章段の実質的な掉尾となった。思えば、第百八十二段「中宮に、初めて参りたる頃」に書かれていた、清少納言の初出仕の時の最も印象深い場面は、伊周が清少納言をからかい、顔を隠していた扇を取り上げる場面だった。第二百九十六段は、その初出仕の日と遠く響き合う、美しい段である。

この段は、前半と後半の二つの場面に分かれている。まず前半の内容から辿ってゆこう。伊周が一条天皇に漢詩文を進講をしているうちに、「丑四つ」（午前二時半頃）になった。女房たちも下がり、残っているのは天皇、定子、伊周、清少納言の四人だけになった。学問熱心な一条天皇も、さすがにうとうとと眠り始めた。この時、思いもかけぬ椿事が起きる。

長女が童の、鶏を捕へて、持ちて、（童）「明日、里へ行かむ」と言ひて、隠し置きたりけるが、如何がしけむ、犬の見付けて、追ひければ、廊の先に、逃げ行きて、恐ろしう、鳴き罵るに、皆人、起きなど、しぬなり。主上も、打ち驚かせ御座しまして、（一条天皇）「如何に有りつるぞ」と、尋ねさせ給ふに、大納言殿の、（伊周）「声、明王の眠りを驚かす」と言ふ詩を、高う、打ち出だし給へる、めでたう、をかしきに、一人、眠たかりつる目も、大きに成りぬ。（定子）「いみじき折の事かな」と、中宮も興ぜさせ給ふ。猶、斯かる事こそ、めでたけれ。

何と、宮中で鶏が、けたたましく鳴き始めたのである。その飼い主は、雑用係の女官が召し使っている童女だった。童女は、以前に鶏を捕まえ、「明日、里に下がる時に連れて行こう」と思って隠しておいた。それを、犬が見つけて追いかけた。鶏は逃げ回り、大きな声で鳴き始めた。その声で、多くの人が眠りを覚ました。一条天皇も目を覚まして、何が起きたかを尋ねた。伊周は、とっさに、漢詩の一句を高らかに吟誦した。

鶏人、暁に唱ふ、声、明王の眠りを驚かす。（『和漢朗詠集』都良香）

鶏のように朝を告げる役人の声が、聖王の眠りを覚まさせる、という意味である。鶏鳴が一条天皇の眠りを覚ました状況と一致している。この詩の吟誦のあまりの見事さに、清少納言の眠気も吹き飛び、定子も伊周の機転と教養を称賛した。

この部分は、第二章で取り上げた第七段「主上に候ふ御猫は」で、犬が猫を追い回した話を連想させるが、あまりにも思いがけない出来事であり、大騒動である。第七段には、翁丸の悲運といじらしさがあったが、この第二百九十六段には涙の要素はなく、伊周の才知に満ちた振る舞いによって、その場に華やかさと親密な雰囲気が醸し出された。なお、この漢詩は、『平家物語』でも、高倉天皇に関して引用されている。

＊伊周の風雅と清少納言への思いやり

第二百九十六段の後半も、伊周が朗誦したもう一つの漢詩句に焦点がある。ここでは、鶏と犬の大騒動から一転して、優美な物語性に富み、恋の興趣さえ漂う。

> 又の日は、夜の御殿に、入らせ給ひぬ。夜中ばかりに、廊に出でて、人呼べば、（伊周）「下るるか。我、送らむ」と宣へば、裳・唐衣は、屏風に打ち掛けて、行くに、月の、いみじう明かくて、直衣の、いと白う、見ゆるに、指貫の、半ら、踏み包まれて。袖を控へて、（伊周）「倒るな」と言ひて、率て御座するままに、（伊周）「遊子、猶、残りの月に行けば」と、誦じ給へる、又、いみじう、めでたし。
>
> （伊周）「斯様の事、愛で惑ふ」とて笑ひ給へど、如何でか、猶、いと、をかしきものをば。

この場面は、「声、明王の眠りを驚かす」を朗誦した翌日である。一条天皇と定子が寝所に入ったので、清少納言は、御前から退出しようとして人を呼ぶと、伊周が、「局に下がるのならば、私が送ってあげよう」と言った。清少納言は、裳と唐衣を脱いで屛風に打ちかけて、身軽になって歩き始めた。月が明るいので、伊周の着ている直衣が、白く輝いて見える。ただし、指貫袴は裾が長いので、裾を踏んで歩いてゆく。その伊周が、清少納言の袖を捉えて、「倒れてはいけないよ」と言いながら付き添ってくれたのである。二人で廊を歩きながら、伊周は漢詩を吟誦した。

遊子、猶、残りの月に行けば、函谷に、鶏鳴く。（『和漢朗詠集』賈島《正しくは賈嵩》）

「旅人は、残月の中を歩み続ける。函谷関には、鶏が鳴いている」という意味である。月の下、旅人が歩き続けるという漢詩は、今の自分たちの状況とぴったり重なるので、清少納言は感動した。その気持ちを伝えると、伊周は、「これくらいのことでも、誉めてくれるのだね」と笑った。「遊子、猶、残りの月に行けば」は、「函谷に、鶏鳴く」と続く。すなわち、「鶏の鳴き声」である。この段の前半は、犬に追われた鶏の鳴き声を描いていた。前半と後半は、「伊周」、「漢詩句」、そして「鶏」で緊密に繫がっている。

それにしても、伊周と清少納言の二人だけの世界に漂う濃密な雰囲気は、いかにも物語めいて感じられる。しかも、月の光が男と女を照らすのも、物語の一場面を連想させる。フランス・ロココ美術の代表的な画家ヴァトーの描く雅宴画にも似て、絹の光沢を思わせる名場面である。

一条天皇と定子も登場し、『枕草子』の宮廷章段の掉尾を飾るのにふさわしい章段であった。

3．物語作者への可能性

＊物語の種子

『枕草子』第二百九十八段は、これまでに見られなかった、異色の書き方が試みられている。

　男は、女親、亡くなりて、父親、一人、有り。いみじく思へども、煩はしき北の方の、出で来て後は、内にも入れられず、装束などの事は、乳母、又、故上の人どもなどして、せさす。西東の対の程に、客人にも、いと、をかしう、屏風・障子の絵も、見所有りて、住まひたり。

　殿上の交じらひの程、口惜しからず、人々も、思ひたり。主上にも、御気色、良くて、常に、召しつつ、御遊びなどの相手には、思し召したるに、猶、常に、物嘆かしう、世の中、心に合はぬ心地して、好き好きしき心ぞ、片端なるまで有るべき。

　上達部の、又無きに、持て傅かれたる妹、一人、有るばかりにぞ、思ふ事をも打ち語らひ、慰め所なりける。

　これが、全文である。他人から面白い和歌や出来事を聞き、忘れないように書き留めた「打聞」スタイルではない。ある日、清少納言の心に宿った、「幻影の人」を描き出したような、不思議な書き方である。身分のありそうなその青年は、どのような人なのか。清少納言の心には、次々と疑問が湧き出てくる。その青年の父親は、誰か。母親は、どういう人か。どういう家で、どういう暮らしをしているのか。宮中では、どういう働きぶりなのか。兄弟や姉妹は、いるのか。その一つ一つについて、清少納言は思い浮かんだイメージを書き綴ってゆく。それが第二百九十八段なのではないか。ここには、物語の種子が発芽し始めた瞬間が書き留められているように思える。

この青年に具体的な名前や身分が与えられた時に、物語の主人公となるのだろう。ただし、名前は出さなくても、物語は始発しうる。「昔、男ありけり」と始まる『伊勢物語』のように。

その男の母親は、既に亡くなっていて、父親だけがいる。この時代の結婚形態から考えて、この男は、正妻（北の方）の子どもなのだろう。

ところが、父親が再婚して、新しい妻を屋敷に呼び入れたことから、男の人生は激変した。この男は、真面目な性格で、これからの自分の生き方についての希望や、今後の父親への孝養の尽くし方について、誠実に考え続けてきた。けれども、「生さぬ仲」である新しい北の方、つまり継母とはしっくりいかず、父親は奥向きの部屋には男を入れようともしない。

これは、『源氏物語』の始発を思わせる場面設定である。光源氏の母親である桐壺更衣は、光源氏が三歳の年に逝去した。父親の桐壺帝は、新しく藤壺を入内させた。桐壺帝は、光源氏を幼少時には藤壺と親しくさせたけれども、光源氏が十二歳で元服して以降、「大人に成り給ひて後は、有りし様に、御簾の内にも入れ給はず」という状況になった。『枕草子』の「男」の父親も、息子が若い継母と不義密通することを、恐れているのかもしれない。

この男は独身なので、妻の実家からの援助は期待できない。衣食住、ことに「衣」の面では、自分の実家の女手に頼るしかない。そこで、彼の幼少期から面倒を見てきた乳母や、亡くなった母親に仕えていた古参の女房たちに、父親は「男」の面倒を見させている。

男は、父親と継母が暮らす母屋（寝殿）には立ち入れないので、母屋の西や東にある対の屋で暮らしている。客人が来ても、恥ずかしくないように、屏風や障子の絵も飾って住んでいた。

この男は、宮中での殿上人たちとの交際でも、評判が良い。天皇も、この男を気に入って、常に御前にお召しになる。音楽なども、この男と合奏なさる。だが、天皇から寵愛されても、この男自身は、いつも憂鬱そうである。ともあれ、男は、世の中とうまく折り合いがつかない気がして、それを紛らわせるかのように、色好みに関しては、かなり熱を入れていた。

この男には、母親を同じくする妹が、一人だけいた。彼女は、上流貴族でまたとない素晴らしい人の妻となって、大切にされている。男は、この妹にだけは、自分の本心を打ち明けることができる。そこで、妹と語らっては、心に余る悩みを慰めてもらっている、との噂である。

現代人は、紫式部を物語作者、清少納言を散文（エッセイ）作者として、その個性の違いに注目しがちである。だが、『枕草子』も終わり近くになって顕れてきた、この段は、清少納言の物語作者としての可能性を感じさせるものがある。あとは、登場人物たちが行動を起こし、ストーリーが動き始めるのを待つだけである。

＊物語の主人公めいた貴公子

第三百二十一段にも、この第二百九十八段と共通する青年像が語られている。清少納言にとっての理想の男性像なのだろうか。この段は、三つの段落から成る。書き出しの部分を読もう。

好き好きしくて、一人住みする人の、夜は、何らに有りつらむ、暁に帰りて、やがて、起きたる、未だ、眠た気なる気色なれど、硯、取り寄せ、墨、濃やかに、押し磨りて、事無しびに任せてなどは有らず、心留めて書く真広げ姿、をかしう見ゆ。

一人の青年がいる。むろん、名前はない。役職も不明である。彼は色好みには心を入れているが、まだ決まった妻を持たない「一人住み」である。この男は、昨夜は誰と逢っていたのだろうか、朝方に自宅に戻ってきた。昨夜から寝ていないので、眠そうだが、硯を手元に引き寄せて、墨を丁寧に磨り、昨夜逢っていた女への「後朝の文」を書こうとしている。

この男を眺めて観察し、描写しているのは、誰だろう。『源氏物語』ならば、視点人物は「語り手」である。だが、この第三百二十一段は、厳密な意味での物語ではないので、語り手はいない。だから、読者には、夢の中の出来事のようにも感じられる。

二つ目の段落は、男が書いた手紙を女に届ける場面である。

白き衣どもの上に、山吹、紅などをぞ着たる。白き一重の、甚く萎みたるを、打ち目守りつつ、書き立てて、前なる人にも取らせず、態とだちて、小舎人童の、付々しきを、身近く、呼び寄せて、打ちささめきて、往ぬる後も、久しく眺めて、経の、然るべき所々など、忍びやかに口遊びに、し居たり。奥の方に、御手水、粥などして、唆せば、歩み入りて、文机に押し掛かりて、書をぞ見る。面白かりける所々は、打ち誦んじたるも、いと、をかし。

男は、白い衣を重ねた上に、山吹、紅などの衣を着ている。庭に咲いている白い一重の花で、かなり萎んでいるのに目をやりながら、女への手紙を書き上げた。男は、身のまわりの世話をする女房には、恋愛を秘密にしておきたいので、このような時の「文使いの少年」に相応しい、小舎人童を呼び寄せる。小声で指図をして、使いに出す。少年が出て行った後も、庭先で物思わしげな様子をして、後姿を眺めていたが、お経の一節を口ずさんだりしながら、返事を待っている。男は、色好みだけでなく、仏道にも心を入れているようだ。

そのうちに、家の奥の方から、洗面や朝粥の支度が出来たことを告げたので部屋に戻ったが、文机に凭れ掛かって漢詩文の書物を広げ、心惹かれる部分を読み上げたりしている。その姿は素晴らしく、見ていても惚れ惚れする。

なお、「白き一重の、甚く萎みたるを、打ち目守りつつ」の部分は、庭の花を眺めているとする『春曙抄』の解釈に従ったが、男が持ち帰った女の着物とする説もある。女の着物とすると、かなり、耽美的な情景になる。『源氏物語』で、光源氏が空蟬の脱ぎ捨てた衣を持ち帰った場面の、先取りとなる。ただし、『源氏物語』に通暁した北村季吟は、その解釈を取らなかった。

『枕草子』第三百二十一段の最後の段落は、女からの返事が届く場面となる。

> 手、洗ひて、直衣ばかり、打ち着て、録をぞ、空に誦む。真に、いと尊き程に、近き所なるべし、有りつる使ひ、打ち気色ばめば、ふと、誦み止して、返り事に、心入るるこそ、いとほしけれ。

男は、手を洗い清めた。直衣だけを着て、「録」、すなわち語録や禅録などを暗誦している。そうするうちに、先ほどの手紙の相手は、男の家から近いと見えて、文使いの少年が咳払いして、戻ってきたことを知らせた。男は、暗誦を止めて、女の返事を熱心に読み始める。その姿は、何とも純情らしく、可愛らしい姿に見える。

末尾は、「返り事に、心入るるこそ、いとほしけれ」と結ばれるのが『春曙抄』の本文だが、「三巻本」の系統では、「返り事に心移すこそ、罪得らむと、をかしけれ」となっていて、ここも印象がかなり違ってくる。『春曙抄』で「録」となっている本文が、三巻本では、「六の巻」、つまり『法華経』の第六巻とある。仏典をそっちのけにして、女の手紙を読み始めたことを、「罪得らむと、をかしけれ」と揶揄しているのである。

＊「今」という、かけがえのない時間

男の衣裳から考えて、この段の季節は春だろう。男は身分のある、まだ若い男性。昨夜の恋の余韻に浸っている。そのような貴公子の後朝の一齣を細やかに描き、読者に優雅な垣間見を体験させてくれる。「小舎人童」に手紙を持たせる趣向は、『和泉式部日記』の冒頭部分を連想させる。『和泉式部日記』は、小舎人童が敦道親王からの手紙を和泉式部に持ってくる場面を、女の側から描いていた。この第三百二十一段は、小舎人童を遣わした男の側から描いている。

ただし、この段は、いかにも物語的で雅びやかな世界だが、ここから直ちに物語の時間が流れ出し、登場人物の人生が動き始めるわけではない。そこが、第二百九十八段とは異なる。第二百九十八段では、簡潔ながら家族構成から宮廷との関わり、母の死とその後の生活の変化までが書かれており、主人公の男性を巡る世界の枠組が示されていた。そこでは、時間の経過を伴ったストーリーを書き込むことも可能であり、だからこそ物語の登場人物が動き始めることが可能となる。

しかし、この第三百二十一段では、夜明けから、ほんの数時間しか書かれず、時間の経過はな

い。「今」という、かけがえのない時間が、刻まれているだけである。『枕草子』に描かれたこのような場面は、時代はずっと後になるが、江戸時代の初期に書かれた住吉派の、精緻で色どり豊かな「色紙絵（しきしえ）」を思わせる。時間の経過によって、物語の世界を進めてゆく、物語文学のジャンルの中には含められないが、「小品（しょうひん）」と名付けて賞翫するのにふさわしいスケッチ的な章段である。

なお、この段は、恋愛の理想を、「いつも一人住（ひとりず）みにて、など聞（き）くこそ、心憎（こころにく）けれ」と述べる『徒然草』第百九十段や、同じく『徒然草』の第百四段で、初夏の一夜の語らいを描く部分などへと、文学の水脈が繋がってゆく。

『枕草子』の終わり近くなって書かれた、物語的な雰囲気を持つ「物語章段」は、『枕草子』が培ってきた優雅な美学と底流で繋がり、その後も、『徒然草』の中に見られる「王朝的章段」が持つ「季節の美学」や「恋愛の美学」とも響き合う。のみならず、『枕草子』が秘めていた可能性は、『源氏物語』が指し示す物語的な想像力とは異なる、新たな散文小品の可能性を、微（かす）かではあるが、垣間見させてくれている。

引用本文と、主な参考文献

・『宇治拾遺物語・古本説話集』（新日本古典文学大系、中村義雄・小内一明校注、岩波書店、一九九〇年）
・『続詞花和歌集』（新編国歌大観・第二巻・私撰集編、角川書店、一九八四年）

発展学習の手引き

本章で指摘したような、新しい執筆態度の萌芽は、翻って、冒頭部以来の諸段の中にも見出されないだろうか。本章で呼称した「和歌章段」や「物語章段」という視点から、『枕草子』の他の章段も読み直してほしい。

15 『枕草子』の達成域と、「枕草子文化圏」の展開

《目標・ポイント》 跋文にいたるまでの最末尾を含めて『枕草子』の全体を眺望し、到達点を見極める。そのうえで、その文学的な広がりを「達成域」という観点から日本文学史の中に位置づけ、特に近代文学に『枕草子』が与えた影響力の大きさを確認する。

《キーワード》 跋文、達成域、『日本文学史・上巻』、樋口一葉、星野天知、島崎藤村、森鷗外、枕草子文化圏

1.『枕草子』の跋文

＊最末尾の章段群に書かれていること

『枕草子』の最終段は、第三百二十五段「物暗う成りて」という、「跋文」にあたる内容になっている。そこに至るまでの間に書かれている二十段余りは、第三百三段「唐衣は」以下、ほとんどが列挙章段で、項目としては衣裳に関する段が多く、記述も短い。少し長く書いている段も、既出の段と内容が重複することが多い。

そのような中にあって、新たな執筆姿勢を感じさせる段もある。たとえば、新しい御殿を建てる大工たちの食事風景を描写した、第三百十七段「匠の、物食ふこそ」がある。一品ずつ料理が運ば

れてくるや、すぐに食べて、あっという間に立ち去るのを、驚きを持って写実的に描いている。文学に描かれた珍しい場面であろう。また、第三百十段「病は」と第三百二十三段「前の木立、高う」は、「物の怪」を調伏するありさまなどが、写実的であると同時に、周囲の人々の心配や不安にも触れ、当事者たちに寄り添った書き方である。前章で触れた「舟の旅」の記述姿勢と通じる。けれども、『春曙抄』の最終巻である巻十二の末尾近くになると、今までの筆の勢いが弱まっている印象は拭えない。そのことと関連するのであろうか。跋文の冒頭に、もう筆を擱く、すなわち擱筆するという言葉が、明確に書かれている。

＊跋文としての第三百二十五段

第三百二十五段は、一般に「跋文」と言われ、『春曙抄』の最後の段である。跋文は、書物などの末尾に書き記す文章のことで、「おわりに」という意味である。この跋文から、清少納言が『枕草子』を書いた意図を推測してみたい。まず、冒頭の部分を引用しよう。

物暗う成りて、文字も、書かれず成りたり。筆も、使ひ果てて、此を、書き果てばや。
此の草子は、目に見え、心に思ふ事を、「人やは見むずる」と思ひて、徒然なる里居の程に、書き集めたるを、あいなく、人の為、便無き言ひ過ぐしなど、しつべき所々も有れば、「清う、隠したり」と思ふを、涙、堰き敢へずこそ、成りにけれ。

夢中で『枕草子』を書き綴ってきた清少納言は、はっと我に返った。あたりは暗くなり、文字の書ける明るさではなくなっている。心から湧き上がってくる思いを、すらすらと文字に移し替えてくれた筆も、使い過ぎて痛んでいる。この筆を使い切って、早くこの文章を書き終えよう。

この草子には、自分の目に見える物や、心に浮かんでくることを書いてきた。なぜなら、「人やは見むずる」、つまり、「まさか、自分以外の人が読むことなどあろうか、いや、ないだろう」と思ったからである。他人が読むという前提ならば書かなかったこと、他人から見たら不都合なことを書いたところがあるので、人目につかないように隠しておいた。それなのに世間に漏れた。それを思うと、恥ずかしさと後悔で、涙が溢れて、止まらない。

「堰き敢へず」に関して、『春曙抄』は、「枕よりまた知る人も無き恋を涙堰き敢へず漏らしつるかな」（『古今和歌集』平貞文）という和歌の引用だと指摘している。もし、そうであるならば、清少納言は「枕」という言葉を意識している。平貞文の歌は、恋がテーマである。『枕草子』は、中宮定子への憧れの気持ちが溢れていることと関わるかもしれない。ただし三巻本には、「涙、堰き敢へず」という表現は見られない。

＊枕にこそは、し侍らめ

次の部分には、『枕草子』というタイトルの由来と関わることが書かれている。

> 中宮の御前に、内の大臣の奉り給へりけるを、（定子）「此に、何を書かまし。主上の御前には、『史記』と言ふ書を、書かせ給へる」など宣はせしを、（清少納言）「枕にこそは、し侍らめ」と申ししかば、（定子）「然は、得よ」とて、賜はせたりしを、怪しきを、此よや何やと、尽きせず多かる紙の数を、書き尽くさむとせしに、いと、物覚えぬ事ぞ、多かるや。

『春曙抄』の「枕(まくら)にこそは、し侍(はべ)らめ」は、三巻本では、「枕(まくら)にこそは、侍(はべ)らめ」とある。直訳すると、「枕にいたしましょう」が『春曙抄』で、「枕でございましょう」が三巻本である。

清少納言が『枕草子』を書き綴ってきた紙は、中宮定子から賜(たまわ)った。定子の兄の伊周が、真っ白な紙を、一条天皇と中宮の二人に献上した。一条天皇がこの紙を綴じた草子に、『史記(しき)』という中国の歴史書を書かせていると聞いた清少納言は、ふと思いついた。「この白い草子を枕頭に置いて、気がついたことを書き留めましょう」。

遠い所にある中国の遠い昔の歴史ではなく、毎日使っていて一番身近な所にある「枕」。その日にあった楽しいことや、自分がかつて体験した忘れられない出来事も、心の奥底の秘密も知っている枕。だから、この草子に書くべき言葉は、「枕言(まくらごと)」（ふだんから口癖のようにしている言葉）であるべきだと、清少納言は思ったのではないだろうか。

枕の上に乗せる頭から湧き出てくる思いが無尽蔵であるように、書きたいことが次々に溢れてくる。賜った紙の数が多いので、「此(こ)よや何(なに)やと」書き尽くすまで実にたくさんのことを書いてきて、しまいには自分でもよくわからない状態になった、と述べている。これは、筆が進んでいくらでも書けたことへの謙遜の言葉であろう。

このように、「枕」を、寝具の「枕」と、「枕言(まくらごと)」の複合した意味だと私は解釈したが、諸説さまざまである。「備忘録(びぼうろく)」「人に見せてはならない大切なもの」「枕詞(まくらことば)・題詞(だいし)」「『史記(しき)』と同じ発音の『敷(し)き』から『敷(し)き妙(たへ)の枕』の連想」「漢詩文の『経(きやう)ヲ枕ニシ、書ヲ藉(し)キ』や、『書ヲ枕ニシテ眠ル』などからの連想」など、さまざまな説がある。

「枕詞(まくらことば)・題詞(だいし)」説を唱えたのは『春曙抄』の北村季吟である。『春曙抄』の版本を見ると、たとえば「凄まじき物」とか「笛は」という「枕詞・題詞」が冒頭にあり、そこですぐに改行して、次の行から、「凄まじき物」とか「笛は」の具体例の列挙が始まる。つまり、ある言葉が、その後に続く言葉を導き出すという、和歌の「枕詞」のようなスタイルで書かれたのが『枕草子』である、という理解である。

2.『枕草子』の達成域

＊『枕草子』の画期性

跋文は、このあと、『枕草子』が、他人の目に触れて批判されたり、著者である清少納言の与り知れぬような流布をしたりすることへの懸念と謙遜が書かれて終わる。『春曙抄』では、この跋文の後に、「源経房が清少納言の里を訪れた時に、畳を差し出したら、たまたまその上に、この草子が載っていた。それを経房が持ち帰り、世の中に流布させた」という内容の文章が付いている本もある、と付記している。これで、最後の巻十二が終わった。

本書は『枕草子』の全体像に触れるため、冒頭から最後まで連続的に通覧し、原文も読んできた。清少納言は、生没年も未詳であるし、詳しい経歴もわからない。けれども、この『枕草子』を読んできた読者は、生き生きとして明快な文体を、『枕草子』から受け取ったのではないだろうか。そのことが、何よりも『枕草子』の達成であろう。

本書が用いた方法論の一つが、「連続読み」である。全体を通して、配列順に読むこと、また、テーマや文体に着目して、連続する複数の章段を読み合わせると、響き合いや、テーマと文体の展開性に気づかされる。それが「連続読み」の効用である。

たとえば『枕草子』の冒頭部では季節に関する章段が続いていた。その季節感は、宮廷人である清少納言の宮廷体験とも密接に結びついていた。ここに、季節感と宮廷体験の記述が、『枕草子』の二大テーマであることが、早くも明示されていた。

ところで、文学には、テーマを成り立たせるための表現と文体が必要不可欠である。この点についても、清少納言は、列挙章段という「文体の器」を設けて、そこに、自分自身のさまざまな関心事を投入することを可能とした。『枕草子』の早い段階で、列挙章段が登場してくる。このことは、『枕草子』の文学上の大きな発見として特筆できよう。とりわけ、「愛しき物」(第百五十五段)という列挙章段は、非常に重要な価値観の転換をもたらし、「小さきもののかわいらしさ」は、現代人の価値観と美意識にも一直線に繋がっている。

列挙章段は、自分自身の美意識や価値観を自由に書き綴るスタイルであることによって、物語とは異なる自由な散文執筆への道も開いた。すなわち、人間観や社会観を洞察する批評文学への道である。短く、簡潔に、次々と何でも書けるスタイルは、物語を構築することや、和歌を詠むこと以外にも文学精神が発露する場を発見し、開拓したのだった。そこに、『枕草子』の画期性がある。

『枕草子』と言えば、やはり中宮定子と清少納言の心の結びつきを描く点が印象的である。けれども、この絆は、清少納言と定子とが互いに相手に共感しているからこそ生まれている。そのことも、本書の「連続読み」によって辿ることができたのではないだろうか。

清少納言は、新たな文学的な達成を実現した。それらは単なる到達点ではなく、「達成域」と総称できる。『枕草子』は、文学的・文化的に大きな広がりを持つ「枕草子文化圏」を形成して、時間と空間を超えて現代にまで生き続けている。

3.『枕草子』の近代

＊『枕草子』の本文

本書の最後に、近代の文学者たちの『枕草子』理解を概観することによって、『枕草子』の現代性と普遍性に目を向けてみよう。

書物は、江戸時代以前は写本で、江戸時代には版本（板本）で、明治以降は活版印刷で読まれた。『枕草子』の最初の活字本は、博文館から刊行された「日本文学全書」（明治二十三年五月）である。その第二編には、『土佐日記』『枕草子』『更科（更級）日記』『方丈記』が収められている。冒頭の第一段「春は、曙」の段を読むと、本文系統が判明する。

第一章で述べたように、現代の私たちが普通に読む「三巻本」系統の『枕草子』では、「冬は早朝。雪の降りたるは、言ふべきにも有らず」とあるが、「能因本」系統では、「冬は、雪の降りたるは、言ふべきに有らず」とあり、「早朝」という言葉が存在しない。

「日本文学全書」には「早朝」という言葉はない。近代人は、能因本系統の本文で『枕草子』を読んできたことがわかる。明治時代に刊行された他のテキストでも同様である。大町桂月『国文評釈』（明治三十六年九月）や有朋堂文庫『枕草紙』（明治四十四年十二月）にも、「早朝」はない。本書が、能因本の系統である『春曙抄』の本文で『枕草子』を読んできたゆえんである。

＊樋口一葉の清少納言評

近代文学史を飾る樋口一葉の名作は、古典を踏まえて創造された。その創作の秘密については、拙著『樋口一葉の世界』（放送大学教育振興会、二〇二三年）で具体的に分析した。一葉は、『枕草子』

を書いた清少納言に、紫式部よりも強い共感を抱いていた。

『紫式部日記』は、清少納言の人間性を厳しく批判している。清少納言の教養をひけらかす生き方に対する否定的な見解は、根強い。鎌倉時代の説話集である『古事談』などで、晩年の清少納言が零落したという伝承が語られ、若かりし頃の傲慢さの結果だと、人々からは同情されなかった。

けれども、樋口一葉は清少納言に対して好意的だった。「棹の雫」に収められている文章を読もう。同席した人々が、紫式部と清少納言を比較して、「紫式部が優れている」と口を揃えて発言するのに対抗して、一人だけ清少納言を評価する論陣を張った、という流れである。

> この君を、女としてあげつらふ人、誤れり。早う、女の境を離れぬる人なれば、終の世に、夫も侍らざりき。子も、侍らざりき。かりそめの筆遊びなりける『枕草子』を繙き侍るに、上辺は、花・紅葉の麗しげなることも、二度・三度、見持てゆくに、哀れに寂しき気ぞ、この中にも籠もり侍る。
>
> 『源氏物語』を、千古の名物と称ゆるは、その時、その人の打ち合ひて、遂に然る物の出で来にけむ。「少納言に、式部の才無し」と言ふべからず。式部が徳は、少納言に勝りたりとて、少納言を貶めるは、誤れり。式部は、天地の愛し子にて、少納言は、霜降る野辺に捨て子の身の上なるべし。哀れなるは、この君の上や、と言ひしに、人々、浅み笑ひぬ。

一葉に言わせれば、清少納言を、女性としての嗜みに欠けると批判するのは、間違っている。彼女は、若くして、「女の幸せ」を諦めた。赤染衛門のように、理想の夫と連れ添うことはなかった。

紫式部のように、後世に名前を残す娘に恵まれることもなかった。そんな中で、必死に『枕草子』を書いた。『枕草子』を一度読んだだけでは、華やかな事柄ばかりが書かれているように思えるが、二度三度と読めば、しみじみとした哀しみ、生きることの寂しさが、『枕草子』の本質であることがわかる。

『源氏物語』は、空前絶後の不朽の傑作だと称えられるが、紫式部は父親の教えや、藤原道長の援助や、中宮彰子の協力があって、この物語を書くことができた。それに対して、清少納言は、たった一人で『枕草子』を書いた。だから、「清少納言には、紫式部ほどの才能が無い」などと、言うべきではない。確かに、紫式部の人間性は、清少納言の人間性よりも優れていたかもしれない。だからと言って、清少納言の悪口を言うべきではない。紫式部は、この世界、いや宇宙から愛された幸運な女性だった。清少納言は、厳しい霜の降りた荒野に放り出された捨て子だった。彼女は、自分が女であることを捨てて、文学の道に進んだ。真に同情すべきは、清少納言である。……

樋口一葉は、このように主張したが、誰の賛同も得られず、その場にいた人たちは笑いを浮かべただけだった。これが、「棹の雫」に書かれている内容（明治二十八年二月頃）である。

実際の清少納言には夫も子もいたのだが、一葉は清少納言の孤独を強調しているのである。清少納言は、樋口一葉から評価されることで、その真価が見出されたとも言える。『枕草子』の近代を考えるに当たり、樋口一葉だけでなく、その周辺にいた人物にも着目したい。

たとえば、斎藤緑雨（りょくう）がいる。一葉の名作『にごりえ』を、「むしろ、冷笑の筆ならざるなきか」、「泣きての後（のち）の冷笑なれば、正（まさ）しく涙は満ちたるべし」と論評したのが、緑雨である。緑雨が一葉と直接に対面して語り合ったのは、明治二十九年七月のことである。

この「冷笑」という一葉文学のキーワードは、『枕草子』と無関係ではない。明治二十三年まで遡って、近代における『枕草子』と清少納言に対する論評を見てゆきたい。

＊三上参次・高津鍬三郎『日本文学史・上巻』

三上参次と高津鍬三郎の共著である『日本文学史・上巻』は、明治二十三年十月の刊行で、我が国最初の「文学史」に関する書物だとされる。それぞれ数え年で、三上は二十六歳、高津は二十七歳の若さだった。この文学史で、清少納言と『枕草子』は、どのように評価されているのか。ここに、早くも「冷笑」という言葉が見られるのである。

> 而して、其写し取りたる事物に批評を加へて、或は冷笑し、或は譏刺し、或は賞賛嘆美したりしときの顔つきさへ、眼の前に見らるゝやうにして、其議論の巧みなるは、かの源語の、雨夜の品定めの段に似たる処少からず。寸鉄人を殺すの力は、即ち遥かに其上に出づ。（中略）其一気呵成の筆鋒の鋭きこと、源語も及ばざるところ多し。且つ、怒りやすき人の言語の如く、突然と思想の途次をかへ、或は、なほ幾十言を費すべきところに、僅かに両三語を以て、之を充たす等の奇抜なる文法は、実に人の意表に出づるものおほし。

「源語＝源氏物語」よりも『枕草子』が優れている点が多い、と明言している。近代では、批評文学が隆盛を見た。それに伴って、批評文学である『枕草子』の評価が高まったのだろう。物語である『源氏物語』の中でも、帚木巻の「雨夜の品定め」は批評文学的な要素が濃厚な部分であるが、それよりも『枕草子』が優れている、という。

この部分に、「冷笑」という言葉があることに、注目したい。『枕草子』には、清少納言の「冷笑」があると、三上と高津は感じた。同じように、斎藤緑雨は、樋口一葉の小説に「冷笑」を読み取ったのだった。それゆえ、一葉文学は、『枕草子』と共通する側面があると理解できよう。

ちなみに、ここで、「寸鉄人を殺す」という評価がなされている点にも、注意したい。歌人で、女子教育に力のあった下田歌子に、『日本の女性』（大正二年）という本がある。そこに、「枕草子の文は、何処までも簡潔で、そして、寸鉄殺人的であります」とある。三上・高津と同様の評価である。あるいは、三上・高津の『日本文学史』の影響もあろうか。

＊星野天知の炯眼

拙著『樋口一葉の世界』で述べたように、一葉文学の発表舞台として『文学界』という雑誌が果たした役割は大きい。その『文学界』の編集人として、たびたび一葉に原稿を依頼したのが、星野天知（慎之輔）である。

『文学界』は、明治二十六年一月に創刊された。それに先立つ明治二十五年十月『女学雑誌』に、天知は、「徒然草に兼好を聞く」という評論を発表している。そして、『文学界』第一号には、平田禿木「吉田兼好」などと並んで、天知も「阿仏尼」という評論（評伝）を執筆した。そして、『文学界』第二十号（明治二十七年八月）の巻頭に、「清少納言のほこり」を発表している。これは、先に紹介した一葉の「棹の雫」よりも早い時期である。

天知の古典評論は、『破蓮集』（明治三十三年）に収録されているが、タイトルが初出雑誌から変更されたり、部分的な推敲がなされたりしている。たとえば、「清少納言のほこり」は、「清少納言の風趣（自尊心といふものに付て）」と改題され、『文学界』に掲載された最初の段落を省略していたりする。

『文学界』の文学史的な価値の一つに、他誌に先駆けて古典評論の機運を明治文壇に巻き起こしたことが挙げられる。天知の『枕草子』論は、時代的に非常に早いものだった。

天知の「清少納言のほこり」は、先ほども述べたように『文学界』第二十号に発表された。樋口一葉は、『文学界』第三号（『雪の日』）、第十二号（『琴の音』）、第十四号（『花ごもり』の前半）、第十六号（『花ごもり』の後半）、第十九号（『暗夜』の前半）と、相次いで作品を発表してきた。第二十号以後も、『暗夜』の後半、『大つごもり』、『たけくらべ』と、一葉の『文学界』への寄稿は続く。

私が天知の「清少納言のほこり」を初めて読んで直感したのは、このタイトルは「樋口一葉のほこり」とも言い換えられる、ということだった。星野天知は、清少納言論に名を借りて、樋口一葉論を書いているのではないか。一葉をよく知る天知から見て、一葉は清少納言の再来だった。

人間には、「Proud」（ほこり）という気力がある。「ウヰル」（Will）と言ってもよい。清少納言は晩年に落魄したという伝説があるが、逆境の中ですら「駿馬の骨を買はざるや」と言い放った彼女の「プラウド」は、『枕草子』の全篇を一貫して流れ続けていると、天知は言う。これは、貧しさの中で、意気軒昂として気骨のある小説を書き続ける樋口一葉の姿そのものである。

天知は、清少納言について、「世の剛觴もの」、「すねもの」というように、「拗ね者」という言葉を二度も用いている。この「拗ね者」という言葉こそ、『文学界』の同人たちの目に映っていた、樋口一葉の姿を象徴する言葉だった。星野天知は、自分が編集に深く関わった『文学界』に、秀作を発表し続ける樋口一葉を投影させて、平安時代の清少納言像を作り上げたのではないか。それこそが、王朝の清少納言と、明治の樋口一葉の等質性を物語っている。

4.「枕草子文化圏」の広がり

＊島崎藤村と『枕草子』

島崎藤村は、『文学界』の主力同人だった。現代人が『文学界』と聞いて、まず連想するのは、北村透谷と島崎藤村の二人であろう。藤村は、樋口一葉と対面する希望を持っていたようだが、実現しなかった。その藤村に、『後の新片町より』（大正二年）という随想集がある。その中に、「清少納言の『枕の草紙』」という文章がある。単行本で十六ページに及ぶ、長文である。

藤村は、『枕草子』が、普通の意味での「随筆集」とは違う、という点から書き始める。『枕草子』は、近代人の考える「随筆」というカテゴリーの中には入らないのだ。

藤村は、清少納言の優れた感覚を「印象主義」との関わりで理解する。この視点は画期的である。画家の和田英作と、このことを話し合ったけれども、和田は、平安時代の人々の色彩感覚は「西洋近代の色彩の法則」に叶っている、と答えたという。この度、本章の執筆に際して、近代文学者の『枕草子』論を調べていてこの箇所を見つけた時、私はたいそう驚いた。これまでも折に触れて、『枕草子』と印象派の美術が響映していることを指摘してきたからである。（ちくま学芸文庫『枕草子』上、第六十八段「草は」の解説など）。画家の和田英作の指摘は、貴重な資料となった。

藤村は、『枕草子』の描写を「スケッチ」と呼んでいるが、藤村自身に『千曲川のスケッチ』（大正元年）という著作がある。その『千曲川のスケッチ』には、「B姉妹」という人々が紹介され、藤村の家に、清少納言の『枕草子』を読みに来る、と紹介されている。

紫式部の『源氏物語』には「一般的」、つまり普遍的なものがあるが、清少納言の『枕草子』には「個人としての色」が出ている、と藤村は言う。この点を捉えて、藤村は『枕草子』を「スケッチ」と呼んだのだろう。星野天知は、清少納言の「ほこり」を強調していたが、藤村は、そのような一面を認めつつも、心が伸び伸びした、洒落（しゃらく）な、どこか寂しげな姿に、清少納言の面白さを見出す。島崎藤村の炯眼（けいがん）に、改めて敬服する次第である。

ちなみに、藤村は、清少納言と藤原行成との交情を例にとって、「中年同志の冷笑がある。溜息（ためいき）がある」と書いている。ここでもまた「冷笑」という言葉が見られる。藤村は『枕草子』の中に、近代自然主義と響き合う、中年男女の苦しい恋というテーマを読み取ったのである。けれども、この点に関しては、いかがであろうか。本書で「連続読み」してきた限りでは、清少納言と行成の交遊を、このように解釈するのはいささか無理があるように思う。

藤村はこの文章を「吾儕（われら）はもう一度眼前（めのまへ）に清少納言のやうな人を見たい」と結んでいる。『後の新片町より』には、どこにも樋口一葉の名前は出てこない。だが、藤村もまた、星野天知と同様に、樋口一葉を、眼前に現れた「清少納言のやうな人」と評価していたかもしれない。なお、「清少納言の『枕の草紙』」は、『浅草だより』（大正十三年）にも再録されている。

＊森鷗外の『万年艸』

樋口一葉の文学史上の評価を決定づけたのは、森鷗外が『たけくらべ』を絶賛したことだった。その鷗外は、樋口一葉と清少納言に通底するものを感じ取っていただろうか。具体的には、鷗外文学に『枕草子』との接点はあるのだろうか。

『芸文（げいぶん）』『万年艸（まんねんぐさ）』という同人誌がある。森鷗外が上田敏（びん）と協力して発行した。上田敏も、『文学界』の同人であった。鷗外は『芸文』巻第一（明治三十五年六月）で、翻訳小説『やまひこ』（山彦）

の連載を開始し、その後、『芸文』巻第二（明治三十五年八月）、『万年艸』巻第一（明治三十五年十月）に連載し、『万年艸』巻第二（明治三十五年十一月）で完結した。

その『やまひこ』が完結した号の表紙の裏の目次筆頭には、「枕草紙独訳　北里闌（たける）」とあり、その次の丁（ちょう）に、赤字の印刷で裏表に、『枕草子』が載っている。

北里闌は、北里柴三郎の従弟（いとこ）である。ドイツ留学中に、活版印刷の祖グーテンベルク（一三九八〜一四六八）の生誕五百年記念事業に参画し、『枕草子』をドイツ語に訳した。それを、『万年艸』に再録したのだろう。北里闌は、『万年艸』の創刊号以来、何度か寄稿している。『枕草子』のドイツ語訳掲載も、鷗外の推挙によるものだろうか。

さて、『万年艸』巻第四（明治三十六年二月）に、『万年艸』巻第二に関して寄せられた批評が集成されている。「万年艸巻第二評語集」（『鷗外全集』第二十五巻所収）である。それによれば、『明星』誌上で、山崎紫紅（やまざきしこう）が『やまひこ』の批評に、清少納言の名前を出している。紫紅は、『万年艸』巻第二の巻頭に掲載された『枕草子』ドイツ語訳を読んだからかもしれないが、と前置きして、完結した鷗外訳の『やまひこ』全篇を再読すると、清少納言を連想せずにはいられない、と書いている。山崎紫紅は、「王朝時代一人のTHORSTROEMあらば、絶世の佳人、豈（あ）に駿馬の骨を沽（う）らんや」と、『やまひこ』評を結んでいる。紫紅は、何を言いたいのだろうか。

「THORSTROEM」（トオルストリヨオム）は、『やまひこ』の男性主人公である。彼は、「レナアテ　ヘルヱエゲ」という個性的な女性と結婚する。レナアテの心の真実を見抜いたのが、トオルストリヨオムだった。

一方、清少納言には、『古事談』の伝える晩年の零落伝説がある。荒れ果てた家から鬼のような老女が顔を出し、若い貴公子たちに向かって、「駿馬の骨を買わないか」と言った、という説話である。平安時代には、清少納言という不思議な女性の真の素晴らしさを見抜く男性が、一人もいなかった。もし、鷗外が訳した『やまひこ』に登場するトオルストリヨオムのような慧眼の男がいたら、清少納言は、あたら孤独な晩年を迎えることもなかったであろう。これが、紫紅の感想である。

『やまひこ』は、ドイツの作家ヒッペルの創作である。清少納言の『枕草子』とは、何の関係もない。だが、鷗外がこの小説に関心を持ち、多大の労力を費やして日本語に翻訳しようと思った動機は、何だったのか。『やまひこ』の完結する号の巻頭に、あえて清少納言の書いた『枕草子』のドイツ語訳を据えた鷗外の深層心理を、紫紅は推測しているのかもしれない。

ちなみに、「拗ね者」と呼ばれ、「明治の清少納言」にも喩えられる樋口一葉が、数えの二十五歳で逝去したのが、明治二十九年の十一月だった。鷗外の『やまひこ』の翻訳が『万年艸』で完結した明治三十五年十一月は、奇しくも一葉の七回忌の命日が巡ってくる月であった。

一葉は、晩年の清少納言の気骨を和歌に詠んでいる。

破れ簾かかる末にも残りけむ千里の駒の負けじ心は

一葉が、清少納言の人物像を深く理解していたことが、この歌からもわかる。

以上、『枕草子』が持っていた文化的な可能性を、近代において発芽・生育させた「枕草子文化圏」の中に、樋口一葉とその周辺の人々を位置づける可能性を探ってみた。

＊北里闌の独訳『枕草子』

『万年艸』の『枕草子』ドイツ語訳について簡単に触れておきたい。一丁（一枚の紙）の表と裏、二ページで印刷されている。上半分にドイツ語訳が、下半分に『枕草子』の原文が載っている。表ページに「ねたきもの」（第百一段）と、「はしたなきもの」（第百三十一段）。裏ページに「うつくしきもの」（第百五十五段）と、「にげなきもの」（第五十二段）。つごう四段が訳されているが、主として各段の冒頭部のみの抄訳である。

一八九八年の企画に提出された訳とすれば、明治三十一年であり、早い時期の外国語訳である。ここに訳出された四つの章段が、どのような基準で選ばれたのか不明だが、すべて列挙章段である。けれども、その内容は負（ふ）の感情に根ざすものが多く、必ずしも『枕草子』の内容を紹介するにふさわしいかどうか疑問である。あるいは、西洋人への紹介ということで、皮肉で辛辣な『枕草子』の「批評的な側面」に注目したのかもしれない。

＊さまざまな古典文化圏

我が国においては、古典文学が読み継がれることで、文学だけでなく美術や演劇なども巻き込んで、新しい文化が作り出されてきた。その中で、最大のものは「源氏物語文化圏」である。その特色は、『源氏物語』『古今和歌集』『伊勢物語』の三大古典が一体化して、巨大な文化圏を作り上げた点にある。また、成立した時代は平安時代ではないが、「徒然草文化圏」も大きい。江戸時代後期の古代再発見で誕生し、近代でも拡大し続けた「万葉集文化圏」も存在する。

＊枕草子文化圏の成長と展開

それらの中で、「枕草子文化圏」は、いささか目立たない存在であった。けれども、本書で見てきたように、『枕草子』自体が魅力的で、多様性に富む古典である。『枕草子』の本格的な注釈研究は江戸時代になって始まったこともあり、『枕草子』の魅力と真価も、まだ十分には解明されていない。それでも、本章で見てきたように、明治二十年代頃から、『枕草子』と清少納言への関心と共感が高まってきた。漸く『枕草子』の世界は、多くの人々に読み継がれるようになった。

清少納言の溌剌とした精神の律動を感じ取り、近代精神と響き合う清少納言の個性を感じ取る。そのことで、私たちは自分の言葉で、自分自身の考えを明確に述べることができるようになる。それが、枕草子文化圏の活性化に繋がる。

本書で試みてきた『枕草子』の連続読みが、『枕草子』の全体像に触れる契機となり、『枕草子』をどう読むかという問題意識へのヒントにしていただければと思う。自分らしい『枕草子』との出会いや繋がりを大切にしつつ、本書でも試みた、『源氏物語』や『徒然草』などの古典と響き合わせる読み方も試みていただければ幸いである。

引用本文と、主な参考文献

・島内裕子『樋口一葉の世界』（放送大学教育振興会、二〇二三年）
・『樋口一葉全集・第三巻・下』（「棹の雫」を収録。筑摩書房、一九七八年）
・島内裕子『樋口一葉』（コレクション日本歌人選、笠間書院、二〇一九年）
・三上参次・高津鍬三郎『日本文学史・上巻』（金港堂、一八九〇年）
・下田歌子『日本の女性』（実業之日本社、一九一三年）
・星野天知『破蓮集』（矢島誠心堂、一九〇〇年）。なお、『文学界』には復刻版がある。
・島崎藤村『後の新片町より』（新潮社、一九一三年）

・『鷗外全集・第二十五巻』(「万年艸巻第二評語集」を収録、岩波書店、一九七三年)。『万年艸』には復刻版がある。

発展学習の手引き

本書では『枕草子』の全体像を辿ってきたが、すべての章段に触れることはできなかった。ぜひ『枕草子』を通読していただきたい。そのための道筋を示すことが、本書でできていれば、幸いである。清少納言が生み出した稀有な文学世界は、自由で柔軟な心のありかたを指し示している。その真価が親しみを持って理解できる時代が現代なのであると思う。

第 236 段（公達は） 208
第 237 段（法師は） 208
第 238 段（女は、典侍） 208
第 239 段（宮仕へ所は） 208
第 258 段（嬉しき物） 213 ～ 215
第 259 段（御前に、人々） 213, 215, 218
第 260 段（関白殿、二月十日の程） 213, 219, 220, 222 ～ 224, 228
第 266 段（悪ろき物は） 231, 233
第 281 段（方違へなどして） 233, 235
第 282 段（雪、いと高く） 55, 234 ～ 236, 242
第 283 段（陰陽師の許なる童べ） 239
第 284 段（三月ばかり、物忌しに） 239, 241, 242
第 285 段（清水に籠もりたる頃） 239, 241, 242, 254
第 286 段（十二月二十四日） 243, 245, 247, 248
第 287 段（宮仕へする人々の） 248
第 288 段（家、広く、清気にて） 248
第 289 段（見習ひする物） 249
第 290 段（打ち解くまじき物） 181, 249, 251, 252
第 291 段（右衛門の尉なる者の） 252, 254, 255
第 292 段（又、小野殿の母上こそは） 254
第 293 段（又、業平が母の宮の） 254
第 294 段（「をかし」と思ひし歌） 254
第 296 段（大納言殿、参り給ひて） 255, 257
第 297 段（僧都の君の御乳母の） 255
第 298 段（男は、女親、亡くなりて） 259 ～ 261, 264
第 300 段（真や、下野に下る） 255
第 301 段（或る女房の） 255
第 302 段（便無き所にて） 255
第 303 段（唐衣は） 267
第 310 段（病は） 268
第 317 段（匠の、物食ふこそ） 267
第 321 段（好き好きしくて） 261 ～ 264
第 323 段（前の木立、高う） 268
第 325 段（物暗う成りて） 267, 268

第154段（胸、潰るる物） 148
第155段（愛しき物）147 ～ 151, 156, 272, 283
第156段（人戯へする物） 156
第165段（故殿の御服の頃） 159, 161, 162
第166段（宰相の中将・斉信） 162
第167段（昔覚えて、不用なる物） 163
第170段（近くて、遠き物） 157, 163
第171段（遠くて、近き物） 157, 163
第175段（大夫は） 163
第176段（六位の蔵人） 164, 166
第177段（女の、一人住む家など） 164, 166
第178段（宮仕え人の里なども） 164, 168
第179段（雪の、いと高くは） 170 ～ 172
第180段（村上の御時、雪の） 171, 172
第181段（御形の宣旨） 172
第182段（中宮に、初めて参りたる） 172, 175, 177, 255
第183段（したり顔なる物） 177, 180
第184段（位こそ、猶） 180
第185段（風は） 181, 183, 184, 186, 187
第186段（野分の又の日こそ） 183, 184, 186, 187
第187段（心憎き物） 187
第188段（島は） 187
第189段（浜は） 187
第190段（浦は） 187
第191段（寺は） 187
第192段（経は） 187
第193段（書は） 187
第194段（仏は） 187
第195段（物語は） 187
第196段（野は） 187
第197段（陀羅尼は） 187
第198段（遊びは） 187
第199段（遊び業は） 187
第200段（舞は） 187
第201段（弾物は） 187
第202段（笛は） 187
第203段（見る物は） 188, 190, 191, 194
第204段（五月ばかり、山里に歩く） 190
第205段（いみじう暑き頃） 192
第206段（五日の菖蒲の） 192
第207段（良く炷き染めたる薫物の） 192
第208段（月の、いと明かきに） 192, 244
第214段（万の事よりも） 194, 196
第215段（細殿に、便無き人なむ） 197
第216段（三条の宮に御座します） 197 ～ 200
第218段（成信の中将こそ） 199, 200
第219段（大蔵卿ばかり） 199, 200
第220段（硯、汚気に、塵ばみ） 201
第221段（人の硯を引き寄せて） 201
第222段（「珍し」と言ふべき事） 202, 204
第223段（駅は） 204
第225段（社は） 204, 205, 207
第226段（降る物は） 205
第229段（星は） 205
第230段（雲は） 205
第234段（賢しき物） 206
第235段（上達部は）208

第 11 段（山は） 48, 50
第 15 段（淵は） 49
第 19 段（家は） 48, 50
第 20 段（清涼殿の丑寅の隅の） 39
第 21 段（生ひ先無く） 43 〜 45
第 22 段（凄まじき物） 50, 85, 120
第 23 段（弛まるる物） 55
第 24 段（人に侮らるる物） 55
第 25 段（憎き物） 56, 58, 120
第 44 段（木の花は） 58, 59, 85
第 47 段（木は） 60, 62
第 48 段（鳥は） 62
第 49 段（貴なる物） 148, 149, 244
第 50 段（虫は） 58, 63
第 52 段（似気無き物） 283
第 57 段（職の御曹司の西面の）69, 71
第 62 段（人の家の前を渡るに） 146, 147
第 78 段（有り難き物） 85
第 87 段（頭の中将の） 73, 83, 163
第 89 段（里に罷ン出たるに） 78, 163
第 92 段（職の御曹司に） 55, 213
第 93 段（めでたき物） 85
第 95 段（中宮の、五節） 90, 91, 93, 94
第 96 段（細太刀の平緒） 90
第 97 段（内裏は、五節の程こそ） 90, 93
第 98 段（無名と言ふ琵琶の） 97
第 99 段（上の御局の） 96, 97
第 100 段（御乳母の大輔の） 98
第 101 段（妬き物） 283
第 105 段（五月の御精進の程） 98, 162
第 106 段（御方々、公達、上人） 101, 107
第 107 段（中納言殿、参らせ） 107
第 108 段（雨の、打ち延へ、降る頃） 108, 109
第 109 段（淑景舎、春宮に） 110, 113
第 110 段（殿上より、梅の花の） 114, 117
第 111 段（二月晦日） 116, 117, 254
第 112 段（遥かなる物） 118, 131
第 116 段（卯月の晦日に） 124, 125
第 117 段（湯は） 18
第 119 段（絵に描きて、劣る物） 119, 156
第 120 段（描き増さりする物） 119, 156
第 121 段（冬は） 119, 120
第 122 段（夏は） 119, 120
第 124 段（正月に、寺に） 19, 124, 125, 128
第 128 段（恥づかしき物） 120, 122, 249
第 129 段（無徳なる物） 130
第 130 段（修法は） 130
第 131 段（はしたなき物） 131, 283
第 132 段（関白殿の、黒戸より） 131
第 133 段（九月ばかり、夜一夜） 131
第 138 段（故殿の御為に） 132, 136
第 139 段（頭の弁の、職に） 72, 136, 139
第 142 段（徒然なる物）157
第 143 段（徒然、慰むる物）157
第 146 段（故殿など、御座しまさで） 141
第 147 段（正月十日、空、いと暗う） 142, 145, 146
第 150 段（恐ろしき物） 147
第 151 段（清しと、見ゆる物） 147 〜 149
第 152 段（汚気なる物） 148
第 153 段（賤し気なる物） 148

『無名草子』 17, 203
村上天皇＊ 39, 42, 171, 172
紫式部＊ 12, 13, 53, 73, 90, 91, 110, 130, 172, 179, 196, 202, 208, 210, 223, 224, 261, 274, 275
『紫式部集』 208
『紫式部日記』 53, 72, 90, 153, 160, 200, 223, 224, 274
紫の上＊ 154, 155
『蒙求』 35
孟嘗君＊ 137, 138
物語章段 265
物尽くし 21
「もののあはれ」（和辻哲郎） 82
森鷗外＊ 206, 215, 280, 282
森茉莉＊ 183, 193

●や行

『八雲御抄』 49
柳沢吉保＊ 153
山口素堂＊ 64
山崎紫紅＊ 281
『山路の露』 68
『やまひこ』（山彦） 280 ～ 282
与謝野晶子＊ 14 ～ 17, 206
与謝野鉄幹＊ 206
与謝蕪村＊ 14, 16 ～ 18, 38
吉田健一＊ 176
「吉田兼好」（平田禿木） 277
四辻善成＊ 53, 68

●ら行

六義園 153
隆円＊ 139
類纂形態 13
類聚章段 21
冷笑 275 ～ 277, 280
列挙章段 21, 24
連歌 198
六条御息所＊ 196
『論語』 71

●わ行

和歌章段 255
和歌所 68
『和漢朗詠集』 29, 171, 256
和田英作＊ 279
和辻哲郎＊ 82, 83, 114

●章段索引

章段番号は島内裕子校訂・訳『枕草子（上下）』（ちくま学芸文庫）による。

第１段（春は、曙） 22 ～ 24, 85, 172, 273
第２段（頃は、正月） 24
第３段（正月一日は） 25, 26
第４段（異事なる物） 232
第５段（思はむ子を） 31
第６段（大進生昌が家に） 31 ～ 33, 152
第７段（主上に候ふ御猫は） 31, 37, 38, 257
第８段（正月一日） 39, 200
第９段（慶び、奏するこそ） 39
第10段（今内裏の東をば） 39, 48, 200

藤原実成＊　117
藤原俊成＊　68, 73, 95, 203
藤原輔尹＊　81
藤原佐理＊　67
藤原詮子＊　91, 105, 220
藤原隆家＊　28, 32, 88, 89, 107, 108, 112, 221, 222, 224
藤原斉信＊　29, 72 ～ 75, 78, 79, 83, 99, 124, 132 ～ 136, 140, 162
藤原為時＊　181
藤原為光＊　72
藤原定家＊　13, 14, 68, 203
藤原信経＊　109, 110
藤原理能＊　30
藤原正光＊　200
藤原道兼＊　32, 86, 105, 106, 221
藤原道隆＊　11, 12, 18, 28, 32, 39, 86, 106, 107, 111, 112, 133, 175, 219 ～ 227
藤原道綱＊　11, 12, 106, 253
藤原道綱の母（藤原倫寧の女）＊　11, 30, 86, 254
藤原道長＊　11, 12, 29, 32, 34, 68, 72, 73, 86, 106, 134, 141, 221, 223, 224, 275
藤原道雅＊　112, 113, 227
藤原芳子＊　42
藤原師輔＊　67, 70, 72
藤原行成＊　29, 67 ～ 69, 71, 72, 83, 124, 136 ～ 140
藤原義孝＊　68
藤原隆円＊　28, 88
蕪村＊　38
筆の遊び・筆遊び　62, 190, 224
『文学界』　277 ～ 280
『平家物語』　257
『方丈記』　169, 250
『法華経』　102, 264
星野天知＊　277, 278, 280
堀辰雄＊　193
『本朝文粋』　133
本間主馬＊　16

●ま行

『枕草紙』（有朋堂文庫）　273
『枕草子絵詞』（枕草子絵巻）　114
「枕草紙について」（和辻哲郎）　83, 114
枕草子文化圏　272, 282, 283
前田家本 13
松尾芭蕉＊　14, 19, 64, 126, 172, 184
祭の帰さ　188
マラルメ＊ 187, 230
『万年艸』　280, 281, 283
『万葉集』　59, 68, 82
三上参次＊　276
御子左家　68
御堂関白　106
源高明＊　29
源経房＊　271
源俊賢＊　29, 117
源成信＊　200
源宣方＊　76, 163
「蓑虫ノ説」　64
壬生忠岑＊ 190
都良香＊　256
宮仕え有効論　45
『明星』　193, 206, 281
命婦の貴婦人（猫）　37

『徒然草』 20, 55 ～ 57, 62, 71, 129, 167, 196, 212, 215, 218, 232, 233, 265
「徒然草に兼好を聞く」（星野天知） 277
『つれづれの讃』 16
定子章段 89, 97, 243
禎子内親王＊ 87
寺田寅彦＊ 65
「嗟嘆（といき）」（マラルメ） 187
当子内親王＊ 113
道命阿闍梨＊ 253, 254
ドガ＊ 230
『ドガに就いて』 231
時姫＊ 86, 106
土佐光起＊ 238
豊明の節会 91

●な行

永井荷風＊ 183, 193
中の関白（家） 11, 18, 40, 106, 110, 219, 222, 223
梨壺の五人 68
夏目漱石＊ 184, 193
七日関白 106
『にごりえ』 275
匂宮＊ 88
日記章段 21, 25
『日本精神史研究』 82
『日本の女性』 277
『日本文学史・上巻』 276
「日本文学全書」 273
人間章段 181
能因＊ 77
能因本 13, 14, 77
『後の新片町より』 279, 280
『野分』 184

●は行

廃園の美学 167
『白氏文集』 74, 116
白楽天（白居易） 74, 97, 172, 235, 236
長谷寺 18, 19
長谷寺詣で 124
服部土芳＊ 64
『破蓮集』 277
光源氏＊ 55, 124, 154, 155, 260, 263
樋口一葉＊ 14, 17, 144, 145, 154, 273 ～ 275, 277 ～ 280, 282
媄子内親王＊ 12, 32, 86
ヒッペル＊ 282
兵衛の蔵人 171, 172
『琵琶行』 97
『風俗文選』 64
深草の少将＊ 240
藤壺＊ 155, 260
藤原顕光＊ 73
藤原兼家＊ 11, 12, 86, 105 ～ 107, 219
藤原公信＊ 99
藤原清輔＊ 81
藤原公任＊ 29, 73, 75, 116
藤原伊尹＊ 67, 133
藤原伊周＊ 18, 28, 32, 39 ～ 41, 88, 89, 99, 106, 112, 173 ～ 175, 221, 222, 224, 227, 255 ～ 258
藤原伊行＊ 68
藤原実方＊ 94, 95
藤原実資＊ 34

自讃章段　115, 117
『十訓抄』　236 ～ 238
四納言　29, 67, 116
島崎藤村＊　279, 280
下河辺長流＊　65
下田歌子＊　277
積善寺供養　219 ～ 228
寂蓮＊　64
『拾遺和歌集』　61, 174, 242
脩子（修子）内親王＊　32, 86, 87, 152
縮景　153
『侏儒の言葉』　212
樹木の文化史　61
俊成卿女＊　17, 203
彰子　12, 13, 72, 89, 133, 153, 160, 198
定澄僧都＊　48, 200
『小右記』　34
『女学雑誌』　277
『続詞花和歌集』　81, 253
白洲正子＊　103
師走の月夜　54, 247
随想章段　21
菅原孝標の女＊　68, 87, 214
菅原文時＊　133
素戔嗚尊・スサノオ＊　61, 162
スセリビメ＊　162
『スバル』　206
住まいの美学　164
受領の娘　181
『清少納言』（白洲正子）　103
「清少納言図」（土佐光起）　238
「清少納言のほこり」（星野天知）　277
「清女褰簾之図」（上村松園）　238
清範＊　133
世尊寺家　68
「雪月花」（上村松園）　238
『前漢書』　35
『千載和歌集』　73, 95
詮子＊　→藤原詮子
選子内親王＊ 213
『続猿蓑』　16

●た行

滞在記　162
平兼盛＊　174
平惟仲＊　34, 36
平貞文＊　269
平生昌＊　31 ～ 35, 87, 152, 153, 199
高倉天皇＊　257
高階明順＊　32, 99
高階貴子＊　28, 32, 106, 110, 111
高階師尚＊　106
高津鍬三郎＊　276
『たけくらべ』　144, 145, 154, 280
『竹取物語』　82, 154
橘則光＊　76 ～ 81, 83, 163, 197
橘則長＊　77
達成域　272
玉鬘＊　124
断定章段　120
「小さな出来事」（寺田寅彦）　65
『千曲川のスケッチ』　279
『長恨歌』　60
坪井杜国＊　18, 19
『貫之集』　226

『枯葉の寝床』 183
かわいい宣言 152
寛和の変 105
季節章段 21, 24
北里闌＊ 281
北村季吟＊ 13, 14, 19, 20, 58, 62, 85, 130, 172, 232, 246, 248, 263, 270
北村透谷＊ 279
紀郎女＊ 95
紀貫之＊ 205
宮廷章段 21, 25
清原深養父＊ 30
清原元輔＊ 30, 68, 78, 99, 100, 174, 181, 252
清水寺 19
桐壺更衣＊ 260
桐壺帝＊ 260
『金葉和歌集』 81
草の庵 75
『九条殿遺誡』 67, 70, 71
「朽葉色のショオル」 187
『芸文』 280, 281
鶏鳴狗盗 137, 139
兼好＊ 57, 62, 130, 168, 197, 218, 232, 233
原子＊ 110 ～ 112
『源氏物語』 12, 13, 52 ～ 55, 58, 68, 82, 89, 119, 124, 130, 135, 154, 160, 172, 184, 196, 202, 211, 214, 262, 263, 276
『源氏物語釈』 68
建礼門院右京大夫＊ 68
『建礼門院右京大夫集』 68
『恋衣』 15
幸田露伴＊ 95
交遊章段 86
香炉峰の雪 230
『古今和歌集』 30, 42, 82, 190, 204, 216, 269
『古今和歌六帖』 125, 142, 199
『国文評釈』 273
『湖月抄』 19, 20
『古事記』 162
『古事談』 274, 281
『後拾遺和歌集』 79, 94, 240
五節の舞姫 45, 90, 91
『後撰和歌集』 30, 68
子どもの情景 146, 149, 154
小兵衛＊ 94
小堀杏奴＊ 187
『古本説話集』 253, 254
『今昔物語集』 78

●さ行

斎藤緑雨＊ 275, 277
「棹の雫」 17, 274, 275, 277
酒井抱一＊ 211
堺本 13
雑纂形態 13
『更級日記』 68, 87, 124, 214
三巻本 13, 14, 20, 23
散策記 162
三条天皇＊ 110, 113
三蹟（三跡） 67, 137
『詞花和歌集』 81
『史記』 270
職の御曹司 69

索引

●配列は50音順（現代仮名遣い順）、＊は人名、『　』「　」は、書名・作品名・雑誌名などを示す。

●あ行
葵の上＊　196
白馬の節会　26
赤染衛門＊　12, 89, 274
芥川龍之介＊ 212
『浅草だより』　280
敦成親王＊　72, 153, 223, 228
敦道親王＊　264
敦康親王＊　32, 86, 87
在原業平＊ 106, 125
「阿仏尼」（星野天知）　277
あわ緒　95
生きる喜び 192
和泉式部＊　12, 253, 264
『和泉式部日記』　264
『伊勢物語』　95, 106, 154, 260
一条兼良＊　54
『一条摂政御集』　67
一条天皇＊　11, 28, 39, 41 ～ 43, 86, 88, 90, 91, 105, 106, 115, 236, 237, 256, 270
印象主義　279
ヴァトー＊　186, 258
ヴァレリー＊　231
上田敏＊　187, 280
上村松園＊　238
ヴェルレーヌ＊　187, 193
浮舟＊　88
于公高門　35, 36, 152
歌枕　48
打聞　254, 255
『打聞集』　254
空蟬＊　263
于定国　35
『栄花物語』　87 ～ 89, 219
円融天皇＊　39, 106, 220
『笈の小文』　18, 19
大江維時＊　115
『大江戸倭歌集』　65
『大鏡』　105
大国主（オオアナムジの命）　162
大町桂月＊　273
翁丸（犬）　37, 38, 257
『小倉百人一首』　68, 72, 106, 113, 136, 139
「落葉」（ヴェルレーヌ）　187
「落葉」（永井荷風）　183
落葉の美学 183
小野小町＊　240
小野道風＊　67
女三の宮＊ 155

●か行
回想章段　21, 25
『海潮音』　187
薫（源氏物語）＊ 155
『河海抄』　53, 54, 68
各務支考＊　14, 16, 17
柿本人麻呂＊　61
かぐや姫＊　154
『蜻蛉日記』　11, 12, 30, 86, 106, 107, 124, 125, 253
花山天皇＊ 105
柏木＊ 155
『風立ちぬ』　193
風の歳時記　181
『花鳥余情』　54
鴨長明＊　250

著者紹介

島内　裕子（しまうち・ゆうこ）

一九五三年　東京都に生まれる
一九七九年　東京大学文学部国文学科卒業
一九八七年　東京大学大学院人文科学研究科博士課程単位取得退学
現　在　放送大学教授、博士（文学）（東京大学）
専　攻　中世を中心とする日本文学

主な著書
『徒然草の変貌』（ぺりかん社）
『兼好――露もわが身も置きどころなし』（ミネルヴァ書房）
『徒然草文化圏の生成と展開』（笠間書院）
『徒然草をどう読むか』（左右社）
『徒然草』（校訂・訳、筑摩書房）
『枕草子　上下』（校訂・訳、筑摩書房）
『方丈記と住まいの文学』『響映する日本文学史』（左右社）
『樋口一葉』（笠間書院、コレクション日本歌人選）

主な編著書
『吉田健一・ロンドンの味』『おたのしみ弁当』『英国の青年』（編著・解説、講談社）

放送大学教材　1740245-1-2411（ラジオ）

『枕草子』の世界

発　行　　2024年3月20日　第1刷
著　者　　島内裕子
発行所　　一般財団法人　放送大学教育振興会
〒105-0001　東京都港区虎ノ門1-14-1　郵政福祉琴平ビル
電話　03（3502）2750

市販用は放送大学教材と同じ内容です。定価はカバーに表示してあります。
落丁本・乱丁本はお取り替えいたします。

Printed in Japan　ISBN978-4-595-32450-5　C1395